评论精选

应帆笔下不经意流露的幽默，非常非常地吸引我的目光，让我久久地徘徊于他的字里行间。

（海外资深编辑、诗人　王渝）

喜欢应帆的小说，他总是很善于藏起自己的锋芒，展现出细节本身的迷人。他近期创作的笔下故事多发生在美东的大都市，凛冽的空气里却充满了人间的冷暖；他塑造的人物复杂又有些暧昧，各个都是剪不断理还乱；他表达的情绪是生命的冲突根本无法回避，人伦的羁绊有痛苦也有温暖；他一直在探究社会与人的关系，男人与女人的关系，以及家庭之间的关系。应该说，应帆是写“关系”的高手，只是他绝不告诉读者究竟谁才是苦恼之源。

（海外文学评论家　陈瑞琳）

应帆的短篇小说，长于截取华裔白领情感冲突的片段，由细密而至广博。串联起来，就如同大都市闪烁的霓虹，折射出各式人物的激情和恣肆，也还有形影相随的挫败和彷徨。

（纽约州立大学石溪分校教授　李文心）

作者行文构思精巧，笔触简洁有力，字里行间充满着对社会热点、时代痛点的观察和思考，仿佛流淌的文字之河上闪耀着哲思之光芒。如同艾美艾困顿于城市堡垒中的我们，不妨读读本书，让心灵小憩一会儿。

（阿拉巴马大学伯明翰分校教授　马玲）

应帆是右手写诗左手写小说的新移民中生代作家。他的小说聚焦于日常生活，总是从细微处去挖掘人性、书写人情。一个个笑中带泪的故事表达了他对生命个体的关怀和对人生存困境的思考。小说的主题超越了华文作家传统望乡愁思、文化冲突、身份困惑等，他在回望故土和在地书写中，展示了一个新移民作家的文化自信和世界公民的视野与情怀。同时，小说注重语言和细节的精雕细琢，展现了诗人创作小说的特征。应帆的小说见证和推动了新移民短篇小说的发展进程。

（江苏师范大学教授　王志彬）

应帆的作品可以说是新一代的留学移民小说。作品中许多人物来美完成学业后进入职场，成为美国化、甚至全球化的白领菁英。母语和原生文化是他们的资源和优势，而不再是乡愁国耻的来源，绝无白先勇、於梨华或查建英等前几代留学生作品里历史性大叙述的沉重背景。

应帆的小说专注于都会言情和两性关系。他写的人物机锋聪敏，豁达开朗，笔触中带着些许敦厚的反讽意味。从“饮、食、男女” 的场景出发而不流俗，时时在汉语和英语文化之间反覆越界。风趣的中英双关语不只是人物间的打情骂俏、嬉笑怒骂，也是两种文化间的交涉协商、较劲过招，令人会意微笑。

旅程中的邂逅、巧遇和情挑，都是应帆小说里常见的梗，也反映都会生活的不稳定结构和随机多变。因此，以“圆”为小说里常见的结构有其特殊意涵；圆是圆融，圆弧，也是回归原点。小说常见起点与终点的重合，循着一个弧线回到了原点，然而在这个新原点上，主人公内心却达到了过去未曾的某种圆融及和解，最后的成长，也是理想与现实间的的智慧抉择。

（圣约翰大学教授　石文珊）

应帆是一位敏感于新人新世界的写作者，他往往在无法抑止的诉述冲动之后，找到适合自己的写作方式，讲究语词使用，长于动作与细节描写，幽默而温暖的笔触直指人物的内心世界。从关注留学生到深度描摹移民生活，纽约成为他结构故事的主要空间，现代大都市与普世意义的寻找与表现在其近似自传体的文字支撑之下，变得娓娓可信。

（《世界华文文学论坛》主编　李良）

应帆的小说通过简单的日常，反映海外华人夫妻生活的点滴和冲突。他善于观察生活和描写心理活动，以小见大，让人读后有种“隔壁老王”家的熟络之感。

（美国华语作家　枫雨）

应帆无论从男性视角还是女性角度都能用很细腻很准确的笔触把一个人的内心世界一点一点剖开。他不追求跌宕起伏的故事性，也不营造波澜壮阔的人生，没有奇人异事，所有的人物都是普普通通的人，经历也平平常常，但他的特质在于总能以不疾不徐的语调让读者缓缓代入，进入他描绘的那个好像现实世界投射的镜像里，触摸到人物的欲望、脆弱、温情和孱弱，与人物产生某种非常真实链接。他的作品很有辨识度，或者说已经形成了应帆体，不用看作品，读一段，甚至第一句就能会心一笑：啊，这是应帆写的。

（加拿大华语作家　王婷婷）

应帆的小说语言细腻，笔触温暖，以年轻的心态在过去20多年创造了独特的纽约移民众生像。这些不只有文学意义，更有历史意义，就像加西亚马尔克斯说的：“活着为了讲述。”

（美国华语作家　常少宏）

应帆的小说擅长用动作细节体现出人物的内心活动。精炼的语句在时空变换中如行云流水，看似波澜不惊，却给人深深的触动。

（美国华语作家　胡刚刚）

有这样的一类小说，或者说应帆的小说，使你一开始阅读就不由觉察到人物生活的点点滴滴如何带给他们内心的起起伏伏，被他们抓住，跟随他们一路走到小说的结尾，并感慨他们映射的真实的生活：普通人的生活就是这样，自己何尝不是普通人，“当你为错过太阳而哭泣的时候，你也要再错过群星了”。

（美国华语作家　唐简）

应帆的小说细腻如水，舒缓的笔调中总有善感的女性穿梭在都市的钢筋丛林中，似乎融为一体却总无法释怀。淡然之处见旖旎，明亮之处有晦暗，他的文字里有一个你永远无法猜透的世界的真相。

（美国华语小说家　二湘）

应帆喜欢写他所熟悉的知识阶层新移民的情感困惑。他笔下的主人公，大多与周遭的美国生活是疏离的，他们的情感底色是缺乏信任的，迷惘而又孤独的。小说情节并不复杂，却展现了现代都市人的无奈和随波逐流的惆怅。小说的结局通常是不确定和宿命感的，主人公们被生活的滚滚红尘所淹没。

应帆的小说是细致而敏感的，这种纯个人化的叙述充满不忍与温情，因此成就了他的小说感伤细腻的特色。期待他更大胆的作品。

（原北美《侨报周刊》主编　刘倩）

应帆的这本小说集，虽然是由多个中短篇构成，但是却并非单个作品的简单集合，而是具有内在的紧密联系。阅读这个集子，我们仿佛见证了新移民群体40多年的移居历史——从留学、定居到跨国生存。作者很机智地在一些不同的篇什中给予主人公相同的名字：黛珊和献科。于是，我们在阅读中见证了献科与黛珊的一段段生命历程。

在《团圆》中，献科为与黛珊团聚而赴美留学，但是双方却在数年的分离中各自有了情感的牵连，团聚之后，彼此的尴尬、隔膜与献科留学初期的紧张不适相缠绕，仿佛便是无数留学人的缩影。在《山中有千莲》中，身怀有孕的黛珊在结婚的门槛前徘徊，而献科却回避着婚姻，两个对爱情疑虑的世故男女只能苟且着眼前的日子。在《结婚》中，献科与黛珊为了纽约高昂的房租而毫不犹豫地同居，可同居越久，对婚姻的畏惧却越深，但也终于在黛珊失业、面临失去身份的时刻走进了婚姻。《出轨》中，献科与黛珊的婚姻已经处于中年的倦怠中，时时面临出轨的诱惑。《结婚另一种》则是一个回国选择新娘黛珊的献科，这又是新移民另一种典型的婚姻模式，彼此相知不深，为了完成人生的一个目标而相遇在一起。

《游泳课》《谋杀》和《夜里十一点洗碗的男人》中的男主人公都是嘉渔，但是一个在美国遭遇了爱情，一个在国内背叛美国的女友，一个在美国生活的琐碎里纠结，各自的际遇不同，却都是全球化时代华人的寻常生活画面。而《天衣有缝》中，献科、黛珊与嘉渔发生了有趣的交集。

其他的篇目，虽然不再是相同的人名，但《失语》中单身汉的孤独、焦灼与窘迫，《莎拉》中已婚中年男人的短暂心猿意马，《狗嘴象牙》中异地恋的倦怠与疑虑，《阿姆斯特丹的最后一夜》和《漂亮的人都来纽约了》中的异族婚恋等，也都是华人移民生活的典型画面截取。

应帆的这些作品在写作时间上跨越了20年，记录了美华移民留居美国的情感历程和许多典型的生活细节，这是一种风格平实的移民历史的文学书写，不作惊人之语，也不洒奇情狗血，如一杯绿茶，有淡淡清香，如一幅水粉，素淡悦目。

（中国德州学院文学与新闻传播学院教授 丰云）

海外华文写作丛书

漂亮的人
都来纽约了

All Beautiful People
Have Come to New York

应帆

Ying Aiguo

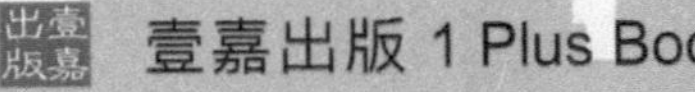
壹嘉出版 1 Plus Books

壹嘉出版
1 Plus Books
http://1plusbooks.com

作者：应帆/Aiguo Ying
书名：漂亮的人都来纽约了/All Beautiful People Have Come to New York

2023 1 Plus Books 壹嘉出版
Paperback Edition
Published and Printed in the United States of America

ISBN: 978-1-949736-62-5

出版人：刘雁
封面设计：高岚
定价：$22.99
San Francisco, USA , 2023
http://1plusbooks.com
email: 1plus@1plusbooks.com

作者像

应帆，江苏淮安人，现居纽约长岛。北美中文作家协会副会长，《新语丝》编辑。另著有长篇小说《有女知秋》、诗集《我终于失去了迷路的自由》。

目录

山中有千莲

进了大雄宝殿的门，看到那巨大的、高达十多米的毗卢遮那佛像，还有他佛座外半圆形莲花台上供着的万尊小佛像，黛珊倒不由得起了敬畏之心。她原本抱着到此一游、看看就走的态度，如今站站走走了一圈，到底不能继续矜持下去。她跟着身前身后的善男信女跪在蒲团上，闭上眼睛，双手合十，装模做样地拜了一回佛。

黛珊早就听说这是北美最大的寺庙。真到此地看了，才有“果不其然”的感慨。黛珊转出大雄宝殿，发现它的右侧还另有一座观音殿，建得更早，是贝聿铭设计的仿唐风格建筑，颇有一些看头。她进去逡巡了半个钟头，看到两三个女僧和六七个女香客，又莫名地生出些意料之外的念头来。

她来这里，其实只是想看看久违的荷花。从观音殿再往山里走，确有个千莲台，立在千莲池之畔。盛夏时节，那池中风里果然摇曳着红莲白荷，几乎不止千朵。自来美国后，这莲便是少见的花种。如今一尝夙愿，黛珊觉得这一程也算是不虚此行了。

后来，黛珊顺着大雄宝殿前的菩提大道慢慢下山去，不时停下来看看大道两边立着的十八尊尊者的石像。每尊像都有中英文说明，简述尊者的故事。难得的是它们脸部的表情被雕刻得栩栩如生，有低眉欢喜的，有张目嗔怒的，有仰头思考的，也有掩口顿悟的。黛珊看得欢喜，不时用手机拍照，回味每尊佛像的表情和故事。这些日子她很容易觉得累，因看时间也还早，就索性走走停停。

黛珊一边观摩那些尊者的雕像，一边不觉泛泛地想，人生的确就是一场修行，不过大多数人终其一生也不会有顿悟的那一刻、修得罗汉果的那一刻吧？她一时想及千莲池的千朵莲花，在这树木环绕的深山佛地，不知每一朵都有什么样的心情？可是自己呢？可不可以自比作一朵莲，还是连一朵莲亦不如？她想着这个“莲”和“连”，一时脑子里电光火石般，寻思这“千莲”莫非是“牵连”的谐音？心中倒要笑话自己人在佛地，心还是放不下俗物的窘境了。

黛珊从不曾想到自己会落到这步田地。马上就是奔三十三的人了，但是还没有很快结婚的可能。刚过了三十岁时，她还会焦虑，还会“雌”心勃勃地发誓要把自己这个齐天大“剩”在本年度里嫁掉。如今她倒有些看开了，日子就这样往前过着，不怠慢自己，也不逼迫自己，更不想逼急了献科。

然而，也总是有意外的。本来，今天是约了献科一起来看看这寺庙和莲花的。不想，一早打电话给他，他却变了卦，种种借口：已经约了球友下午打网球；佛是要带着虔敬之心去拜的，不能以旅游的心思去寺庙，这样显得太不尊重；开车过去也要两个小时；别的地方也有荷花看的……于是，黛珊一咬牙，就自己开车来了。

说起来，对于宗教，就像对爱情，黛珊觉得自己总归是怀疑的。而在这点上，献科大约是和她“臭味相投”的。两个不彻底的人，两个太聪明的男女，在人口也有八百多万的纽约遇见了，苟且着眼前的苟且，又不能往更深更远的地方去。黛珊不知道这算是幸还是不幸？

不过是几十米的下山路，黛珊却疲累得几乎想坐下来，终是捶了捶腰，勉强往前走。不想，两个女子有说有笑地从她身边走过去。一个大约是本寺的女尼，光头，戴眼镜，穿着褐黄色的袍子，脚上却是一双淡粉的、鳄鱼牌子的拖鞋。另一个却就是普通的女孩子，背了个双肩包，穿了一双球鞋；走起路来，女孩子两条腿里却仿佛装了弹簧一般地充满活力。看样子，她们是好朋友，女孩子来山里看女尼。她叽叽喳喳地说，女尼安静地听，偶尔轻笑着搭话。黛珊跟着她们走了几步，到头却茫然了：女尼的淡泊她达不到，女孩的青春她也是回不去了。

这么小心翼翼走了一程，也就快到山脚的停车场了。那女尼和她的女友，还在停车场那边徘徊复徘徊的样子。菩提大道的尽头，或者说开始处，放了一对小石狮子，照例是一脚提起、像是要踢人、又像是要玩球的造型。因为是狮子，脱不了威严的姿态，可是因为体积上的小，又或者雕刻者的用心，它们竟又有些憨态可掬的样子。黛珊看着小石狮子发呆，想它们到底是在保卫什么，还是在戏耍什么呢?

不想，这时却有个细细的、女孩子的声音，脆脆地喊了她一声：“妈妈！”

黛珊吃了一惊。扭头一看，却是个三岁不足的孩子，扎了两根麻花辫，粉妆玉琢的可爱。那女孩子和黛珊打了照面，意识到自己认错了人，慌忙之间，以手掩口，腼腆地笑起来。那份童真，竟让黛珊呆了，不知如何应对她。

女孩转头向停车场方向，大喊了起来：“妈妈！妈妈！”有对年轻的夫妇正在那里忙着把一辆童车从车上取出来，童车里还睡着一个婴儿。那年轻的母亲回应道：“珊珊，你不要乱跑呀！等着爸爸、妈妈和弟弟！”远远看去，那一样留着长发、穿着素色裙子的少妇，和黛珊倒是有几分神似的。

黛珊坐到自己的车子里，却是闷热得要命，仿佛片刻就满身是汗了。外面树上的蝉这时也分外刺耳地叫起来。她忙着打了火，开了空调，冷气就慢慢散满了车里的空间。黛珊调好导航仪，输入回家的地址。导航仪就兴致勃勃地通知她：让我们回家吧！

临踩油门之前，黛珊又摸了摸自己的腹部，幻想着里面那个还不到花生米大小的生命，正如何每分每秒地裂变着、成长着。她一时想微笑，抬起手来，却不防抹了一脸的泪。

（原载于《百花园》2018年1月号）

团　圆

(一)

孔献科到美国的那一天是个风和日丽的八月天。他走出飞机，进入候机大厅时，看着周围熙攘人流里比例很高的白色人种，却不知怎么在骄傲的同时又混搅着点自卑的感觉。好在周围还颇有几个同机而来的中国学生，十几个小时的飞行后，看上去赶得上自己精气神儿的还真没两个，他便又有些兴奋起来。再想到黛珊就在外面等着，他心头就又涌上点不安、焦灼之类的情绪。

排着长队，到头却只问了几句，就入关了。出关手续终于办完，取了行李，出去时，按照黛珊的嘱咐，一个劲地说自己什么都没带，又前后左右地谢了好几回，到底走到出口处了。他四方环顾，就看见吴黛珊正在人群里向这边张望着。他想要挥手喊她，却忽然失语般发不出声。他后来仔细回想这个细节，觉得自己竟是不知道用中文还是英文了，却又想也许更是黛珊的样子让他多少有点吃惊吧。

两年没见，黛珊竟然真的有点显老了。她的肤色依旧是白，却是有一点苍白的意思了，以往偶尔可见的红润和光滑竟无影踪了；笑着时，她的眼角开始现出明显的、细细的鱼尾纹，带得笑容里也有几分沧桑的样子了。黛珊一时也不知说什么，看献科果然有了微微凸显的啤酒肚子，想说句笑话，却到底没说，最后道："赶快走吧。车还停在那儿呢，按时间算钱的！"她提了献科的随身行李，又帮他在后头推另外一只大箱子，忽然想及这两年的孤独和等待，如今献科就在眼前，却带着点陌生的痕迹，眼角就有些酸痛的感觉。

回去的路上，献科暗地里打量黛珊，见她自然地戴上墨镜，映着苍白的脸，就有点酷酷的味道；再看她前瞻后顾，然后果断地换道加速，上了高速，一副气定神闲的样子，献科就更觉得惊讶，倒不想她这么"能干"了，想她在国内骑自行车让人让己都胆战心惊呢。他又羡慕又敬佩，却又不免有点酸酸的。他一时又想自己用不了三月五月的，大约也可以这样了，只恨在国内时到底没有认真考出驾照来。这么一想，思绪就拐到典典身上去了。

献科此时已经忘了两人怎么开始的了。也许是有一次下班后他还在公司里看英语、背单词吧，典典好奇地过来看，两人聊着聊着，就一起出去吃饭，慢慢就成了朋友。献科一直疑疑惑惑的，不知道自己为什么要出国，难道只是为了和黛珊团聚吗？国内的安适让他总也不能全身心地投入出国的准备，和典典好了后，他甚至考虑彻底退出这场出国的战役了。却没想到典典撇了嘴，说："人家跟你好，就指望着你能出国呢！"献科想起黛珊在国际长途里的询问和催促，就想到"腹背受敌"这个词来。只是有了典典那样的可人儿作陪，他本又是聪明的人，到底跟托福和鸡阿姨又亲密接触了一回，并拿到了美国一个三流大学的全奖。典典的快乐尤甚他自己，黛珊却似乎不如想象中的热情，只说什么好在两人学校离得还不算太远的话。献科心底又把那可以毫无顾忌和典典联系的喜悦刷新了一下，这次却是坐在黛珊边上了，所以就有点可耻的感觉，忙着打发掉这种情绪。

献科正胡思乱想着，却不料黛珊沉默了这么半天，到底开口说话，问他道："你饿了吗？"献科在飞机上吃了点东西，也说不清楚自己是饿是饱，或许竟都不是，只是被黛珊这么一问，想了想便道："好像有点儿了，也好像没有。没感觉。"黛珊就说回家先垫点，晚上再出去吃饭。她盘算着待会儿该带他去哪家中国馆子吃饭，却也拿不定主意。到了家，黛珊一边帮着献科搬东西上楼，一边跟他说这个一室一厅的房子是她才租下来的，以前是和另外的女生合租一个两居室的。献科喘着气道："你其实不必这样的。我在这边也住不了几天的啊，一下子多了一百五，一千两百块人民币呢！"黛珊心里要冷笑，又想哪个刚来时不是这么条件反射似的乘八换算呢，就叹口气算了，只道："原来的房子也不好，那个roommate又脏，要是我们两个人跟她一个人住一起，她说不定只肯交三分之一的房租呢，那也一样了！"献科也就不再啰嗦。两人搬定了，献科就开箱拉包地拿东西出来，黛珊看他还是带了一些她嘱咐不必的衣物过来，就问他怎么还是带了。献科一想都是典典的主意，只开口要说"是我妈非要我带上的"，却又觉得不好，只讪笑道："有同事胡乱建议的：都说不怕一万就怕万一呢！"黛珊笑道："瞧你那一打长内裤什么时候穿吧！"献科讨好地拿出黛珊要的一包剪纸几张苏绣之类的东西道："这是你要的！"黛珊便接了过来，一边看一边道："这些东西送老外最合适了，又省钱又有品位……"

两人正说着话，电话却响了，黛珊忙着接了，果然是何梦越打来的。两人一时不知说什么好，梦越只用英语道："你接着他了？一路都好？"黛珊也用英语回道："是的，是的；一切都好。"梦越想想也不能催逼她什么，也就要挂，却都用中文说了"再见"。献科听到电话响，一下子想到了要给典典打电话的承诺，寻思了一会儿，看黛珊挂了电话，就笑道："先听你说英语，还以为是老外呢，最后又说‘再见’了。是中国人？”黛珊想到献科不是不懂英语，就几乎脸红，勉强镇定道：“是台湾人，一个同学，问我接机顺利不顺利。——你要不要冲个澡？”

黄昏时，两人就忙着出去吃饭。路上黛珊问献科是吃川菜还是上海菜什么的，献科就笑道：“瞧你这人，我刚从中国来，你就请我吃中国菜。我可想着吃吃外国菜呢！”黛珊一时愣住，笑道：“我倒没想到这个——一般中国人出去吃饭都是去中国店的，又对胃口，价格也便宜。”献科想她这半天几次说钱不钱的事了，本想说什么，最后却也只道：“那，随便你吧。”黛珊想起曾经和梦越去过一家意大利店，两个人五十块钱该是能打下来的，就在下个路口拐了出去。

两个人在店里坐下来时，都有些不愉快，却又竭力想去忘记，拼命找话时却又没话说了。要饮料时，黛珊只要冰水，献科看各样价格吓人，就说：“一杯可口可乐。”那侍者却听不明白的样子，献科很奇怪，就又慢慢道：“COCA——COLA。”侍者还是不知所云，献科又一个字母字母地说，侍者就问他是不是“COKE”，献科摇头，一边向黛珊看过去。黛珊忽然从神游中惊醒过来，忙着说“是”，又跟献科解释他们不说“可乐”只说“COKE”。献科就笑道：“第一回吃饭就出了个洋相！”黛珊也笑道：“这不是‘洋相’，是‘土相’！”话一出口，她就觉得说得造次。献科果然不悦道：“是啊是啊，我现在是土包子了，尽出‘土相’了！”黛珊忙道：“得了，谁刚到美国不是闹了很多笑话啊？自我解嘲，自我解嘲！”献科勉强笑了笑，好在侍者端了饮料来，两人也就假装忘了这一茬。

吃饭时，献科的睡意忽然开始上来，不停地打呵欠，黛珊说他的时差开始发作了。回去路上，献科便迷糊上了。黛珊一边开车，一边不时看他一眼，想四年前两个人开始恋爱的情形、两年前她出国时两个忙着办结婚的情形。这两年，献科的外貌其实并没有特别惊人的变化，却不知为何让她觉得有了很远的距离感和很强的陌生感，或许是自己心里有鬼的缘故？第一个学期，两个人还是电话邮件的每天联系，渐渐地就有些松懈下来，从三两天一回问候到一个星期，若不是今年献科到底办了出来，只怕联系更要疏离了。她忽然想起何梦越送她从教堂回家的晚上，车子在夜色里飞奔，她坐在梦越边上，心底有一种莫名的安全感。她曾经多么渴望能够坐在开车的献科身边啊，如今却是献科昏昏睡在了自己边上……

停车时，她不小心轻轻碰了一下地上的长石条，献科也就醒过来，迷糊道："怎么到家就醒了？！"出了车，天边是一牙刚升起来的月亮，四下里虫声唧唧，远处似乎还有蛙鸣声，听得献科只发愣，一时笑道："冷不丁地，还以为在乡下呢！"黛珊也就笑道："不说美国就是大农村，留学就是洋插队嘛！没来时，都以为在美国过着什么花花日子呢！其实真不如国内呢！"献科叹气道："你从没在国内工作过，都觉得国内好；要是工作过呢，就也不想出来了！"黛珊笑道："又怨我把你拐出来了？我想一人苦，不如一起苦，所以一定要你出来呢！"献科笑道："你啊……"又想国内是早上了，典典等电话要等急了，就忙着跟上楼去。

黛珊开了电视来看，正是十点档的新闻，献科先还想听听，却发现自己几乎一条也听不明白，跟着字幕看，也跟不上速度，又比播音慢一拍，又想看画面，费半天劲大约明白一些儿；看黛珊似乎能明白很多，就又有点不自在，不一会儿，就失去了耐心。黛珊要去洗澡时，献科到底问道："打国内电话怎么打的，给老头老太报声平安啊！"黛珊忙道："Damn it！我怎么忘了。电话卡没钱了，你就直拨吧，现在这家公司也就两毛钱一分钟！"献科就拨给家里，黛珊也等着和他父母说了两句，末了，又给自己父母通报了一声，这才去卫生间洗澡。献科听到水响，忙着拨了典典的电话。那边典典一听他的声音，就撒娇要哭道："你怎么才打来啊？人家一夜都没睡好，等你的电话！都急死了！"献科不免劝慰一番，说不方便的话。典典就问道："那她现在干什么去了啊？"献科道："洗澡呢！"典典沉默了一会儿，忽然道："今天晚上你不许跟她做爱！不允许！"献科一时哭笑不得，也不知如何回答。典典忽又道："你们是不是已经做过了？"献科道："胡说八道！我都累死了，哪有那个心情？"典典"哼"了一声，道："你说话这么小声，我都快听不见了！——没有？她憋了这么久，见了你也不着急？不会是早给你戴了绿帽子吧？"献科被典典捅着久未触动的神经，一边尴尬地清嗓子，一边思考黛珊出轨的可能性，忽然听到水声停了，忙道："她洗完了，我挂了！"典典也着急，忙着说了一句"记得给我发妹儿联系"，话没说完，已听得献科挂了。

（二）

夜里，献科又因时差关系在客厅看了会儿书才进房躺下来，黛珊似乎已经睡熟了，献科也就闭眼求眠。他醒醒寐寐的，也不晓得梦里跟典典还是黛珊吵什么怄什么的，忽然听到她哭了，一下子惊醒，睁了眼睛，转身一看，果然是黛珊背对着他肩膀一抽一抽的，却竭力压抑着哭声。献科一时愣住，转念就明白了，说到底他和黛珊还是两年没见的年轻夫妻呢。他调整了情绪，就轻轻翻身，把黛珊搂到怀中来，一边抚摸，一边柔声道："我还是太累了，一上床又睡着了。对不起……"黛珊一时忍不住，哭声忽然大起来，又觉得羞耻，便也抱紧了献科的身子，一壁哭哭啼啼的，一壁回应着献科的动作，褪他的T恤和短裤……

后半夜，黛珊却又睡不着了，一个人轻轻悄悄地起来，喝了点水，拉窗看了看天边要落的牙月，远远地听见似有警车的呼啸。她叹口气，便坐在沙发上。本是她觉得委屈向献科求欢的，只是献科的动作让她惊奇了，她只再不好意思说什么。两年前结婚时，两个人虽然有过性经验，却总是在宿舍里仓惶地完成的；这一夜，献科却是老练如此了，让她满足的同时又起了疑惑。这两年，她是为他守着的，却又忽然想，其实他知道不知道呢。想想那一回梦越送她回家，吻到深处，她还是要他走，看他委屈地下楼去，心头是久不曾体验的揪痛。如今独坐在夜里，也不晓得是该庆幸还是遗憾：献科到底是在身边了。

快中午时，献科才醒。黛珊一面忙着理前日买回来的韭菜，一面招呼他道："你饿不饿？吃点cereal和牛奶吧？"献科不知道cereal是何物，黛珊便给他讲了，又给他兑了牛奶。献科道："你牛奶也不热一下？我在国内一喝生牛奶就拉肚子的！"黛珊怏怏地放了碗，不晓得该怎么办，有点生气，就又回头理韭菜去。献科从卫生间回来，打开冰箱看见一碗剩饭，就道："倒想吃泡饭了……"黛珊便让出地方道："你自己煮吧。"一边想起自己刚刚看到这一碗饭还说中饭就不要再新煮了呢，原来还是按一个人过日子计算了。献科能手能脚地拿了锅，接了水，就放灶上去烧水。黛珊看他一会儿就拨饭进去，问他："怎么这么快水就开了？"献科得意道："我放的是热水！美国水就是好啊，热的冷的都有，还都卫生！"黛珊急道："美国的冷水能喝，热水却不能的！都不知道跟洗澡水是不是一个管道的！"一句话唬得献科也不敢要吃了，黛珊就端了那已经泡散泡软的cereal道："你还是老实点吃这个吧！美国的牛奶能生喝的；要不然，这也倒了，重热一杯牛奶吧？"献科忽然意兴阑珊，道："算了，等会儿吃中饭算了，我也不很饿！"

黛珊的厨艺实在不怎么样。她又因来美第一年胖了点儿，就下了决心少吃便宜的鸡肉、猪内脏而多吃蔬菜了。这一顿因献科刚到，她还特意买了很贵的西红柿、台湾黄瓜、中国芹菜、韭菜之类的蔬菜，却不料这些都是献科在国内看不上眼、也鲜入口的东西，黛珊又做得一般，他便也勉强吃几口填了肚子罢了。吃完了，黛珊也不收拾碗筷，心想自己做了半天饭菜，该是献科主动去洗碗了；其实她也不是不能一手操办了，只怕给献科养出个不良习惯来。献科坐了一会儿，看黛珊没有洗碗的意思，就明白了她的心思，笑了笑，却问道："你怎么还没买电脑？想上网都……"黛珊道："计算机的价格一直在跌，也不晓得什么时候是个底儿。而且在家用机器的机会也不多，平常都是半夜才回来的。以前的roommate倒是买了一台，在家就忍不住上网找人聊天，自己恨不得要卖了呢。才一个月，价格就跌了好多，谁愿意买她的二手货？你要上网，待会儿我带你去学校上好了。你又要看什么，国内新闻？你在国内也不怎么上网的呀，跟我写信都有一封没一封的。哦，在国内倒是不要上网看新闻的……"献科听她唠叨了一通，有点讪讪的，只道："我随便说说罢了。"黛珊又道："这两年也没余下钱来。省下的一点奖学金，还出国时借的钱就去了一部分，你出来又花了不少……"献科就烦躁起来，收拾了碗筷往厨房去，道："我来洗碗吧！"黛珊抿嘴一笑，却忙又收敛了。

黄昏时，黛珊带着献科去参加在华人教堂举行的迎新会。临去路上，献科就取笑道："你不会也要成教徒吧？"黛珊看他一眼，道："又不是你想入人家就要你了！"献科冷笑道："怎么还跟入党似的，要先经组织考察考察？"黛珊气道："你说什么呀？我觉得基督教真没什么不好的；刚来的中国学生要不是教会组织的各种活动，真不知道怎么开始生活呢！"献科就嘟囔了一句什么"幸亏不是法轮功"，黛珊也就笑出来。

到了教堂，已经有很多中国人在那里，衣服上贴了名字，手里拿着食盘什么的四处走动。献科一眼看到昨日同机的几个人，尤其是几个女生，似乎都被很热烈地关照着，想到种种说法，就不由笑了笑。两人去倒果汁喝，却忽然走出来一位老太太，跟黛珊问好，又道："这是你的男朋友？"黛珊微微红了脸，却只把话题岔开去，跟刘太太说些天气、身体的套话。黛珊刚来美时，虽是梦越接的机，却也有其他的男生试探性地围上来，黛珊第一回说自己"已婚"，有几个男生也就再不睬她了。后来她就留了个心眼儿，跟人要么虚与委蛇不说真话，要么就说自己"在国内有个男朋友"给人留存点模糊信息，却不料今日被这个台湾教授的妈冷然一棒打中。好在孔献科似乎并没有太注意刘太太的话，只忙着倒薯片吃了。

黛珊也看见梦越了，跟几个女生交谈着。她安慰自己地想梦越只是跟人一般礼节性地交谈，却又想他是不是也跟别的男生一样有意识地去找新生的。其实梦越也许都不算追过自己吧：第一次在机场看到时，没想到他那样的清瘦修长，后来听说他是台湾来的，也就有点释然，似乎台湾的青年男子都是清瘦修长的似的。梦越带她去参加教会的活动，才晓得他是虔诚的基督徒，在这边的教会里弹钢琴。第一次感恩节活动，大家唱完了赞美诗，就分组做游戏。每人抽了写了话的纸条，来自《圣经》同一段落的人就分成一组。黛珊和梦越的纸条联在一起：一个是"我来了"，一个是"（我来了，）为的是让你的生命更丰盛"——平常的话，忽然暗示什么似的。

黛珊那时到了美国三个月，渐渐地适应了不睡午觉的作息，能够比较顺利听课了。一组的人交流心思，向教友、向主说这一年的得和失，黛珊忽然就有些感动，说：原来这一年还是发生了很多事情，研究生毕业，结婚，出国留学……还认识了一些重要的朋友，比如何梦越。那夜照例是梦越送她回家，到了楼下，小雪粒"蓬嚓蓬嚓”地落在车玻璃上。黛珊微开了门，回头一笑，用英语道：“感谢上帝，终于把今年的雪给我们送来了！”梦越却有点正色地说：“我也感谢上帝在这一年把你送到了我的生活里……”黛珊吃了一惊，惶然道：“我是结了婚的……”梦越诧异地看她，黛珊心慌意乱地出去，道了“晚安”，嘱咐了“路上小心”也就进楼了。到后来，梦越忐忐忑忑地试探着问她丈夫的事情，黛珊就吞吞吐吐地回避着，倒像她是被父母一手包办进了一桩老式婚姻似的……

黛珊到底把梦越和献科互相介绍了。寒暄后梦越就不知道说什么好，倒是献科不知怎么来了兴趣，问他对台湾独立、对共产党之类的看法。梦越敷衍着说了几句，也就被人叫走，献科转头时就“嗤”了一声：“这小白脸！”黛珊看他一眼，想他刚才还面上堆笑的，却只道：“你当初不也被人说是小白脸的嘛！现在倒说起别人来了！”

到了晚上九点多，大家也就各自散了。黛珊洗澡时，献科犹犹豫豫地拨了好几次典典的号码，却总是未等到接通，就又自行挂断了，握着话筒独自发呆，想想上海和典典，忽然有那样遥远的感觉，远得让他难以置信他是前天才离开的了。

第二日一早醒来，黛珊就有点感冒的样子，不知是昨日在外面吹了风还是夜里闹的缘故。献科也就忙着开自己带来的一包药，又按黛珊的指示烧热水、冲板兰根，等等。黛珊看他忙忙碌碌的，想春天到美后的第一次感冒时无人问津的惨状，心底不禁有点暖意融融起来。吃过饭，她因献科念叨着上网，她又想给他去查查要去的学校中国的学生会组织之类的情况，就强打精神地开车带他去了实验室。

（三）

一路上，黛珊又不免絮叨些她老板的事情，说他是一个怎么和善体贴的独身老头，说她刚来时要等开学了才有奖学金，导师就要借钱给她暂用，又主动开车送她去找房子，又怎么关心她的生活起居，在治学上又严谨又温和……献科听得有点不屑，冷笑道："他不会对你有什么想法吧？"话一出口，就觉得轻薄了，却又没法收回，只扭着头看窗外。黛珊气得苍白的脸色也发红起来，瞄了一眼边上的献科，扭头专心看路，却笑道："人家有女朋友的。第一次在系里的 barbeque上 他给我介绍他的女朋友，张口说'Dysan, my girlfriend Nina'，我都有点失态 —— 不习惯老美们七老八十的还 boy-friend、girlfriend地称呼……"献科又道："我觉着你适应得挺好的嘛，英语比在国内时真是不可同日而语了呢！"黛珊不懂他话里的意思，看前面红灯，就慢慢停下来，看见过路的行人，就又道："自己刚来时也走路回家、走路上学好几回呢。那时看身边来往如飞的车子，就觉得自己特悲壮似的。"献科忽然道："不会吧？一个女生居然没人照顾？而且，你说了，有个教会里的人常带你的呢！"黛珊换踩了油门，冷笑道："那时当然都是报喜不报忧的，哪里又有那么多的免费午餐呢！"

到了实验室，黛珊开了台机器给献科用。献科摸索着上了网，看了会儿国内的新闻，等黛珊出门办什么去了，就忙着开了雅虎的信箱去看信。典典果然写了好几封信来了，先是傻乎乎地问："你到了美国吗？飞机上饿着没有？睡没睡好？想没想我？"到今天的信，她已经有点情绪了，先大骂他"是不是已经把我忘了，忘了你对我承诺的'一个学期里和她离婚、春节回来跟我结婚带我出去'的话了？你还是人吗？"然后又自我安慰了一番，写什么"我真的想你，想吻你，想你在我身体里的感觉……"献科看得不免心跳脸红，却又莫名地兴奋，慌慌张张地给她回了几个字，一时激动，把黛珊的电话号码也告诉她了，只叫她过两天方便了趁白天黛珊不在家时打过来。

黛珊买了咖啡回来，献科就问她买电话卡的事情。黛珊就说回去路上去中国店里买一张就是了，却又忽然笑道："着急慌忙地来上网，都干什么了？"献科尴尬道："能干什么呀？有几个同事还问候呢，回了一声平安呗，叫人家放心。"黛珊就冷笑一下道："没想到啊，还有这么多同事关心你！"献科道："你以为呢？我们可不是生活在人情冷漠的资本主义社会啊！"黛珊也就笑道："这倒也是，在国内烦人和人之间太亲密吧，在这里又嫌人和人太疏远了！"两人说了几句，黛珊就忙着找献科学校的中国学生通讯录，又发了封信过去，问住宿之类的情况。

回去路上，两人就拐了趟中国店，黛珊自然又是一场精挑细拣，献科只不耐烦，说什么国内同样的东西可便宜多了。到了出口处，黛珊又要了一张电话卡，献科却忽然说要两张。黛珊问他："干吗一下子要两张？一张二十块钱呢！"献科没想到这么贵，道："我到那边去，总得买卡……"结账的小姐就说他们新进了些十块一张的，黛珊却笑笑，要了两张二十的。两人正等着，何梦越却也转到出口处来。黛珊有点窘，却还是笑着招呼了，又看他买了一包烤鸭似的，就笑问他："怎么也要吃荤了？"梦越道："这是素鸭。"又跟献科点了点头。三个人出了门，也就各自上车。黛珊看梦越的红色马自达开出去了，忽然想起以前梦越带她来买菜的情形，想这结账的小姐幸亏换了人，不然还不定认出什么来，倒有点后怕的意思，却又旋即耻于自己的后怕，觉得对不起梦越的那一份感情了。献科却问道："怎么，他还是个素食主义者？"黛珊道："Yes。"献科讨厌她时不时地夹句英文，又心不在焉的，就道："还吃什么素鸭！

还是想吃嘛，还拼命压着自己的欲望不吃，这骗谁来呢！”黛珊听得句句刺耳，忽然叫道：“你说什么呢！好像人家跟你前世有冤今世有仇似的！”献科愣了愣，被说得灰头土脸，却又故作幽默地笑道：“倒不像我跟他有什么，倒像你跟他有什么似的……”黛珊气得说不出话来，只猛地踩了油门上路。

到了近家的mall，黛珊想起献科说家中家具的寒碜，就又拐进去。两个人在SEARS等店转了半天，什么床架啊、餐桌啊、电视柜啊还是贵得人心疼，到底空着手出来，想想回家大约没兴致做饭，就买了两份外卖的麦当劳带回来。

夜里早睡，黛珊只在献科身上乱摸。献科就道：“你都感冒了，明天又要早起去实验室，歇着吧！”黛珊就撒娇说轻微感冒也没什么的话。献科就翻身躲她，却一不小心翻到地毯上去了，悻悻地爬回来，道：“你还笑？这个小破床垫！”黛珊平躺下去，冷笑道：“我也不知道你什么意思，到了这边横挑鼻子竖挑眼的。你没想想我刚来时的惨样，一张床单铺在地上不也就睡了，两三个月没有电视不也就过来了……你倒好，嫌没有床架了，沙发太旧了，电视老土地放在纸箱上了，没有正式的餐桌了，做个爱好像也是你赏赐我什么似的……”献科就又惭愧，怕她识破了什么，只道：“就不兴男人不行、没情绪的时候？”黛珊不语，献科就又凑到她耳边低语几句，黛珊红了脸，骂道：“做梦去吧，你！”又翻身睡去了。

星期一早上，黛珊跟还在睡着的献科交代了一番早饭中饭之类，就匆忙出门赶去学校的班车了。献科待她走了一会儿，盘算着国内是晚上了，就起来用电话卡给典典打电话。两人一时要哭要笑地谈了半天，典典就道：“你跟她有没有吵架？她有没有不耐烦了？”献科嗫嚅着说不出话来。出国前，典典给他出了几个和黛珊分手的主意：察言观色，看看黛珊这两年有没有红杏出墙，如抓到了把柄，什么也不用说，自是交割了以往的账务，就可以离婚了；要是黛珊没有把柄可抓，到了美国献科就和她没事找事吵吵闹闹的，日子过不下去自然也会离婚；实在不行，献科只好说出和典典的事情来，承认对不起黛珊，只是感情无法勉强，让她放他们一条生路……献科本来也没太当真，到了这边更觉得这些主意天真可笑，却不料典典追问不休，一时就没了说话的情绪。典典听他不言语，就软了声音道："我是不是逼你太紧了？人家想你嘛，想早些和你在一起嘛……"献科经不住她言语挑逗，不免又笑起来。两个又叽咕了半天，直说得献科饥肠辘辘的，一看表已经十二点了，就忙着挂了。他刚挂了，电话却又响起来，忙着跑去接了，一心以为典典舍不得，果然又用IP电话打来了，开口"喂"了一声，却是黛珊的声音，不免吃了一惊。

黛珊本要嘱咐他中饭的事情，却不料一个早上家里都占线，这时通了，早没了好脾气，只气急败坏地问他跟谁通电话呢。献科就扯谎说给国内的朋友，还有这边的朋友打电话报个信儿什么的。黛珊只是不信，在实验室又不好太大声说话，就没好气地挂了。

晚上回家，献科讨好地做了晚饭等着，虽只是勉强可以下咽，黛珊却也心情好了很多。献科就要她带他去学开会儿车。黛珊说他没有学车执照，不可以的；却禁不住献科的求胁，推托不过，就带他到mall的停车场去。

天色渐渐黑下来，她便开了车灯，给他讲了一通。献科在国内学了几回，自以为上手容易，转了圈直开的速度就挺快，害得黛珊尖叫了几次。天全黑的时候，也就准备回家，献科说要开回去，黛珊也欣然应允。刚刚一倒车，就听"砰"的一声响，紧接着是女孩的尖叫声，两人都唬得面如土色，忙着熄了火下车。却原来是一家美国人趁傍晚带了女儿来练车，还没换上人呢，就跟他们要倒出去的车碰了一下，那女孩跟她妹妹两个瑟瑟发抖缩在后座。献科话也说不周全，只听黛珊跟人叽哩呱啦了一通，似乎双方都是虚惊一场，也就算了。

底下两日，献科不提学车的事了，在家里却又一刻不安分的样子，黛珊反催逼鼓励着，要他出来练胆量。出来了，一教一学，自然又是口角不断。黛珊想别人说的千万不能教亲密的人学开车的话，倒有些信了，发誓再不教他，让他到了新学校自找驾驶学校好了。

周末时，黛珊送献科去新学校。事前黛珊帮他联系了两个找室友的老生，到那儿看了看，选了个离学校比较近的，就签了合同。第二日又带他去报到，顺便在校园逛了逛。周日时先去几家 garage sale 挑了点家具，又到商场买了点基本生活用品，算是把他安顿下来了。献科这时方体味一事一物都要亲自去办的难处，想自己站着说话不腰疼地批评黛珊家中的寒碜，就不禁面上讪讪的；又看黛珊这么忙来忙去的，倒像他当初去上大学时，母亲忙前忙后地给他安排床铺，又有几分不舒服的感觉。黛珊要赶回学校上课，献科送她到楼下，忽然觉得凄楚，不敢也不想流露出来，只挥手看她开车走了。

（四）

黛珊回去的路上，一场秋雨却无声无息地落了下来。天黑得已经有些早了，一路都是蜿蜒的山间高速，两旁的树色在绿黄杂陈的底调里不时点染出一团一片的艳红来，在这暮雨里，却又蒙上点凄清的灰暗。

黛珊这时又不由得想起自己和献科的事情来。似乎过去几天献科整天在眼前倒逼迫得她无法思考了。本来献科可以提前过来的，黛珊心里有鬼，就没主动提出，没想到献科也不提，直拖到八月份才过来。黛珊如今一想，再想他这几天并没有表现出她期盼的两年之别后的兴奋和狂热，心里的疑团就愈发大起来。她胡思乱想着，脑子里不知怎么冒出最近偶尔翻翻的《神雕侠侣》里裘千尺的名言来：丈夫丈夫，一丈之内，方为丈夫；想着笑，就又想起献科以前说的“老婆”的笑话，不觉叹气，想献科既不在一丈之内，自己也还不算老，难道竟有些意味？她又笑自己迷了心窍，也不愿细想，调大了收音机的音量，车速也不觉加快了。

开了学，每周从星期一开始就无法停下来了。献科因和老生住，两人立刻就电话联系上了。献科说了第一次见老板的事情，感觉很不好，黛珊想他初来乍到的，凡事紧张些也算正常，说不定还是好事。到了周末，黛珊方意识到有一个星期没见着梦越、也没有收到他电话了，就也胡想了一阵子。

星期六一早她去附近的 yard sale看东西，倒看见一家人卖有垫有架的床，还有不错的茶几等，跟人还了点价，就忙着定下来了。卖主倒答应用家用货车给她送过去，只是她怎么弄上楼却可能是个问题。黛珊想了想，就借用阿瑟家的电话，给梦越打过去，问他有没空过去帮忙。梦越自然不好拒却，就开车去黛珊楼下等着了。

梦越和阿瑟把东西搬了上去，黛珊付了钱，那美国老头阿瑟就乐呵呵地上车，还不忘笑说了句：“Enjoy，young couple！”黛珊不觉脸红，却笑道：“这老头，晚节未保！”梦越问她这话什么意思，黛珊道：“本来这半天对他印象很好的，也很感激的，这最后一句不得体的话……我请你吃饭吧？”何梦越忽然看到她手指上的婚戒，心思乱动，也顾不得追究她的话，只淡淡道：“那好吧。上去帮你把这家具顺便摆好吧，那当咖啡桌用的纸箱子也早该扔了！”两人就又上楼，忙着收拾了。铺好新床，黛珊就坐在上面试了试，弹性硬度等等果然不错，不禁欢欣雀跃的。梦越看她两眼，道：“这旧床垫要不要待会儿也扔掉？”黛珊看着那床垫，不知怎么竟有些留恋之感，就道：“先放着吧。”梦越要笑她道：“怎么一个人还要睡两个床不成？”听了这话，黛珊只觉得有些刺耳，就不睬他。梦越也觉失言，就帮她把纸箱子拆开摊平，拿到楼下去，又顺便把那一套《射雕英雄传》搬上来，还给黛珊。

黛珊趁空进卫生间洗弄一番，想了想，还是把那只最近献科来了才常戴的白银婚戒摘下来收好。等她出来，看到梦越把书放在新买的旧茶几上，就笑道：“这武侠小说看了，可有什么读后感？”梦越一时脸上放彩，道：“真没想到这么好看呢！以前总以为这些武侠言情啊都是很无聊的读物，没想到也有文化和人生在里面！”黛珊看他那份兴奋劲儿，又听他一口软甜的国语，倒忍不住要笑，却道：“世俗中国人的世俗乐趣吧！像您这样不食人间烟火的自然稀有……”梦越回头诧异地看她，黛珊就道：“要不要看下面的《神雕侠侣》？”梦越就道：“不敢看了。一开学就忙了，也就暑假有点空，才敢看。”黛珊不由得笑道：“真是乖孩子……”梦越要抗议，黛珊忙道：“走吧，我请你吃饭去！”

梦越开车，两人先是好久没话说。半晌，到底还是黛珊先开口道：“最近一切还好吧？”转而觉得自己问得可笑。梦越勉强笑了笑，道：“你们一切都好？”黛珊便叹气道：“他刚过来，还有许多要适应的地方，只能慢慢来……”何梦越听她那样说话，想起当初天真的幻想：等她丈夫过来了，他们会商量分手的事情，自己可以等着黛珊的自由……等见到了真实实在的她的“丈夫”，他就知道那样的想法果然是幻想，而且天真。他思前想后地下了决心，今天就把她的书带过来还了；这时想到要和黛珊说，就一时狼狈地想哭。

到了日本店樱花馆，两人都要了一客素食。梦越看着餐巾纸上的樱花图案道："也许只有纸上的樱花才是不凋谢的……"黛珊夹了一只素喜，却又放下来，意味深长地道："也许……"她想说什么素食的人终究吃不了荤什么的，却只觉要词不达意，就半路停了。梦越继续道："我从小就受了洗的，最近更觉得自己是个罪人，一直努力地在忏悔……"黛珊心里一阵疼，却缓缓笑道："是啊，我打小是个无神论者，这么努力了两年，还是难以相信许多东西……"

这一顿饭怎么吃完的，黛珊竟不记得；梦越怎么送她回家，她也不很清楚。一个人回家睡觉，居然睡得黑天昏地的，直到晚上献科的一个电话叫醒了她。两人闲说了两句，献科就问道："你一早一中午都去哪里了？"黛珊就说早上出门买了点东西，后来又去实验室做了会儿事情。献科疑惑道："我中午给你实验室打过电话的，也没人接。"黛珊心里一凛，道："可能出去吃饭了吧。怎么想起那时打电话？"献科就有点沉默，半日道："今天去图书馆看了一天的书，累死了。回到家，想起来忘了跟小陆出去买菜了，这一个星期不晓得吃什么呢……"黛珊就安慰他几句，让他明天去步行可到的地方买点牛奶饼干之类的食品存着，下周别再忘了就是。献科一一答应了。他想和黛珊说这一周的遭遇，却欲言又止，看黛珊也仿佛有点心不在焉的，就到底没说。

黛珊挂了电话，就弄点吃的，却寡然无味，只觉胸口有闷痛压迫着。她忽然想到这其实是不是有点失恋的意思：她和献科在学校里算是没费什么周折的，到毕业时结婚，也似乎是水到渠成；只是没想到和梦越就这样了断，虽然心底某处有些轻松的感觉，她却还是觉得难受了。她又想即使退一万步来说，她可以和梦越去发展，又能发展出什么呢？她要为他去入教，也许要忍受他家人对媳妇也上班的不满，而他要忍受她不是素食者、是已婚女子等等事实……梦越甚至以前没有读过金庸的小说，最近才在她的怂恿下借看了《射雕英雄传》。这些奇怪而陌生的差别仿佛是当初彼此吸引的因素，如今再想，却也更是要让彼此因缺乏共同语言而难受的距离……黛珊这么想着，又想到献科的好处，想上大学时的圣诞他曾怎么捧着红玫瑰顶着寒风在女生楼下等着，那个通宵舞会上她怎么疲累地第一次睡在男孩的怀里，本来不大去教室自习的献科和她恋爱后怎么每晚去教室里陪她坐着看书、在看书的间隙里陪她出去散步；两个糊涂人怎么稀里糊涂地忙着一个月里完成毕业、结婚、就业和出国的大事情；她来了一年，他给她海运过来一整套的金庸全集和四大名著；甚至她可以和他讨论台湾的问题，说台湾要不要独立除了要看岛上两千三百万中国人的意愿，也要看看大陆十几亿中国人的意愿啊……而这些，她和梦越是从不去说的，也可想象彼此的分歧……黛珊沉沉叹了口气，想自己到底是个学理工的人，而感情这东西大约是经不住多少分析的。

周日忙着买菜、洗衣服、做三四天的饭菜等，也就转瞬而过了，然后又是开始了就无法停止的一周。底下一个周日晚上，黛珊正一人在家看电视，梦越打来电话。两人不咸不淡地说了几句，就有点尴尬地沉默着。梦越忽然道："已经好几个星期天没见你去教堂了……"黛珊不由得凄然一笑，道："我害怕自己既是叶公好龙，又是滥竽充数……"又沉默了一会儿，梦越突然问道："你是不是从来没有，爱过我？"黛珊不由愣在这头，转头四顾，却不答他的话。梦越断断续续地道："这些天你不去教会，我都感觉失魂落魄的……上个星期跟你说那些话，你为什么那么平静，什么反应都没有？你是不是早就准备好了：等他过来，你就用不着我了，也就该分手了……"黛珊一时生气，就挂了电话，却忍不住哭了起来。梦越却又立刻打了过来，开口就道："是我，不要挂……对不起！"黛珊不由得抽噎不已，梦越就喃喃道："你说，我们到底有没有希望在一起……”黛珊短促地哭了一声，最后缓缓地说道：“没有……”

挂了梦越的电话，黛珊又愣了一会儿，也就开始整理这个月的账单。翻开电话账单，却吓了一跳，直比平常多了四十多块，仔细看了一下，原来献科刚来那两天除了给家里电话外，还给另外一些人打了，有一个手机号码他打了两三次，时间都还不短，费率又高，一时心里就疑窦丛生。

写好了支票，她就给献科打电话，却没人接。到临睡前，就又试了一次，到底找着他，开口就问他上海的那个手机号码是谁的。献科吃了一惊，强自镇定道：“我正准备告诉你呢……”黛珊一时提了嗓门道：“告诉我？告诉我什么？你打国内的手机也不跟我说一声，一分钟就是五毛多呢！你怎么这么晚才回家？”献科就说他又去学校图书馆看书了。黛珊就笑道：“你还真够用功的啊，又爱上学习了？”献科满腔苦楚，沉默了半天，到底嗫嚅道：“这个学，我怕是上不下去了……”

（五）

黛珊只道他开玩笑，不由得笑他道：“现在你也知道留学的苦了！但也不至于这么一个月不到就感慨‘上不下去了吧’！”献科道：“也许是我太笨了？详细情况也一直没敢告诉你……”黛珊听他语气悲观，不觉止了笑，问他到底怎么了，献科唉声叹气了半天，到底从头说来。

献科第一次和老板见面的感觉非常好：他去办公室找夏普里奥教授时，惊讶地发现对方比他大不了几岁，又开口就让献科不叫他夏普里奥教授，只叫他名字杰夫瑞的简称“杰夫”，还认认真真学习了一把献科的名字发音，虽然稍慢一些就成了“西安科”，比起一般的不知所云或者直接询问可不可以叫他“科”的美国人，也算强了不知多少倍了。中午，杰夫又带着献科和另外一个美国的硕士生去吃中饭。席间，问起长江的水位、中国的小煤矿现状、上海的最高楼和中国这些年令人讶异的 GDP 增长，等等，饭后引着献科、托德去买咖啡时，又神秘地跟献科眨眼说“我们都是上了毒瘾的人”。献科初到美国又离开黛珊的阴霾心情几乎一扫而空。再回办公室，杰夫就开始问献科都修过什么课，研究生时做过什么项目，工作两年又学到了什么新东西，献科用蹩脚的英语勉强应答了。杰夫说他的方向是化学物理和生物甚至电子工程都有触及的交叉学科，基础要求比较坚实，说着，就在墙上小白黑板上写了个热交换的方程来，要献科写出解答过程和解来。献科对着白板，脑袋一片空白，画了两三行“X =”“Y =”，就只好红着脸承认自己记不得三四年前学习的数理方程了。杰夫很不高兴，又问献科的研究生论文到底做了什么试验获得了什么数据推论了什么结果，献科心里紧张，许多英文词就想不起来，更加说不周全。杰夫强忍着脾气，沉思了一通，让献科先回去列一个他曾在学校修过的课程清单，问了他住的地方，说下了班，就去那里和他讨论选课事宜。

献科逃出杰夫的办公室，就忙着赶车回家。正好小陆要出去买点东西，献科就跟着他去了。再到家不久，杰夫就真开车找过来了。献科带着他上楼，到了自己独桌独椅的房间，忙又尴尬地到小陆房间借了一只凳子过来请杰夫坐，又要开新买的罐装可乐给杰夫。杰夫一一笑着推却了，就坐在地上，说了声“公寓不错，挺开阔的”，然后就问献科的课程清单列得如何了。孔献科第一次体会“希望有个地洞可钻”的感觉，却只好实话实说，讲自己刚刚搬来，没车又不熟悉环境，只能跟着室友的计划而动，实在还没时间整理出那个清单来……夏普里奥教授的脸色不由遽变，道：“你知道你在干什么吗？第一，你没有遵守你的诺言；第二，这样做是在浪费我的时间。我想，今晚我们也没什么好谈的了。明天一早你拿着清单来找我吧！”献科这时已完全说不出话来，只得点头哈腰地把杰夫送到楼下，看他开车去了，就忙着回房工作。

第二天一早，献科把熬夜翻箱对照着成绩单抄出来的一份课程清单送给杰夫去看。杰夫笑笑瞄了两眼，放到一边道：“我又看了看你的成绩单，分数都不低，怎么一些简单的问题却答不上来呢？”献科只好说从研究生二年级到现在就大多是很具体的实验工作等，所以很基础的理论东西忘了不少。杰夫就道：“怎么可能？我到现在都记得我在麻省理工第一年修的数学课讲了些什么……也可能你的英语不够好吧，有些东西表达不了？”献科庆幸杰夫给他找着一个更体面的台阶下，却又不免暗骂自己怎么笨急到没想到这么个现成的借口。杰夫也不再追究，却拿了一本厚厚的学校课程录来，找到标好的页码，和献科讨论起要选的课程。杰夫说本来以为献科第一年就可以上手干活，现在看来不行，要多选选课，勾来划去的选了五门课，包括一门英语。献科不知深浅，只忙着一一点头应了，然后就匆忙地揣着校园地图去找当日十一点到一点的那门数学课的授课教室了。

他在国内午休惯了，或者中午大家闹一闹也罢了，这一堂正中午的数学课只上得他“欲”坐针毡，似乎这样才能把睡意稍稍打消一点。不明不白下了课，就跑到书店去买推荐的两本教科书，一下子就是一百多元，吓得他午饭也不敢奢想了，买了一只苹果暂时填了填肚皮，就一路小跑去英语系上下面一堂英语课。这一堂课亏他肚子饿得直叫，那老太太又很神经质地或笑或叹，一时喧哗一时耳语，才没有睡过去。下了课，又不那么饿了，就跑到图书馆看那两本数学书到底讲些啥，不觉就天黑，又急忙去赶校车回家。

到了家，慌忙用小陆的电饭锅蒸上饭，再看着冰箱里的东西却无从下手，想着西红柿炒鸡蛋应该好整，也不想西红柿的价格了，就忙着洗切。刚要下锅时，小陆哼着小调进了门。献科想着要让出厨房，紧张巴巴地炒了几下，想着加盐加油的，却一不小心就已经满锅是水了，就忙着盛出来。他端了饭菜到客厅，对小陆道："我煮了一锅饭，你就不用煮了吧！"小陆不冷不热道："不用吧……"献科心下踌躇，就又放了碗筷来厨房找家伙盛饭，完了，又忙着洗电饭锅，却又粘了底，费半天劲才忙着递给似已等得不耐烦的小陆。

献科好不容易咽下去一顿饭，又把剩余的包好了放在冰箱。小陆也做好了饭菜，就一边看球赛一边吃饭，献科站着跟他说几句闲话，说两本数学书就买了一百二十块钱的事情。小陆不由得诧异地看了他一眼，笑道："嘿，没看出来哥们儿是个款爷啊！都说现在出来的人带了很多钱了，我先还不信呢……"献科也不晓得他是开玩笑还是说真话，不由面红耳赤，道："我听说中国学生很少买新书的，可是这书都是今年才出的，也没有旧书啊……"小陆就笑道："你赶快去复印一本再退回去吧！还没见你这么傻的，还买新书！"献科再红了脸，却依旧带笑道："这复印，一页一毛钱，一本也要三四十呢！"小陆一下想他可能还用不了系里的复印机，一时踌躇着不知要不要开口接茬儿，最后说道："可以去图书馆、系里复印啊，实在不行，到底还是便宜将近一半啊！"

献科垂头丧气，勉强又笑着跟小陆说了两句，更看不懂小陆关了字幕的棒球赛，想着第二天的课，就忙着回房去看书，却哪里看得下去。一时躺倒在床，不由胡思乱想，想着来到这新地方还没给典典打过电话，就不由得心生惭愧。起身找了电话卡，拨完了免费号码和密码，却又踌躇起来，不晓得接通了又能和典典说什么，再想到那钱，就更心疼，这么一愣，按下去的却是黛珊的号码了。

黛珊听说他买了书，也说了他一顿，却又道："最好不要去图书馆复印，而且我怀疑一般图书馆也要收钱的；即使能免费，人家看见你印一本书，也要起疑的，知道了怪丢脸的。你问问你们系的老生，一般都有系里复印的户头的吧？实在不行，跟你老板要系里复印室的钥匙和户头吧，就说你要……唉，你又不做ＴＡ，也不是很好开口呢！真要不行，买就买了吧，不然一班的人就你拿着复印材料，也不好。你收好发票吧，说不定两个月里都可以退的，你再找找门路就是了！”献科一听她提及老板，再想她说她老板多么好来，心底就有点若羡若妒的情绪要滋生，却忙着压住了，只一一答应了她的话。又不免说起小陆吃饭跟他分得清爽的事，黛珊就笑道：“老生都知道的。刚来的新生，常常一起合伙吃，过了三月两月的，就矛盾百出了，最后还是要分。小陆这么做也是为你好！”献科听她这么说，就有点厌烦她的指导了，说道：“明天三堂课呢，我要睡觉了！”黛珊又问他选了什么课，一听他说选了五门课，就尖叫道：“You are crazy！谁叫你第一学期选这么多课的？”献科道：“你叫什么啊？老板选的，我有什么办法？”黛珊道：“那就是你老板疯了！你还没交选课单吧？听两周看看，赶快和你老板谈谈，至少 drop 掉一门！不然，你到时候要吃不了兜着走，想退都退不掉的！”两人说了半天，才挂了。

好不容易熬了一周下来，献科果然觉得吃不消。周六睡了个懒觉，想和黛珊商量退课的事情，又找不到她，犹豫了半日，到底给典典打了过去。典典自是不高兴，冷嘲热讽他怎么这时想起给她打电话了，不是连电子邮件写得都很吝啬了嘛。献科就要说自己的情形，却又说不出口，只推刚开学、功课紧、生活苦罢了。典典不由冷笑道：“我看你是乐不思蜀了吧！”献科又分辩了几句，屡屡听到小陆提电话的声音，想是要用电话，又觉现在跟典典诉苦几类于对牛弹琴，一发呆，一狠心，也就把电话挂了。

第二周开始，各门课的作业就不停发下来。献科选的几门课，除了英语之外，多是跟外系的高年级本科生或者刚入学的研究生一起上，有时都不明白作业布置的是什么，只好厚着脸皮去问看着像是亚裔的同学。到图书馆，上网匆匆查回信，果然有典典的，又哭又闹又后悔，说什么“也知道你可能很忙，可是一个星期没接到你电话，你知道是什么滋味吗？你为什么就不为我想一想？何况，你现在算是在你‘老婆’那边了，我却一个人在这里，痴痴地等着你遵守你的诺言……”献科看到“诺言”两个字，不由眼圈一红，想了一会儿，最后也不知该怎么回，于是忙着找了座位去看书了。

（六）

孔献科一直自认是个聪明人，却不料被这留学生活这样弄了个下马威。如今在典典和黛珊之间，献科终于觉得自己是是聪明反被聪明误了；又想典典远在大洋那头，大约好打发点，只是如何向黛珊启齿却是个难题了，更怕她已然怀疑到了什么。在这陌生的土地上，他的洋插队之苦也只能跟黛珊倾诉，也只有她才能理解得了。想到这里，献科忽然对黛珊有点敬意起来，想她一个女人这两年怎么顶过来的。转念一想，如今自己这么狼狈，这种诉苦是不是有伤自尊，再一想黛珊是自己的妻子，就又有点释然。“自己的”，献科有时玩味着这三个字，想想这世界上真正是“自己的”东西究竟有多少，就不禁要感慨万千起来。在电话里跟黛珊说了半个多月的苦楚，感觉就好多了，似乎又积攒了足够的信心和勇气去对付将来的一周。黛珊还说在他们学校的图书馆找到了献科要用的教科书，在系里复印室各印了一份，下一周就可开车给他送过来。

周五晚上，献科抽出时间来和典典讲了一回长长的电话。他本来计划好了，怎么跟典典摊牌，临到说时，满耳是典典的甜言蜜语，就全没了主意。末了，就慌不择言道："你跟我好，是不是就想出国啊？"典典本来还迷迷糊糊躺在床上，这时如雷击电掣般，只想破口大骂，却到底强忍着愤怒道："孔献科，你以为你是谁？我想出国，随便找个人还不照样出去？为什么非要找你这个有妇之夫？而且你当时还不在国外……"献科心就又软了，强笑道："我怎么知道……"典典哭起来，道："是不是美国真的不好？你生活太苦了，要不，还是回来吧？好吗？我不在乎你在哪儿，我只要跟你在一起……"献科长叹了一口气，道："哪里那么容易呢！今天我爸妈还说准备过来探亲呢！"典典道："那你到底怎么想，想怎么办啊？"她话没说完，就听到电话卡里提示只有一分钟了。献科顿了一下道："我想，我们还是断了，好吧……"典典刚说了个"你"字，电话就断了。献科满腹惆怅之余，又不禁略感庆幸，拿着话筒，呆想了半天，也就洗漱了睡觉。典典心里愤懑，着急慌忙找了早买了却从未用的IP电话卡，有点胆颤心惊地拨了献科给的美国号码，却不料是个女人声音，一时就发愣，硬着头皮道："孔献科在吗？"黛珊道："他开学了，不住在这里……你是谁？找他有事吗？"典典想起来献科给过自己他老婆的号码，一时慌张道："我是他的同事……同学，没什么事……我挂了！"黛珊不觉心里犯疑，想打电话问献科，看表已是近十二点，想着明天要过去，也就算了。

第二日她吃了午饭出发，开了两个多小时也就到了。献科在家里等着她，倒是迎宾似的准备了许多饭菜。黛珊看献科似乎真有些瘦了，不觉笑，道："成长迅速嘛！我听说你们这儿有个不错的中国buffet，晚上去那儿吃好了……"献科要开口说她浪费，话到嘴边却道："也好。我做的，就下个星期带到学校吃吧！"黛珊帮他收拾了，又带他出去，买了些他这三个星期发现很紧要却没有的生活用品。

临晚时，小陆踢球回来，他们便问了他中国自助店的地址，虚请了小陆一回，也就自开车去了。两人大快朵颐了一顿，饭后每人又吃了一小碗免费的冰激淋，都歇在座位上不想走。黛珊这时想起昨晚的那个电话来，就试探着问献科："什么人啊？还说是我们同学，怎么会不知道我名字？"献科就红了脸，半日才吞吐道："是以前的一个同事吧……"黛珊又问："是不是你刚到美国就打了好几个电话的那个？"献科料是瞒不住，就偷工减料地给她讲了讲，只说典典和他因为一次醉酒发生了关系，后来典典就缠着他不放，幸亏他及时出了国终于摆脱了云云。黛珊呆若木鸡，两眼发直地看着对面低了头不敢直视她的献科，想说话，却说不出来，嘴唇颤抖了半日，眼泪就无声地流下来。哭了一会儿，她起身去了趟洗手间，照镜子时，忽然想起梦越来，有一种醍醐灌顶般的轻松和惊喜掠过心际，却不敢多想，就又忙着擦净脸上的泪痕。

两人不声不响上车回去，到了半路，黛珊道："现在回去还早，不如去看场电影吧。"献科自然同意。看完电影，黛珊的心情似乎好了些，献科也就渐渐话多起来，电影虽没看懂多少，还是跟黛珊微微争执了几句。到了家，又百般殷勤地侍候着黛珊，黛珊也就不好再板着个脸儿。献科洗了澡，上床来好好温存，黛珊先还拿这拿那地推拒他，渐渐也就缴械投降，只随着献科的动作起伏……

完了事，献科把她搂在怀里，一手轻轻抚弄她的头发。黛珊不觉叹气道："也许当初实在不应该把你一人留在国内两年的……"献科道："又有什么办法呢？我没申请着，至少得等一年吧。那时要办F 2出来，又要交公司的违约金，又要交培养费，肯定凑不出来的……等了这两年，公司的合同期也满了，培养费也不用交了，正好我也申请到了学校……"他还想说什么几全齐美的话，却到底忍住了。黛珊也就不言语，渐渐地似乎睡着了。献科倒睁眼想了会儿，最后轻轻把胳膊从黛珊颈后抽了出来，也平身睡了。

第二日早上，献科带着黛珊去校园、系楼看了一回，又顺便去书店把几本书给退了，倒没费什么周折。献科只乐道："一下子多了两百多块钱，感觉好爽！"黛珊看他满脸笑容，倒有一股孩子气，不觉也笑。吃了午饭，她也就忙着回去。只过了三两个星期，路两边的树色就红艳了许多，被微风吹拂着，就如一面面小小的血红旗帜翻扬飞舞着，竟刺目得很。黛珊想起献科和典典的事情，有点诧异于自己的平静，暗暗想道：自己和梦越的事情大约是可以不用告诉献科的了。忽想起网上看来的一种言论：夫妻关系，应该和总统选举之类的一样，几年一选决定换届与否，大约世上也就没有那么多不幸福的婚姻了……黛珊不觉一笑，想她和献科算不幸福吗？似乎不像；那么算不算幸福呢，却也很难说了；这么乱想着，不觉又苦笑了一会儿。

底下的一个星期天，她起得早，没什么事情耽搁，遂去参加了教堂的礼拜。梦越还在那里弹钢琴，琮琮的琴声伴着大家的歌唱，却也让人平和安详起来。礼拜结束时，她慢腾腾地跟着大家出来，就有刘太太等人问她好几个周末没来的事情，她勉强找借口支吾了。人群渐渐散去，她进了车，远远看见梦越带着两个像是新来的女生出来，隐约听见她们声声亲热地叫着"丹尼"，不由得出了一会儿神。转头看了看外面的蓝天红叶，到底不想打招呼了，就径直开了车回家来。

黛珊和献科间的电话如今倒也多起来，你来我往的竟要一两天一次。一个多月下来，献科虽然渐渐适应了这边的节奏，接踵而至的作业考试等还是压得他喘不过气来。夏普里奥教授更上一层楼，给了献科实验室的钥匙，又同时分配给他许多杂活：诸如整理实验室的资料柜、洗刷试管、整理仪器等等。献科在国内没接触过许多实验仪器，自然又笨拙不堪，又时常被逼着要他打电话去找制造商的技术支持讨教，因此倒不敢去实验室了。

又一周谈话，献科斗胆提起五门课压得他喘不过气来的事。杰夫很不满意，就问他道：你从中国那么远的地方跑到美国来读书，不就是为了能尽可能多学点知识吗？五门课太多？你有没有全身心投入每门课呢？“西安科”的意思是“献身科学”，你真的有这样的勇气和决心吗？你有没有意识到你现在能够一天学习十个小时是莫大的财富和幸福？……献科灰头土脸地离开他的办公室，书包里一门只得了五十分的小测验成绩单更重了许多，几乎像是五十磅的重担压着。

电话里说起，黛珊也只有陪着献科说几句他老板没拿到永久职称之前穷凶极恶罢了。黛珊自不免又问起典典的事情，献科就忙着保证说真断了，再没联系过，黛珊只不全信。献科就道：“我也没别的法子证明给你看了；要是住在一起，你就相信我了！”黛珊笑道：“那你转到我们学校来好了……”虽是玩笑着说，两人却又都不禁心动。

说话间，又一门期中考试下来了，献科又只得了个五十多分，虽然周围还有不少得了三十、二十的美国学生，他还是又羞惭又害怕的。跟杰夫见面时，献科就嗫嚅着说了两门期中考的情况。杰夫自是失望，又道他还没有怎么给献科课程之外的任务，而且献科下学期的奖学金也是要根据这学期的成绩来最终确定的。献科回去路上，想想他老板的话，又想自己对这课程专业真是说不上很强烈的兴趣的，为这五门课夜也没少熬、觉也没少睡，实在算尽了全力的，颇有点心灰意懒，却又担惊受怕得不行。

晚上黛珊又打了电话来，说起放秋假的事情，问献科想不想跟着去附近的国家公园看看。献科就苦笑道：“得了吧，我秋假后还有两门期中考试呢，假前还有三份大作业要交……”黛珊问他考试的情况，听说他两门期中考都是B以下的成绩，不由也为他担心，说道：“我看你这老板实在不是什么善辈，你以后跟了他少不了苦头吃。要是想转学，不如趁早，耗上两三年就不值得了。你又不是很喜欢这专业，四五年赔进去再出来，找不找得到工作还是个问题——不如转学到我们学校来学计算机好了，虽然学校的计算机专业排名不是特别高，也还说得过去；按州内学生的配偶身份注册，还可以省点儿学费；读两年，我还可以和你一起毕业，一起找工作；两人住一起，也可以省了好多房租吃饭的费用……”献科初到之人，只狠不下这心来，犹豫着说道：“我以前又不是计算机专业的，能成吗？”黛珊笑道：“得了，这还有许多原来学文科的F 2改了计算机呢。你计算机又玩得熟，编程序的经验也不少，难道还不如他们不成？”献科被她说得心动，口中却道：“再说吧，再考虑考虑吧……”

献科忙着准备期中考试，自又不方便回来，黛珊便决定了还去看他。临行前，又跟他说了一遍转学换专业的利害，献科就说那便准备着吧。黛珊就找出他出国前准备的申请材料，准备带过去。秋假又逢上中秋节，黛珊就去中国店买了月饼、桂花糕、棱角、芋头之类的秋令食品带上。

小陆趁着秋假出去玩了，黛珊献科也就更加自由自在些。两人在家做了饭，又去阳台上摆了桌椅，一时放了买的和做的食品，倒也满满一桌。献科又开了白天买的一瓶葡萄酒，两人就坐下来小酌以贺。献科强劝着黛珊喝了几杯，黛珊不胜酒力，脸烧得厉害。献科隔桌看她，原本苍白的面色染了红晕，逆着如银的月光，煞是娇媚，不由心动，就夸了几句。黛珊也笑，却觉得头重脸热的，侧耳听了一回楼下草地里的秋虫咏唱，伸手试了一回栏杆上有无露水，就回头去看那刚升到树梢以上的月亮，说道："刚才一不留神，还以为那盏又大又白的琉璃灯就是月亮了呢！"献科就笑道："你没醉吧？呵呵，那灯和月亮还真有点儿像！你还别说，这他妈的美国的月亮，还真是又大又圆呢！"

（原载于《鸭绿江》2018年第6期）

结 婚

(一)

星期四夜里，十一点半临睡前，献科笑着对黛珊说："我们结婚吧。"黛珊那时正把频道换到WB11的"人见人爱雷蒙德"，一时拿不准献科话里的玩笑度和诚恳度是怎样的比率。她目光还是紧盯着屏幕，又似乎什么也没看到，只耳里清楚听到电视里的声音："不要离开！我们马上回来！"献科在边上又整衫弄被了许久才安定下来。黛珊一直没转头，以为下一秒钟他就会神奇地拿出一枚戒指来，说些甜蜜的话，甚至单膝跪在床上，至少也会躲在英语里说"你愿意嫁给我吗，黛珊？"……而献科终于没有，躺下去不久就打了一声鼾，掖被时碰着他，他自"哼"了一声，也就继续睡了。黛珊下意识地调低了电视的音量，又回头看了一眼睡着的献科，没来由地觉得委屈，一想献科的辛苦，也就只是轻轻地叹了口气而已。第二日一早，黛珊隐约听见献科起床、冲澡、穿衣、喝牛奶，却还是坚持地闭着眼睛，也自以为睡着了。献科临出门，却喊了一声："赶快起来，下去把车挪到马路对面去！"黛珊一下警醒，迷糊地睁开眼，听见献科关门的声音。她草草洗漱一下，拿了钥匙下楼去，却已经有点晚了。马路对面已经泊满了车，而这一边一眼望去，只有他们的本田雅阁和另外一个同类，孤零零地如同残兵坚守着已经失却的阵地。幸好扫马路的还没来过，不然这残兵又有吃罚单的危险。黛珊发动车子，才发现车玻璃上落满了粉红干软的樱花，美丽却衰败，叫她陡生怜惜之意。想想也就三两天的工夫，这马路边上一树一树的花就谢了，绿叶忽然就开始丰满着枝干。她就又出来，拿车刷扫了几下，然后开了车在附近几条街上转悠，一边恼恨纽约这一四扫这边二五扫那边的扫街规定，一边看着路边的停车场感叹没钱、或者钱不够多的难处，想到“贫贱夫妻百事哀”这词，却又旋即笑自己的夸张。转来转去，倒给她找到一个空当，费了半天劲泊进去了，就走回来。

在楼下拿了当日的《纽约时报》，黛珊一边上楼，一边翻找工作那里的版面。黛珊失业已经四个多月了。起初的两个星期还苦中作乐地说是给自己放假，底下几个月却是每天扒着报纸看，不仅找新出现的招聘信息，同时也暗想昨日犹在、今却不见的广告，无来由地嫉妒那个和她毫不相干的“lucky bastard”。她起初还只是聚焦在曼哈顿的公司，然后目光发散到大纽约地区，再然后才注意一些窝在新泽西的科技产业。两个多月下来，只有一次失败的面试之后，却也顾不得什么眼低手近了，网上看到加州的机会也拼命地塞求职信过去，虽然明知那边有更多绝望的、ＩＴ界的失业大军，也明知即使有那样的机会，能否轻松而去也是个大大的未知数。

报纸里并没有什么令她鼓舞的信息，黛珊随便看了两眼头版头条的战争新闻，就把报纸扔在一边。起身去厨房倒了牛奶麦片吃早餐，一边就又想起献科昨晚说“结婚”的话来。

黛珊和献科是在美国读书时候认识的。黛珊转学来读计算机系的科学硕士，献科则是计算机系的博士生，都是中国人，课程和助教方面又有各种各样的交叉，因此很快就熟悉了。碰巧两个人又要一起毕业，那恋爱谈得就顺当了许多。更巧的是，两个人都在纽约找到了工作。初来时纽约的房租吓得他们直吐舌头，在学校时一直犹犹豫豫没有同居的两人，这时毫不犹豫地就决定一起分租一个一居室的房子；饶是如此，每人每月的房钱还是在学校时候的好几倍，好在工资跟奖学金的比率也高了很多，慢慢倒也心平气顺地接受了“纽约居、大不易”的现实……

整个美国的就业形势在黛珊他们找到工作后急转直下，而纽约这边在九一一后更是雪上加霜。黛珊每日小心翼翼勤勤恳恳，风声鹤唳里胆战心惊熬过了前两轮裁员，却到底没能顶得过第三轮。离圣诞还有两周的一天，凯文把她领到小会议室，通知她这个上层的决定。黛珊以为自己会哭的，没想到自己看着英俊逼人的凯文，却只是淡淡一笑，说道：“到底来了……”凯文还是眼里含笑，说着“十分抱歉”的话。黛珊看他油亮的头发，白皙脸庞上的大而明亮的眼睛、隐隐的青色须影，又暗自感叹他的漂亮，然后似要平衡什么似的把目光停留在他覆满黑色毛发和浅色斑点的胳膊，淡淡道：“你有什么好抱歉的呢？”凯文就说什么当初是他面试黛珊的，如今又要赶她走，最后安慰道：“好在公司还给三个月的工资，你好歹可以缓冲一下，度个假也好！”黛珊心想他不知道她是中国人、只有工作签证的苦处，却也无心无法解释什么。凯文又交代了一些事项，黛珊就出了会议室，整理了一些私人物品，也就回来了。

到家后，在床上趴了一会儿，到底还是哭不出来，黛珊就给献科打电话。献科问她什么事，黛珊就道：“我被解雇了！”献科一愣，然后笑道：“好啊好啊，可以好好歇息了，也不用每天担心厄运明天来临了！”黛珊骂他道：“你还笑！没心没肺的家伙！以后你可得养着我了！”说了这话，两人却都愣了一愣，献科先道：“没问题，没问题——现在挺忙的，晚上回家再说吧。你没事吧？”黛珊想想，说道：“没事，你忙吧。”听得献科挂了电话，她却又握着话筒出了半天神。

后来，他们却没怎么正经谈这件事情了，又似觉得没什么好谈的：黛珊失业了，成了黑户；献科的公司境况还好，近期不会有裁员发生，献科的绿卡申请终于有了一些动态的意思，估计工作许可这一步是快了……两人都知道，结婚将是最直接最有效的、解决黛珊身份危机的办法，但是又都认为那是最后一根稻草。他们本身同居越久，对婚姻的畏惧越深，这话题是有一年没提过了。黛珊决定也考虑中西部的广告时，还询问了一下献科的意见，献科说："那当然。这一两年过了，经济肯定要好起来的。分开一两年有什么要紧？……"黛珊指望着他这么回答的，真听到时却又有点失望，就沉默着回到求职网站上去。然而，变化还是慢慢地发生着：本来每周两个人轮流着做饭、挪车的，现在这些事情渐渐都落在黛珊一人身上了，出去看电影、下馆子的次数少了许多，有线电视、宽带上网服务也降级了。两人说话也小心许多，生怕碰到敏感地带……

四月末的早晨，吴黛珊一边吃早饭，一边想：她和献科之间到底算不算爱情，到底有没有过爱情，而和献科结婚是不是自己想要的、唯一可以留在美国的途径？

（二）

黛珊想印证她和献科之间的爱情时，就时常回想起九一一那一天。献科他们公司当时还在北楼上，他一早先行去上班。黛珊匆匆赶到中城的公司时，已经过了九点，稀里糊涂地看新闻。网站上的滚动报道说二号楼要倒了，然后二号楼倒了；说一号楼似乎也要倒了，然后也就倒了……黛珊先又紧张又恐怖，泪水在眼眶里转，却哭不出来。一时想起用献科他们公司的贵宾优惠卡去世界之窗的情形，想起献科的安危，忙着打电话过去，手是颤颤抖抖的，却怎么也拨不通献科的手机。黛珊那时并不知道那天纽约电话线路几近瘫痪和崩溃，只不停轮换着拨打献科的手机、办公室的电话还有家里的电话，却多是不通，偶然拨通了一次献科办公室的号码，又只有留言声音……那时已经十一点多了，黛珊从十二楼的窗口向下看去，五大道上尽是仓皇着徒步北走的人们，转过身，她的眼泪忽然就掉了下来。

凯文过来通知大家临时的安排，因为出入曼哈顿的桥梁隧道都已关闭，公司暂时预定了一些旅馆房间，另外号召家在曼哈顿以外的员工去家在曼哈顿的同事那里将就一两个晚上。凯文问黛珊家可不可以接纳一两位同事，黛珊带着哭腔挣扎着说"没问题"，然后抵挡不住凯文的询问，哭出声道："我男朋友在世贸上班，可是我打不通他的电话！"凯文轻轻地拥抱住她，拿着文件的手拍了拍她的脊背，安慰道："可怜的东西！我相信他没事的！"黛珊稍作犹豫，还是在凯文肩头靠了一下，闻到一脉淡淡的男性香水味道，一时竟有点意乱神迷，忙着镇定自己，抽噎着说了声"谢谢你"。

过了中午，大家得到消息说桥梁隧道都已经开通，不禁长吁了一口气。黛珊也通过电子邮件和献科联系上，原来他刚到世贸底下，就遇到正从大楼里紧急疏散出来的同事。就在那里，献科他们眼睁睁看着第二架飞机插进了大楼，火焰浓烟从大楼的伤口里舔卷着涌出，地上吓呆了的人们偶尔发出一句两句的"Jesus Christ！""Holy Shit！"献科他们本来还边散边观望，等到二号楼如融化般消失在尘烟中时，才都奋不顾身地狂奔起来。献科到了帝国大厦那边，才敢停下来回头看一眼。这里地上的人群也是乱作一团，献科不敢久留，就大步流星地往北继续走了。到了哥伦布环那儿，忽然想起已经过了黛珊的大楼，本来想着进去看一看她的，这时却没力气再回头走了，就随着人流走了回来。

黛珊下午四点回到家，两个人在门道里拥抱，互道了"I love you"，黛珊那一刻想起献科中午的信里问她："Baby, are you alright？"

就不由抱紧了献科。献科兀自激动地说："我看见两个人手拉手从楼上跳下来了，远远地看着，就像折了翅膀的鸟，自由落体一样……"黛珊感觉献科微微的颤抖，注意到他早上狂奔后遗留身上的汗味，忽然联想到凯文身上的香水味道，安慰了两句，就慢慢推开献科，脱鞋走进了客厅……

一晃就一年半了，大家似乎也都渐渐地忘却了那一日的恐慌和温情，该吵的架还是要吵，日子还是一小时一小时地往前流动着。黛珊吃完早饭，挣扎着坐在沙发上背GMAT词汇。这是她失业以后的另一打算：万一不行，就找一间学校去读个MBA的学位。可是这希望也随着秋季入学申请的日期已过而显得逐日渺茫和不可实现起来。她看了一个多小时单词，一边恨叹自己的记忆力和五年前不可同日而语，一边起身收拾了碗勺。过后又上网去看看有没有什么意外之喜，自然没有，却不舍得立刻下来，倒去几个中文网站看起新闻之类。网上有个故事，说什么女学生为了身份问题，和男生乱搞，最后与中餐馆的台湾大厨苟合结婚之事。黛珊看了不禁冷笑两声，自道了一句"No comment！"也就下了网。

黛珊想起献科说的"地毯好像很久没吸似的"，就拖出吸尘器来弄了半天，居然也筋疲力尽。累了，就又坐下来看 The Hours，忽然想如果自己和献科结婚的话，最终会不会成为离家出逃的布朗夫人，或者弃世而去的伍尔夫，或者和克莱利莎一样一个小时一个小时地生活下去？她忽然自嘲大约没有那样的 luxury，毕竟她是一个中国女人，一个尚算年轻的、客居在美国的、以计算机编程为生的、二十一世纪的中国女人。生活的本质也许都一样，但是难得糊涂的众生们哪个不是为了生活的表象而疲于奔命呢。下午三点时，黛珊略事修饰，换了运动装束去八楼的健身房锻炼。这时候的健身房并没有几个人，她上了跑步机，一边慢走，一边看书，却不时左顾右盼。过了二十分钟，还没见迈克尔进来，黛珊忽然就泄气而失望，下了跑步机去做一些力量型运动。

黛珊失业两个多月后，才改变晚上和献科一起来健身的习惯，改为下午来锻炼一会儿。不久，就注意到迈克尔也常这时候来。彼此面熟了，终于有一天迈克尔指着黛珊正在看的 The Hours 说："这是一本很不错的书！改编的电影也不错！"黛珊一时脸红，却也附和着说自己很喜欢这小说和电影。于是两个人就讨论起电影里怎么把小说中纽约的六月换成了积雪残存的冬天，朱丽娅怎么从一个剃光头和戴鼻环的、与她母亲谈不来的反叛少女形象变成了一个颇乖的女孩……后来，两人就互问职业，黛珊说自己是个程序员，迈克尔奉承她一定十分聪明。黛珊不禁俏皮道："Well, who knows whether we are programming or we are programmed. "迈克尔很是惊讶，说他也是个作家，不过晚上在一家酒吧做侍应生。黛珊有点心冷，却仍然笑道："A writer and a waiter！ Wow, the only difference is one has an R and the other has an A. I guess the R must mean Read: as a writer you have to read a lot. The A must be Ask then： as a waiter, you sure ask customers a lot of questions…"黛珊几乎惊讶于自己的机智风趣，又想是不是最近失业在家，思想也就尖锐了很多。迈克尔自对她印象深刻，后来就几乎有了默契般，两个人常常一起来健身房，偶尔聊聊天。有一次，迈克尔问黛珊要不要去他的单房公寓坐一坐，黛珊忽然脸红，飞快地拒绝了。回到家里，她才意识到自己的心脏"扑通扑通"地跳着……

这一天迈克尔到底没来锻炼。黛珊装模作样地运动了45分钟，也就带着点似有似无的失望回来，甚至还有点庆幸地想这样也好。她取了信件上楼，冲了澡，看见一堆脏衣服，就收拾了去洗衣房。又想起冰箱里已经空了，这两天不如就去附近的美国超市里买点蔬菜对付着算了。路上经过指甲沙龙，几个亚裔女子一如往常地忙碌着。黛珊过去一年，也一月来一次的，现在怕她们看见自己，就匆匆走过去了。

晚上七点多，献科方才回来，黛珊也刚把烘干的衣服取回来折叠着。献科到厨房喝水，忽然就问道："怎么晚饭还没做呢？"黛珊笑道："没什么菜了，刚去美国店里买了一点……"她说到一半，看见献科不耐烦的神情，也就撤了笑，继续道："正好看到那家中国店说什么晚餐优惠，还赠送两杯红酒。我赶时间，想晚上不如去那儿吃一顿好了！"献科不太高兴，又不好意思发作，就道："我都换了汗衫短裤了，回头还得再穿了出去吃饭！"黛珊心里也不悦，却道："正好洗了衣服，天气也暖和了，随便穿一件，出去应付一会儿就是了。"献科去客厅开了电视看，半晌，又想起来什么，道："对了，明天晚上跟老陈他们吃饭：老陈决定回国当海龟了，已经订了下个月初回去的机票！"

（三）

黛珊叠完衣服，发现少了一只袜子，找来找去找不到，叹口气道："又一只逃跑了的袜子！"不觉联想到 The Hours里面的女人来，竟又一笑，想想也懒得再去洗衣房找，就把衣服收拾到柜里去。她回到客厅来要和献科说袜子逃走的笑话，献科却正在看他的账单，又道："你的牙医给你来明信片了，说你半年没去了，要你去洗牙呢！"黛珊接了明信片过来看了看，做得倒有趣，正面算是信，背面却是一张漫画：画着一只大鱼吃了鱼饵，却用鱼线当牙线，又得意洋洋道："还白得了根牙线呢！"黛珊要献科细看，两人不禁都笑。黛珊末了道："我的牙医保险也肯定失效了，哪还敢去看这个梅医生！"献科道："结了婚，就可以用我的了吧！"黛珊就又一愣，盯着献科看了一会儿，笑道；“你可是当真的？”献科乜她一眼，“嘿嘿”笑道：“除非你不愿意……”黛珊一时口急道：“我现在这个样子，你尽可以趁……”想说“趁人之危”的，到了嘴边却觉得不贴切，就转而叹气。

吃过晚饭回来，献科吼了一声：“憋了一个星期了！”就专心致志地去打他的计算机游戏了。黛珊看了会儿电视，觉得无聊，就又看上周租来的《甜蜜蜜》。夜里就做梦，先又梦见被凯文解雇的事情，做到一半，自己还似乎醒着，笑说这不胡扯嘛！却不知道怎么又梦下去，她变成了张曼玉，被警察逮住了要遣返回国，而献科站在马路那边，一副无动于衷的神态……黛珊吓得醒过来，睁眼看见献科不知何时已经睡上床来，怔怔了半日，注目仔细看了一下献科微微张着的嘴，忽觉丑陋，就翻身继续睡了。

周六早上起得迟，又是例行的做爱。黛珊献科因为平常都觉得时间紧，除非两人都有兴致，很少有机会做，渐渐地倒约定俗成在星期六早上了。四月底的天气，房间里暖气已经停了，两人赤身裸体地做完，反倒觉得冷。黛珊就抱着献科取暖，却幽幽道：“孔献科，你爱我吗？”献科可爱地翻了翻白眼道：“不爱，我能愿意和你结婚吗？”黛珊拿两只大拇指盖住献科的双眼，却道：“你有没有想过，我也许真的还是不适合你？也许，前面有更大的麦穗等着你；也许，我确实是工作也做不好、家务也顾不全的那种尴尬女性？”献科笑道：“你还记着吵架时的话呢？——我觉得，你就是我在美国能碰到的、最理想的结婚对象了。”黛珊听了他的话，又似满意又似不满意，却不知再说什么好。献科一边作势挣开黛珊，一边道：“‘春眠不觉晓’，我还想再睡一会儿呢！”黛珊也就躺倒，想起“花落知多少”的句子，想到昨日早上看到的一车一地的落樱，竟想象自己也如春花般，不由自主地萎落去。

晚上吃饭，因为老陈是要回国的人，大家就没去唐人街或者法拉盛，反在曼哈顿找了一家不错的西餐馆。一行七八人吵闹着问了一顿老陈的行程，举杯共贺了他一回“别了，美国”，感叹这纷扰乱世的战争、病毒和经济。黛珊叹怨失业之事，老陈就玩笑道：“Coral，你不如也跟我一起回国去做海龟吧！”黛珊笑道：“我倒是想啊！可是我回去能做什么呢？又不像你有个博士学位，再不济还可以去大学里教书！我回去也只能编程序，大概。我的那些同学留在国内的，都做到经理层了。我在这边小程序员也就小程序员罢了，好歹还有个美国的光环罩着，回去就什么都不是了！”大家也纷纷胡乱说些“何至于此”的安慰话，又笑骂老陈不安好心：现在SARS肆虐，他去上海好了，黛珊到了北京可怎么办？周宇就笑道：“老陈你说这话，不是找献科的打嘛？罚酒罚酒！”一桌子就又闹了一顿。

闹到中场休息，李舒忽然问道：“Coral，你和献科手续办了吗？”黛珊就说“还没有”。李舒惊讶道：“那你这几个月都是非法居留了？你可真胆大啊，也不怕人家遣返你回去？而且据说被遣返的，好几年不准来美国的！”黛珊听了兀自烦惊，献科一壁道：“你不要那么耸人听闻啊！——我们准备也就这几天去办呢！”黛珊看他一眼，心里忽觉舒坦些。老陈就道：“你们要办快办啊，说不定我还赖得上你们的喜酒！”献科道：“哈，别光想着喜酒，想着送什么礼给我们吧！”老陈笑道：“我这几年还存了点破烂呢，到时候随便你们挑！”献科回道：“我们七月租约到期，准备搬到新泽西或者皇后区去的，自己的东西还不知道要扔多少，还在乎你的那些破烂？！——说不定下周就去市政厅领证吧，我的绿卡正好也有点动静了，现在结婚，两个人还赶得上一起办！——还说呢，李舒，到时候找证人说不定还得请你们帮忙。你们教会里的牧师请一个，你们夫妻两个给我们作证，大约也就够了！现在都后悔好久没去教堂套套近乎了！……”李舒忙着说“没问题”，这边大家一时提议举杯，向献科和黛珊道喜。

黛珊也随着众人举杯笑了一回，低头来切自己的蝴蝶牛排。想私下里从没听献科这么提起过，却不料他竟早已计划好了这许多事情，悄悄抬头看了献科一眼。心里头却忽然有一种恍惚之感，仿佛身边这三十岁的亚裔男子是个陌生人，甚至这一桌子的朋友都宛如路人，而她的婚姻竟在他们不经意的谈笑里确定了。

欢宴散时，大家跟老陈一一话别，倒有些害怕无法再见的意思，各自微微伤感。还是周宇说了一句："献科，你们两个不如下周就把事情办了吧，大家趁着老陈回去之前，再热热闹闹聚一回！”献科也就一手扶镜，一手拥了黛珊道："好说好说，我们回去就定下个良辰吉日，再发帖子请大家！”大家因此又说笑一阵，完了也就分作三拨，各赶地铁去。献科和黛珊两个回到家，都有点些微醉意，就匆忙洗漱睡了。

第二天快中午时起来，收拾整理一番，两人就下楼去，准备开车去法拉盛吃 brunch，顺便买点菜回来。到楼下找车，转了好几个街区，却不见车影。献科已经发急，一个劲地问黛珊到底停在哪里了。黛珊稀里糊涂，只好嘴硬道："就是这条街上！我记得当时地上车上都是樱花呢，应该就在这里！”献科就问她道："那你上锁了没有？”黛珊亦不记得，只道："当然上了……”献科怒气冲冲道："上了锁，难道还能被偷了吗？”黛珊理亏，却道："上了锁，怎么就不能被偷了？”献科气呼呼地说不出话，末了，拿出手机来拨打 911，嘴里用英语咕哝道："有时候你真蠢，蠢得能把人给气死！”

(四)

那个星期天的下午，黛珊沿着百老汇大道向南走时，心想自己是不是一直等待着这么一个献科发火、唠叨的机会，从而让她的出走有一个适宜的理由？献科骂出第一句“你真蠢”时，黛珊就几乎拔脚要走，却到底忍耐着，等到警察来。警察笔录了基本情况，告诉他们有了消息会通知他们，然后说“你们可以走了”。献科和黛珊茫然失措不知道该去哪里，该干什么，甚至也忘却了饥饿。倒是两个警察同情地一笑，先开车走了。献科想想说：“不如还去前天的那家中国店吃点什么吧。”黛珊淡淡道：“我胃里难受，不去了。你一个人去吧，我先回去睡会儿。”献科将信将疑，开口想安慰黛珊，想说：“被偷就被偷了吧，找不找得回来，都没必要绝食啊，反正是买了全保的……”却又似乎不想这么快地原谅黛珊，实质上也不知道他为何拥有原谅的权利，话到嘴边，就成了：“那好吧……”

黛珊转过街角，查了一下自己的钱包，生怕献科会追来似的，加快脚步走路。过了好几个街区，看街上人流熙攘，想献科不大可能再找到她，她这才放缓了步履。一开始确定车是丢了时，黛珊感觉心口一阵阵的绞痛，心疼她和献科一起付款买的车，而且去年底刚刚分期付清了款项。这时慢慢地想明白，知道痛与不痛都没什么意义，反倒有点轻松的意味。

一个星期前纽约还下过一场雨夹雪，这一天却是七十多度的高温，街上的女人们都开始穿春裙，男人们也都换上了T恤和短裤。大道中间车辆川流不息，两边也是人流如织。行人里有匆匆赶路的，有情侣手挽手说笑的，也有年轻父母推着婴儿车懒洋洋往公园去的；街边的饭店酒吧也都开始把桌子支放到外面来，有的还撑起了遮阳伞，客人们或者戴着墨镜，或者眯着眼，享受这暖暖的春光……

曾经有很多个周末的下午，黛珊也希望她与献科能和别人一样，走在这春光里，坐在街边的饭馆里，感受那“偷得浮生半日闲”的意境。也许也有过那么一两次吧，他们曾去中央公园散步，后来献科就以花粉过敏为由不肯去了。更多的周末却是去唐人街买菜，在家烧饭、洗衣，献科也更喜欢镇日坐在计算机前打游戏……到了纽约这么久，黛珊甚至不记得他们有过乘坐的士的经历，永远是用月票在地铁和公交里穿行。去年家里还有HBO的时候，黛珊看了许多集《欲望城市》，却每每感叹那四个女主角的生活，对她和献科这样的白领来说，也是几如神话。当然还有感情，黛珊有时真不能理解那四个女人还有什么抱怨的。转念一想，觉得美国女人大约也难以理解黛珊这样的生活，以及黛珊如何能接受这样的生活。毕竟，这是她们的城市和国度，不是黛珊的。

不知不觉，吴黛珊就走到林肯中心一带。远远地看见彩旗飘飘，她就过去看是怎么回事。原来却是 TRIBECA 电影节的广告，黛珊随意浏览了几处介绍，也大约知道“Down With Love”是电影节的开场戏，还有陈凯歌的《和你在一起》之类。她倒想了想“Down With Love”翻译成中文该是什么，半天想出一句“让爱见鬼去”，这么想着，倒为自己的俏皮略笑了笑。她也走累了，看见地铁站，也不多想，就进去了。

到时代广场那一站，黛珊再回到地面上来，这时觉得饿了，便去麦当劳要了点东西。吃完了，一边吸可乐，一边看外面的街景，却听得身边几个外地游客叽叽喳喳讨论看戏的事情，有的要看《芝加哥》，有的要看《狮子王》什么的。黛珊心里暗笑外地人的热忱，转瞬意识到自己怎么也以纽约客自居起来了，又想自己也不过看过一场《歌剧幽灵》罢了，就又把心上那点高兴的涟漪给抹平了。

那几个人却忽然说演了十几年的《悲惨世界》将于今年夏天在纽约结束演出了，这回不看还不知道什么时候有机会呢。黛珊听着也心动，吃完了，顺便在店里的取款机上取了两百块现金。又仔细查看了户头，自然还是平缓下降，而没有任何奇迹的存入和增长，就又心中暗自自嘲。到了售票处，拿了小册子翻翻，抬头看见显示屏上正好有《悲惨世界》的打折票，就任由自己走到窗前去，很坚定地回答说 “只一张”，拿近一百块钱换回一张晚上的票。

黛珊又沿着42街向东走，在布莱恩公园坐了半日，听公园里的一个不知何来的乐队断断续续演奏了许久，心想献科这时是否已经发觉自己的出走，是否在为自己担心，是否开始后悔他说话莽撞了。她想献科会不会打电话给李舒他们，也一时想打电话给李舒，问献科有没有询问过她。再想那样不好，何况她也没手机，还要去打公用电话，倒不如算了。

想献科想不出头绪来，黛珊叹了一口气，竟又想起凯文来，想起凯文的婚礼，想起凯文结婚前跟大家去酒吧过所谓的 Bachelor Night。在那之前，有时星期五的晚上，凯文也曾带大家去酒吧小聚，多是住在曼哈顿的年轻人罢了。凯文告诉她这酒那酒的名字，带着她跳舞；平常不抽烟的凯文在酒吧里抽烟，邪邪地对黛珊笑：啊，女孩，你真纯洁啊！黛珊常常怀疑自己是在做白日梦，以为凯文有点喜欢她，却又忍不住有点后悔那一次口急，告诉凯文自己的“男朋友”在世贸上班……也许她本来是有一线机会的吧。后来去参加凯文盛大的婚礼，看到凯文的新娘原来也是个亚裔女子，黛珊心里忽然就无限怅悔起来，却又不知道自己怅悔些什么。即使没有那个亚裔新娘作为极限变量来求证，凯文爱她的几率还是太小太小了吧；就像她和献科在一起，有时她觉得浪费了青春，可是有时又想：如果没有献科，也许更不会有别人，她的青春想起来或许连浪费的机会都错过了呢……

晚上倒聚精会神看了戏，有三四个小时不用去想她自己的事情，只为舞台上古老的外国人的爱恨分明、浓烈又纠缠的故事或叹或笑，末了，也为几番谢场的演员们拍红了巴掌。随着人流走出戏院，黛珊却忽然顿住了脚步，努力辨清了方向，却依然不确定自己要往哪里去。她的心并不想回去，脚步却仍然下意识地往北走。

不觉就到了以前公司所在的那一条街上，黛珊停下来，向东看，隐约还可辨认繁华灯火里公司所在的大楼，只是徒增伤感。再向西看，却想起这拐角有一家酒吧，以前凯文带他们来过几回的。她站在那里犹豫了一会儿，就有个流浪汉唠叨着跟她要零钱，黛珊吓了一跳，匆忙往前走。到了那酒家门口，看流浪汉似乎还在黑暗里往这边移动似的，又看酒吧里并没有多少人，忽然就下定决心走了进去。

酒吧里很空，黛珊就找了个临窗的位置坐下来，拿着酒单看。不一会儿，就有侍者走过来，问她要什么。黛珊也不抬头，故作老练地道："玛格丽塔。"说完了，抬起头来，却一眼看见是迈克尔站在桌边，看着她，满脸都是调皮的微笑。

（五）

黛珊惊喜里含着矜持地说了一句"原来是你"，也就不说别的话了。低头看见迈克尔为她放纸的手，手掌并不大，十根手指却又长又有力，几乎透出点性感来。迈克尔返身去拿酒，黛珊呼出一口气，又抚了抚心口。迈克尔端了酒回来，却不离开，反在黛珊对面坐下来，笑道："星期天晚上来寻醉的人不多。你怎么这时候来了？"黛珊道："听说你在这儿上班啊，所以来看看！"迈克尔笑道："不甚荣幸。冲你这句话，今天你的酒钱算我头上了！"黛珊一时要笑，却忍住，反问他："我怎么星期五没在健身房看到你？"迈克尔就说周五起迟了，酒馆里周五又要早开张，所以就没去。黛珊脱口说："You know, I really missed you！"

话说出口，黛珊就觉得突兀，又似急不可耐得好笑，忙着拿酒压惊，想想英语和中文不一样，就有点平静，却又忍不住喝了一口酒，脸上立刻觉得热起来。迈克尔那边假模假式地道："Ooh, I am sorry！"一边却伸手来抓住了黛珊的左手。黛珊一时想起凯文也曾经说过的抱歉的话，这刻心里觉得受了侮辱，却没有力气抽回自己的手。临了，反而慢慢捏住迈克尔一根长而有力的食指，有意无意地玩弄着。迈克尔不知其意，只讪讪道："我喜欢你的手，这么柔软，娇小，美丽，这么亚洲……"黛珊觉得这调情十分可笑，就收回了手，道："那边似乎有人等你加酒呢！"迈克尔转头看一眼，随即起身过去。

黛珊这时脸热心跳，却有种站在悬崖之巅的欢喜和害怕，既没想到原来调情会这么容易，也想不出今天晚上还能发生什么，她还能允许自己发生什么。她知道，在这个城池的这个夜晚，她其实是无处可去的。黛珊这么恍惚着，居然把一杯玛格丽特飞快消灭了。迈克尔再过来时，就问她要不要加酒。黛珊道："不喝酒，又能去哪儿，又能干什么呢？只怕再买酒，就没钱付你小费了！"说完，暧昧地跟他笑。迈克尔就道："我早说了，今天我请你！再来一杯？"

两杯酒喝完，黛珊知道自己已经醉了，却仍然强撑着，一会儿望窗外，一会儿和前来搭讪的迈克尔说几句话。两点多，迈克尔再走过来时，黛珊就问他："你下班了吗，我们一起回去，好吗？太晚了，我不敢自己走……"迈克尔看着她笑，又回去跟人招呼了一声，就扶着黛珊走了出去。

外面是凉气依然逼人的四月夜晚。一枚月亮冷冷清清地挂在楼群之间，泻下的月色如水，倒盖住了那已经有些疲态的路灯光。远处却仿佛又有点雾气，淡淡染着些冰蓝的色调。几个街区之外，隐隐约约有警笛的声音。眼前的街道却静谧非常，街道两边停泊着的车辆好像也都睡着了。

黛珊抬头看了一眼曼哈顿的月亮，脱口道："明月几时有！"迈克尔听不懂她的中文，就问她说什么。黛珊冷笑着，还用中文道："对牛弹琴啊，对牛谈情啊！"迈克尔就笑道："你说的是中文吗？听着特有异国情调！"黛珊不明所以地笑着，嘴里用英语喃喃道："我怎么觉得这么……"脚下却下意识地要往地铁站方向去。迈克尔也不多说话，又拥又扶地带着她去大道方向，到了街口，就挥手拦的士。黛珊在一边笑话道："我还真没怎么在纽约坐过出租呢！"迈克尔笑道："你开玩笑呢吧？我平常这时下班回去，都叫的士的！"正说着，就有辆黄色的出租停下来，两人便上车。进车时，黛珊动作迟钝，坐定转脸之际，额头碰着迈克尔多须的下巴，感觉微微的疼痛，却只不好意思地笑了。

进了电梯，黛珊仰头靠着墙壁，意味深长地盯着迈克尔看了会儿，又笑着问道："你朋友都叫你'Michael'吗？有没有人叫你'Mikey'？"迈克尔倒不好意思，挠头笑了笑道："有吧。我姐姐曾喜欢这么叫……你，愿意去我的公寓坐坐吗？"黛珊垂下眼帘，浅浅而笑，道："我没想到你这个邀请还有效呢！——其实，这么晚了，我也怕吵醒我的室友，不如去你那儿看看聊聊吧，如果你不介意的话？"黛珊说到"室友"时，想到献科，想如果电梯停下来时，献科就在门口会怎么样，他会不会终于意识到她其实还是可以有选择的……电梯停下来，铃响门开，迈克尔拦住电梯门，请黛珊先出去。黛珊迈出一步，就露出头重脚轻的醉怯之态，迈克尔又忙着上来扶她腰肢。黛珊却软软地要倒，迈克尔便又抱紧点，挪着小步去自己房间。

等迈克尔开了门，黛珊也来不及打量他的室内装饰，就忙着去沙发上坐下。迈克尔一边关门换衣服，一边道：“要不要喝点什么？”黛珊无力而夸张地笑：“再喝酒，我就要醉死了！”说着话，她就不自禁地闭上眼睛了。再睁眼，迈克尔已经换了T恤短裤站在面前，一手拿着一瓶啤酒，另一手却是给黛珊的一杯橘子汁。迈克尔坐下来，随手开了电视，却忽然问道：“一直没问你，你怎么下午也不上班啊？在家编程序吗？我以前认识一个家伙，他就是在家给人做网页为生的，后来市场不景气，不知道干什么去了……”黛珊心虚地笑道：“我失业了。暂时不想做事，所以在家闲呆着。”迈克尔笑道：“哇，那你肯定以前狠存了一笔钱吧，不然在纽约可闲不起啊！”黛珊放了杯子，乜斜着眼睛道：“Ooh, Mikey……”接着问他能不能用一下卫生间。迈克尔忙着站起来，指着门口像是壁橱的地方道：“就那儿，很逼仄的！”

黛珊进了卫生间，强撑着放下马桶盖，又拿卫生纸擦了一遍，这才坐下去。眼睛微微一溜，看见迈克尔盥洗台上放着的剃须刀、剃须膏、须后水、香水、除汗剂等等，门后挂着浴巾、边架上是《男性健美》《GQ》《村声》之类的报刊杂志。眼睛却无力久睁，就又闭上。方便完了，也不愿起来，仍合着眼皮听了一会儿心跳，迷糊着劝说自己这么着也睡不着，才又勉强收拾了站起来。冲了水，对着镜子看了一会儿，简单漱了口，洗了脸，却找不到东西擦脸，也不敢乱动乱摸，只好拿手净了脸，又用卫生纸擦干了手，这才出来。

迈克尔正在那里心不在焉地拨弄着遥控器。黛珊径直走到床边道："我可以在你的床上躺着吗？"迈克尔吃了一惊，却忙着关了电视道："没关系……你等着，我去卫生间一下……"黛珊忽然意识到自己大约是让他大大地误会了，却又觉得可笑。头疼得厉害，也顾不得再想许多，就脱了鞋子，谨慎地和衣躺倒在床上。闭了眼睛，就觉得眼前一黑，想是迈克尔关了大灯，然后听到卫生间的水声，似乎是迈克尔在冲澡。黛珊那一刻意识到自己的呼吸粗重起来，却还是抵挡不住酒精和睡意的侵袭，躺在那里，渐渐失去了思维的能力……

第二天早上，黛珊在头痛中醒来。听到身边有点异样的男人呼吸，忙着睁眼转脸去看，却是迈克尔歪歪斜斜地睡在自己身边。不禁吓了一跳，忙着又转头闭眼，试图否定这样的景象。却到底镇定过来，回头仔细看了一眼迈克尔：他身上的T恤和花裤衩皱皱巴巴，似乎衣难蔽体，头发胡子体毛就乘势作乱，无型无款地到处涌现，使得这睡觉的迈克尔，和健身房里冒着汗运动、充满活力的迈克尔，和酒吧里穿梭来往、衣冠楚楚的迈克尔，俨然判作三人或两人。再这么近距离地看迈克尔的嘴脸眼鼻，也似乎因为少了那么点距离反而失去了许多吸引力。黛珊这时想到自己是睡在一张陌生的床上，想起来看身上衣衫，似乎还是昨日模样，一时舒了口气。她下意识地往床边上挪了挪，然后轻轻坐起来，又拿手指触摸了一下嘴唇，似乎也没什么感觉，这又放心点。她四下张望，估摸着这房间不足五百尺，床、书架、电脑桌等简单家具填充了大部分空间，门口那边是小小的厨房，再前面想去该是卫生间和壁橱，地板上则凌乱不堪地陈列着随处潜逃的袜子、报纸和杂志，等等……黛珊正兀自发呆发愣，迈克尔却忽然叹气翻身……

（六）

黛珊屏住呼吸看着迈克尔，他却只是翻了一个身，就又睡着了。黛珊转头来看见床头柜上的一沓现金，都是小额的碎票，想是迈克尔的小费所得。那票子边上又有一张白纸，黛珊忍不住好奇，展开看了看，却是取款机打印的收据，上面写着剩额八十七块八毛等等数据。黛珊看着，不禁呆想了一会儿，也就把收据依样放好。然后小心翼翼地下床，提了鞋，拿了包，便往门口去。关门时，又回头看了一眼迈克尔的房间，最后注目在迈克尔身上。迈克尔翻了身后倒有一截白色肚皮露在衫裤之间，正中一线黑色体毛相连，黛珊远远看去，竟有点发怔。最后轻轻带上门，回头就往电梯方向跑。进了电梯，穿上鞋，按了自己的楼层，闭眼睁眼之间，就已经到了。出了电梯，黛珊忽然意识到自己没记下迈克尔的楼层和房间号，却也顾不得许多，忙着拿钥匙开了自家门。

黛珊进门换了拖鞋，穿过客厅放包时，注意到茶几上有一个装披萨的纸盒子，想来是献科昨天的晚饭，边上的玻璃杯中还残存着点牛奶，盛蛋卷的铁罐也开着，里面只剩下不多几根了。献科的钥匙串丢在那里，想是他平常习惯了黛珊在家，因此一如往常地没带。进了卧室，看见被子在床上乱放着，就叹口气去叠，一眼看见有标签的那头反在枕头这端，想是献科又拿盖脚的那头盖脸了，就忙着把被子掉了头再叠。叠好了，却叹了口气，就又把被子展开，自己上床躺下来。

宿醉之痛又盘踞到脑上来，黛珊想继续睡觉，却被睡眠给顽固地拒绝着。她闭了眼睛，索性放任自己去想昨天这时候的事情：她正和献科忙着要出门，要开车去法拉盛吃早中饭。二十四个小时过去，竟是恍如一梦，而她居然又回到了开始的地方。这时想想，黛珊觉得有点后悔，又有点后怕。有一刻，她甚至想自己还是可以再走的，努力一下还是应该可以找到迈克尔的房间的……那之后的事情她却想象不出了。她自忖这过去二十四小时她其实是想逃脱什么的，也碰着了一个完美的机会，可笑的是，她却有意无意地只允许自己体验了一场有名无实的一夜情……

在床上熬了一会儿，依然睡不着，黛珊就开了电视来看，并没什么可看的，却想起星期五晚上出去吃饭顺便借回来的新碟 Talk to Her 还没来得及看，因此找了出来，放进ＤＶＤ播放机。不想是部很不错的片子，绝望、迷恋等等极致性的情感却用十分平静的电影手法表达出来，其中又有几个很不错的斗牛、唱歌和舞蹈场景，倒让黛珊一时忘了头痛等等。看完了，她却又不免胡思乱想，想人在欲望面前大体是两种选择：Kill或者Fulfill，不能实现的欲望也许只有采取扼杀的态度，就像她对凯文或者迈克尔们的似是而非的迷恋。可是有些东西似乎又并不如此简单，像一份普通的生活与情感，人却是很难忍受彻底的空白状态，难免要用别的什么来填充……这时已经过了中午，黛珊想起过去一天都没怎么正经吃饭，就倍觉饥饿难熬。她强撑着起来，到厨房胡乱找食品，一边又想人真是不经饿的动物。而这饥饿偏偏是不能扼杀的，她也只能把家里的各种应急的垃圾食品寻出来抵挡一阵了。

一个下午，黛珊不敢去健身房，甚至不敢出门，生怕碰到迈克尔。她在家看了半日单词，看得哈欠连天时，倒乘势睡了一觉。醒来已到了下午五点多，估摸着安全了，她才又下楼去美国店里买了点水果菜蔬回来。等她做好了饭，西红柿蛋汤要用的原料也准备好，就听到门口有人推门。她愣了一下，轻轻走到门口去，却听见献科在那里咕哝着什么，想是在口袋里翻找钥匙。黛珊屏着气不出声，献科果然又拿手打门，却全无自信。末了，黛珊听见他在拨电话，又似乎要转身下楼去找管理员，就忙装作刚跑到门口的样子，轻轻地开了门，然后一语不发地迅即转身，走到客厅里，坐下来，继续看七点档的《老友记》。

献科看到黛珊来开门，觉得是意料之中的事情，却还是难掩脸上的激动之色。看见黛珊冷淡的样子，却又不好表示什么，就忙着低头换鞋，回头又进卧室换衣服，上网查了查私人电子邮件，之后在卧室独自看了会儿《辛普森》。

八点时，两人坐下来吃饭。到底还是献科先开口说道："对了，昨天晚上你父母来过一次电话，问你怎么样，说你好久没打回去了。"黛珊伸出去搛菜的筷子就停了一下，然后问道："我现在是懒得、也不敢给他们打电话。他们说什么了？"献科道："也没说什么，不过问生活和工作好不好什么的。"黛珊冷笑一声问道："你怎么说的？没忍不住告诉他们我失业了吧？"献科抬头看了她一眼，笑道："我还不至于那样 insensitive 吧。"黛珊听到他说出这么个英文词，就想到下午她在床上胡思乱想出来的一道逻辑：虽然和献科在一起，她不觉得有多么 happy，但是心底却也知道她也没觉得有多么 unhappy。而幸福是什么，爱情是什么，经历了一天在外的日子，此刻坐在桌边和献科共进晚餐，黛珊自觉已经无从分辨，也已经无力去想，无力再去追寻。两人这么着吃饭，献科不问黛珊这过去一日的行踪，黛珊也不说，倒似乎那二十多个小时被轻轻抹去了，而生活之流从来没有中断过一般。

夜里洗了澡，黛珊在床边剪脚指甲，照例是笨手侍候笨脚，都难满意。献科就坐到床边，跟她要了指甲刀，握住她的脚，仔细谨慎地帮她剪起来。当初献科第一次给黛珊剪时，她总是害怕他不小心剪破皮肉什么的，不免胆战心惊。一起住了这么久，那种担心却渐渐消失了。黛珊此时只坐着自由地发呆，末了，就默默挠献科的头发玩。献科一面小心地给她锉平大脚趾的指甲，一面忽然无限软弱地道："这个周末本来该你给我理发的，长得都刺脖子了！"黛珊鼻子一酸，到底忍住没哭出来，却忽然问道："这结婚的手续到底怎么办呀？你都知道些什么呀？"

（七）

有时黛珊觉得自己到底是个学理工的，又做了几年训练有素的程序员，生活中的许多事情如今对她来说也如一个面向对象的程序作业一般，在大体框架搭定后，她就可以有条不紊地来完成其余的实质性工作。迈克尔如同一个bug在她的生活程序中被"修正"之后，她毅然决然地想通一般、拿定主意和献科结婚，并紧锣密鼓地调研搜索有关结婚的各种事宜。

来美后，黛珊参加过李舒还有凯文的婚礼。凯文的婚礼对她来说跟看电视电影里的美国人的婚礼也无什么本质差别，倒是当初李舒两口子在学校里办的、有教会人士大力操劳的、简朴却又热闹的婚礼给她一些伸手可即、乃至可以copy＆paste的印象。她自然就打电话给李舒问了许多情况，虽然李舒婚礼的某些细节不可照搬，黛珊还是知道了个大概。

她一人在家，又到网上谷歌了一番，打了个"getting married in NYC"的词条，居然也有八万多条信息冒出来。她倒不由笑起来，却不知道要笑这信息时代信息量的丰富和快捷，还是要笑这过程的现代与荒唐。那一刻，她不急着去看，却一时恍惚地想：若生在一百年前，在中国，结婚，对于要结婚的自己来说其实是不是更简单呢？她想不出结果，就看网上的信息，大多都是无关紧要的，诸如谁谁结婚了之类；还有许多条更是像广告，号召全世界的伴侣都到纽约这个“眩目耀眼的，激动人心的，浪漫无比的世界之都来结婚吧”，又说你尽可选择在“中央公园的马车上”、“帝国大厦的最高层”或者“洋基球场的记分牌底下”进行你们的求婚仪式……黛珊嘴里轻声道：“How silly！”就把鼠标移到“Legal Requirements”那一项去了。

大概知道了结婚步骤，黛珊又上网找了农历来选大喜的日子。四月已经不犹豫地离去，这个五月居然有许多有意思的日子。四号是青年节，六号立夏，只对她来说都仓促得不容考虑。后来她选定五月十八号那个星期天做婚礼日，今年阳历的五月和农历的四月正好又是日日相叠的，因此五一八就是四一八，“我要发”“是（事）要发”自然都算一个俗气的彩头。她又定了十六号去市政厅取结婚证书，十九号去盖章，六和九也都是好数字。定了这么一把好日子，黛珊居然有点得意起来。晚上她和献科又商量了一回，她原本觉得并没有搞什么仪式的必要，却到底心下不甘。献科也怕委屈了她，两个商量来去，就决定删繁就简地请李舒帮忙，十八号下午去他们的教堂搞一个简单的仪式，晚上再约几个要好的朋友吃一顿饭。

因此说到宴席、戒指、礼服、婚纱等事情，黛珊就把自己估摸的数目报出来，又道：“我想这是很保守的估计了。我现在没工作，大概不能跟你平摊这些费用的……”献科一时尴尬不堪，忙道：“你怎么这时候反倒说起两家子话来了？”一壁说，一壁就忙着找支票本和笔什么的，“我写张支票给你吧，你存到你的户头里去？是不是过一阵子也得开一个 joint account 什么的？”黛珊鼻子一酸，勉强笑道：“我也不知道人家都是怎么结婚的……都是女朋友跟男朋友伸手要钱来置办吗？没工作的人要结婚，真是……”她想说“humiliating”这个词的，却还是忍住了。

献科就在写字台前写支票，一时踌躇着不知开多少刀出来，也不好问黛珊，犹豫了一会儿，到底狠心写了个十千出来。他有时想婚礼还是该操办操办的，甚至想趁着机会应该让父母来住美国一趟，参加婚礼后再住住玩玩，也算尽他的一份孝道。转念一想，却又知道不现实：一个是时间上大约来不及；二个以黛珊目前的情况，肯定是不待见他的父母的，甚至连她自己的父母都不想见。自然，父母不在边上，也还可以操办，可是他们都是没经验的人，又在异国他乡，道听途闻地晓得美国人办一场婚礼没有几万块也是难得体面风光的。这么一想，就自己先打了退堂鼓了，心底一时又感激黛珊到底是知书达理的女子，不在这排场上跟他胡搅蛮缠的。

他把支票递给黛珊。黛珊瞄了一眼，并不接，只道："你放那儿吧。现在应该是可以电子转账的吧，搞这么个招人耳目的 fat check 干什么？还要去银行……"献科也觉有理，却还是闷闷的不舒服，又道："到底是一件大事情……要不，我们也去拉斯维加斯或者夏威夷旅游一趟吧？"黛珊正仔细观看自己出国时办的出生、未婚等公证书，听了这话，就抬头看了献科一眼，笑道："这两个地方也被我们暗算了好几回了吧。也好，等定下来，你请几天假，就可以成行了。就是俗了点，不过不俗的人大约根本就不会结婚了，是不是？"献科也笑，道："得了，两个大俗人，结个大俗婚吧！"黛珊玩味着这个"俗"字，却又伤感道："中国的结婚风俗，我们是不能保持了；入乡随俗，美国人的俗，我们却又随不上了……办结婚证件的费用还非得用 money order 交呢，看来这银行还是非去不可了……"

底下一个星期，黛珊又去珠宝店和婚纱店跑了许多趟，跟店员打交道的眼神脸色，周一时还是忐忑不安，到周五却是底气十足了。周六拉了献科去运河街上的珠宝店看了一回，最后敲定下两枚由香港珠宝商订制的白金戒指。周日下午拉了李舒去看婚纱。李舒看这也好，看那也美，又说都比她在校结婚时百十元的高强多了。黛珊埋怨她不上心，又不好多说，就又道："现在时间这么紧，也就这样将就一下吧，我听说人家美国姑娘都是订婚后就开始挑婚纱的，还专门订做什么的，半年八个月的生活主题呢！"两人走得精疲力竭，最后定的居然是黛珊第一眼看上的；更难得店里正好有货，黛珊就叫了辆出租车，顺便把婚纱给载回来了。

之后的一个星期，不免就忙着请朋友，订花，定馆子，买一些装饰品，又和教会的人熟悉认识，事先彩排了一回。十八号一早，黛珊献科就去定好的中国店里做头发，黛珊又化妆、做指甲什么的。这边将将忙定，李舒就打了电话来，说他们的礼拜已经做完了，午饭也吃过了，已经开始布置现场，等着新人过来。

黛珊献科忙乱着到了教堂。请来的朋友加上教堂里看热闹帮忙的，倒也有十几个人。周宇老陈两个拿了相机在边上时不时"喀嚓喀嚓"几下，教会的人又好心给他们放些有关婚礼的乐曲，倒也有声有色似的。因没有父母亲戚在场，黛珊献科又不是教会人士，仪式就很简洁。牧师念了半天经文，黛珊也没有全听进去，只等着那句"你是否愿意"。临到时，她却几乎忘了牧师是先要问献科的，抢口就答"Yes……"牧师抬头看了黛珊一眼，又转向献科。这边大家正拼命压着笑，献科着急慌忙地道："Yeah，I do！"黛珊先恨自己的抢答，现在又觉得献科那个"Yeah"的别扭，却也无暇乱想，集中精力说了自己清脆的口誓。

晚上大家吃饭唱歌，然后又去他们的住处文明地闹了一回，都是出来留学的人，也没什么中国人闹洞房的经验和心机，所想出来的花招也就十分有限。第二日又大多要上班的，老陈更是次日下午回国的班机，因此到十二点也就散了。献科喝得醉醺醺的，倒在床上，嘻笑着对脱衣服的黛珊道："老婆，哈，老婆，快过来，睡觉……”黛珊嗔了他一眼，也就上床，却不肯跟他亲热。献科就央求她道：“今天是我们大喜的日子呢……”黛珊就胡扯吓唬他道：“不小心弄出个孩子来怎么办？你还喝醉了酒……”献科不甘心，爬她身上道：“弄个孩子出来更好啊，你正好现在没上班，可以在家好好的生孩子……”黛珊勃然而怒，一手挥赶献科口鼻里喷出的酒气，一手推开献科，又索性下得床来，一边穿自己的白色小背心，一边往客厅去，嘴里道：“你先睡吧，我想起来该给家里打个电话说一声呢！”

她在客厅开了小灯，坐定，平静了呼吸，就拨通家里的电话。她母亲在家接了，就问她婚礼的种种细节，黛珊一一笑着答了。她母亲又问他们蜜月准备到底怎么度，要去哪里，又问她可以请多少天婚假。黛珊这时支吾难言，只好推说献科的工作很忙，现在经济形势也不是太好，蜜月计划还没商定呢。母女啰嗦了十来分钟，黛珊说要睡觉，也就挂了。她在沙发里又呆坐了一会儿。卧室里的献科仿佛已经睡着，隐隐有鼾声传来，黛珊却忽然有泫然欲泣的感觉，心下却觉得不好，就拼命忍住了。

（八）

第二日早上八点，献科还是条件反射地醒来。去卫生间洗漱完毕，却忽然想起他是请了假的，就又自笑着回到床上来。自然睡不着，就拿黛珊的头发搔她的眼睛鼻子和耳朵。黛珊先还装睡，后来就道：“你干什么啊？”献科笑道：“没干什么啊，呵呵，就是觉得我的老婆好看，喜欢逗着玩……”黛珊就笑道：“你一早起来没戴眼镜吧？就这下岗的黄脸婆，还好看……什么时候我成了你的了？”献科越发得意，道：“结了婚，可不你就是我的，我就是你的了，而且是legally mine。唉，应该给你改姓的噢，叫个孔吴黛珊什么的……”黛珊嗤之以鼻道：“别做你的美梦了！咱可是社会主义中国培养出来的独立女性……孔吴黛珊，恐无黛珊，恐怕就没有吴黛珊了？真难听……”献科一面听她说，一面就在那里百般挑逗。黛珊熬不住，就反宾为主起来。献科倒在底下叫唤：“喂喂，你干什么呀？”黛珊媚笑道：“你反正也是我的了，我还不爱怎么玩就怎么玩？”黛珊微闭了眼睛，就看见卧室里挂着的红喜字，红灯笼，红蜡烛等等都飞舞起来，旋转起来，仿佛现实世界在这五月的早晨虚幻开去了。

两个人迟迟起来，因为要去市政厅盖章什么的，就商量着去附近的那个叫长安的中国店吃个早中饭算了。饥肠辘辘地走了过去，却远远看见长安的店门是关着的。两个在街对面等绿灯，议论了一阵，犹自不信，到底过了街细看，门上果然贴了一则饭馆停业的启事。两人猜测了一阵子饭馆关门的原因，想去也是受大经济环境的影响。黛珊不禁就有兔死狐悲的感慨，献科就道：“在这边上班的人又不多，所以可能晚上和周末时的生意还可以，平常中午的生意大概很差，只好关门大吉了！曼哈顿的房租又这么贵，说不定跟我们一样，计划搬家到别的地方去了呢！不过话说回来，他们的中国菜做得实在是一般般……”黛珊听他这么说，不知怎么有些闷闷不乐，就沉默不响地跟着去边上的“赛百味”吃了一顿了事。

办完了手续，黛珊先自回家收拾残局，献科却忙着送老陈去机场。本来早约好要用献科他们的车，如今也只好狠心叫了电召车去。黛珊在电话里跟老陈又告别感谢了一回，说以后上海纽约如何再见的话，也就罢了。黛珊先收拾了一阵房间，然后翻箱倒柜地收藏结婚证书，倒又看见当初的I20、来美的签证、工作时的H1签证、他们租房的契约等等，甚至还有她当初出国时办理的户籍注销证明、学籍证明、当初的托福、GRE成绩单等文件材料，不禁就愣了一回，想人活着原来是这样被表格、证书、契约束缚着的，而每一份证件都又是费了老大的工夫才得来的。她胡思乱想了半日，到底把证书收好，夹在包里，又把包放进箱中，再把箱子推到储藏室里去。

星期二献科就正常上班去，黛珊一人在家，又没有结婚的事情去忙，倒忽然有点空虚寂寞的意思。献科中午打了电话回来，要她准备和他一起申请绿卡的材料，又要她留意网上和报纸上的租房广告，说虽然六月底房子到期，这两天就要通知房东是否续约的。黛珊一一应了，挂了电话就觉得烦躁不堪，却也耐着性子又去翻找材料。她刚把材料箱包收拾妥当，却又接了一个电话，说是找“克思安科 · 孔”的。黛珊就问何事，对方说是警察局的，找到了孔先生被偷的车。黛珊心间一阵狂喜，忙着问这问那。对方却问她是谁，跟孔先生什么关系。黛珊就忙着说自己是献科的老婆，那车子是他们的共同财产。警察就道：“那好吧，孔太太，我们在布鲁克林区找到了你们的车子，但是你们要亲自去把它拖回来……”黛珊听人叫她“孔太太”，不觉愣了半回，却又旋即哑然失笑，就忙着拿笔记下了警察给的地址。

晚上献科下班回来，黛珊就跟他叽叽喳喳说了一阵，献科也自高兴，甚而替老陈惋惜了一把。因黛珊从来没去过布鲁克林区，夫妻两个又看了一回地图，研究了黛珊去布鲁克林的地铁路线。

黛珊第二日胆战心惊出了五号地铁，转悠了半个多小时才明白身在何处，并最终找到了他们的被小偷遗弃的本田雅阁。等她满怀激动地拿着钥匙要去开门时，才发现不仅他们的车钥匙没有用武之地，他们的车也根本失去了行动能力：车厢里几乎是空空如也，值钱的、可再用的装置都已经被残忍地扒空卸掉，只剩下一个不忍目睹的空壳子在那里。黛珊这时才明白过来那警察说的“车子不会像被偷之前的那个样子了”，蹲在那里，胃中翻腾不已，差点儿吐了出来。

她呆了半日，擦了几回眼睛，又鼓足勇气站起来，拿了自家的车照对着车身验证了两回，无可奈何地确定眼前这辆破烂的空壳车就是他们的车，就是一个多月前她最后一次移动过的车，那时它孤零零地和另一辆车停在街的这一面，身上落满了凋谢的樱花。黛珊现在想去，觉得那情景倒有些悲壮和骄傲的意味，又似乎有点告别的象征。也许那时这辆车子的命运就已经被暗示或者注定了吧。

她这才想起来打电话给献科，一张口却就“嘤嘤”而泣。献科莫名其妙，还以为她在布鲁克林碰上了什么坏人，忙问她怎么回事。黛珊就哭着告诉他车子的情况，献科也自叹气，却很快镇定下来，叫她打电话给ＡＡＡ去拖车，并办一份检验材料，以便向保险公司索赔。黛珊收了电话，慢慢停了哭泣，照着献科的吩咐打了电话。等着的时候，她才留心周遭的景致，却是个垃圾成堆的荒凉场所，不远处红砖的房子无限地铺展着，还有一个小公园似的地方，阴云密布的五月天空下，绿色却还是恣意从容地从每一个角落冒出来，浓起来……

底下的日子，倒多是阴雨天气，黛珊大多时候也就在家忙着汽车理赔的材料，又不时出门去看房子。到了六月中，看上森林小丘那边一个还不错的房子，一室一厅又带了个小书房，价钱却只有现在房租的一半。献科看了也很满意，虽然上下班的路上时间要翻倍，却也无力顾及了。

搬家的那天，却是难得的晴朗天气，懒散许久的夏天也仿佛终于有了精神，好好化了一回妆，纽约的高楼大厦之上就出现了一张碧蓝如洗的天空。黛珊他们找了一个中国人的搬家公司，下午过来，忙上忙下地弄了两三个小时，才好不容易装了车。她和献科最后巡视了一下他们住了两年的房子，检查了一下有没有拉下的东西，也就不无伤感地关灯锁门，乘了电梯下楼，准备和搬家公司的车一起过去。

电梯到八楼的时候，迈克尔贸然而入，黛珊挽着献科胳膊的手不自觉地松开来。迈克尔起初并没看见黛珊，在电梯里站定，才注意到他们两口子，就笑道："嗨，你好啊！怎么好久没在健身房见你了？那天早上你什么时候离开的……"黛珊一时脸红，却忙着抢过话头，笑着道："嗨，迈克尔，你过得怎么样？——这是我老公，科；这是迈克尔。"献科原本尴尬而莫名其妙，这时也就笑着跟迈克尔打招呼。迈克尔一时要笑，却又笑不自然，只好问他们干什么去。黛珊就说他们准备到公园里去散步，又问他："你干什么去，要去锻炼吗？不会穿着这身衣服去跑步吧？"迈克尔不好意思地笑了笑，又道："有个朋友找我去玩，在楼下等着呢……"

说着话，已经到了大厅，三个人也就互道"再见"。黛珊看见迈克尔快步地走到门口去，一个金发的白人女子迎上来，两个人亲了亲面颊，就走到街边去。迈克尔长着五根长而有力的手指的右手伸在了空气里，一辆黄色的出租很快停了过来。女人进车的时候正好回头，黛珊也到了门口，因此看见那女人脸上胸部满是骇人的雀斑，就不自觉地、又轻松又遗憾地叹了一口气。

一时忙乱着要上车，搬家公司的人说带不了两个人，黛珊献科就和他们争执了几句，到底让他们坐到前面，却让另外两个工人坐到后面车厢里去了。车子开起来，几个搬运工人就用福建话说笑，倒让黛珊疑心是不是笑他们两口子的。

献科跟他们客套了几句，便也没话说，却用英语问黛珊："刚才那个迈克尔是什么人？你怎么认识他的？"黛珊乜了他一眼，心想他大约是没有耐心等到晚上，等到搬家工人都走了以后再询问的，因此也就用英语答道："不知道是什么人啊，就是在大楼健身房里看过几次，点头之交罢了。"献科冷笑了一声，道："真的嘛？他问你'那天早上什么时候离开'是什么意思？他到底是什么意思？"黛珊脸色沉下来，却淡淡道："他问了这个吗？我怎么不知道啊。——我们能不能回头再说这个？这卡车，还有工人们，吵死了，我听不清你说话，自己说话都要喊……"献科愈发气恼，却又不好发作，只好气咻咻地沉默着。

黛珊转了头看窗外：他们已经上了中城大桥，东河和长岛城在脚下，皇后区就在桥那边等候着，边上不尽的车流呼啸着往前而去……她轻轻叹了口气，转头来，看了一眼夹在她和工人之间的闭眼生气的献科，忽然明白自己的婚姻生活其实才刚刚开始。

2003.08.17

(原载于武汉《红白蓝》（又名《都市小说》）杂志，
用名《曼哈顿的一夜出逃》)

结婚另一种

（一）

那天下午，孔献科去“花满楼”影楼取了结婚照片，匆匆看了几张，证实了是他们的照片，也不好意思在那小姐眼前欣赏，就忙着出来。打车往城南去找林黛珊，看表才意识到还没到她约好的时间，想一想，就叫司机把他送到附近的雨花台烈士陵园了。到了门口，他才知道如今这地方也是要收门票费的，而且价格不菲——他先前还有点犹豫要不要进去，后来听得这不菲的门票，倒忽然下定了决心，毅然决然地买了票，就走进去了。

进了陵园，找了个僻静的地方，献科就把包里的六本相片簿拿出来一一从头检阅。照片里的他，英俊得几乎有些陌生，微胖的身材和有点稀疏的头发都被巧妙地掩饰住，眼袋才显、笑纹初起、痣点突出的脸庞也显得光洁年轻，三十二岁的年纪倒真像摄影师所说的“保证给您打个八折”一般，跟二十六岁的黛珊倒是很般配了。黛珊本人是个美女，照片里就更美轮美奂，有两三张唐装和清装的相片，甚至有点不如她本人漂亮现代的感觉。“一枚标准的江南碧玉”，这是献科奉承黛珊的话，却也是他三十二年的人生里说得最真诚、最忠于事实的一句奉承话。

黛珊是献科去年回国时认识的。朋友介绍的时候，献科心里很犹豫，因为黛珊只有大专的学历。献科自忖是个洋博士，心里头一直想着好歹一个本科毕业的姑娘才能配得上、对得起自己的十年寒窗，当然更重要的是有个本科学位的姑娘来美后的学习还是就业问题也当然更容易解决些，虽然献科到现在为止对黛珊到美后究竟可以干什么还是一筹莫展。他却一开始就喜欢黛珊的名字，化自黛玉，却更有韵味，充满了古典的中国风情，让那些纽约城里的Monica，Rachel之类的洋妞、中国妞的洋名顿时花容失色。见了黛珊本人，献科更有一种范柳原见了白流苏的感慨，仿佛祖国还是留了点古董和精华给他的。

他虽然去国十年不到，却也强烈感觉到这祖国给他的陌生感，尤其是祖国的女孩子们，好像在过去的七八年里，如同中国的经济增长一样，以令人难以置信的速率摩登和进化着；而他本人，在情感方面，出国后就失去了成长必需的阳光雨露，停留在大学毕业的水准——那水准就是大着胆子邀请女生跳舞看电影什么的：跳舞的时候手心出汗，老踩对方的脚，看电影的时候正襟危坐，对那些大声喧哗、低调蜜语偶尔用鼻孔出气或者眼角余光表示不满。到了国外读书，前面的一两年，他还颇有些念念不忘临毕业时网上认识的女孩子艾美，奖学金的余额倒有不少花在了那时还昂贵的美中越洋电话上。等到艾美在电话那头渐行渐远，献科也刚攒了买二手车的钱。有了车后，他虽然去机场接过一两回女生，也光临过若干次中国学生会和华人教会办的各种聚会，每每努力着去和女生搭讪几句，只是看她们往往一副小心翼翼、严防色狼的谨慎态度，就不由又想笑又生气，慢慢失去了信心，更怕有瓜田李下的嫌疑，因此更少接触到她们了。毕业时，却到底还是一人开着车来了纽约。

献科和黛珊第一次见面是在一个叫“枫丹白露”的茶馆。这些年，南京城里的茶馆、咖啡厅、冰淇淋店真正如雨后春笋般在各个角落里冒出来，让在纽约只晓得“星巴克咖啡店”的献科时有目不暇接之叹。原本献科要打的过去，只是介绍人——他的堂哥堂嫂却说能省则省，坐公车过去正好到“枫丹白露”门口下，又何必多花钱。献科想想也就算了。在车上，献文就又说：“那个女孩子也要坐车过去的，说不定跟我们坐一辆车，一起到呢！”献科不知怎么也有点兴奋，觉得这样的开头或许是个好兆头，嘴里却附和嫂子道：“哪里就那么巧了！是啊，我有心理准备，女孩子总要迟到一会儿，以显特殊重要的！”等他们到站下车，着急慌忙着过了马路，却果然看见一个面目娇好的姑娘在那边台阶上站着，似乎刚刚到，且在等人。他们三人都没见过黛珊，因此就猜测起来。献科看那姑娘倒像二十五岁的年纪，上面一件靛蓝底子小白花的丝绸棉袄，下面是磨蓝水洗的牛仔裤，裤脚收进一双棕黄的半高筒靴；脖上的围巾和手上的手套是一色的嫩绿，一头青丝则是光溜溜地梳向脑后盘成小髻，容长脸上眉翠唇红，双耳上是闪闪亮的耳坠子……俏丽生动犹胜他的想象，心里已经开始感谢堂嫂朋友的好眼光了。

他们上去一问，果然就是林黛珊，并说她刚从前面那辆公共汽车上下来……献文不由得意大笑道：“怎么样，我没说错吧！”献科也兴奋异常，就又给黛珊解释了一通。进了店坐下来，拿着茶单翻开，献科就笑道：“这店名叫个‘枫丹露白’或者‘丹枫白露’都还说得过去，怎么偏偏叫这么个拗口的‘枫丹白露’来？”黛珊看他哥嫂不发言，就接口道：“我想这是从法文的名字直接翻译过来的吧，好像原文是叫‘Fontainebleau’，曾经是法国皇帝的狩猎山庄，后来做过拿破仑的一座行宫，翻译成‘枫丹白露’也算音近，而且很有诗意！”献科不由得一时面红耳赤，只好讪笑起来。他盯着黛珊那一双睫毛长长、明亮乌黑的大眼睛道：“原来是这样，我真是孤陋寡闻了！你怎么知道？你还懂法文？”黛珊低眉看茶单，笑道：“我碰巧知道呗！”他嫂子也就讥笑他：“别以为你是个洋博士就什么都懂噢，洋相可都是出了洋的人才出的！”说得一桌四人倒都笑了。

一年多后，献科坐在雨花台烈士陵园里，摘了眼镜，看四面的绿色正蓄劲待发的样子，想着那一次茶馆聚会，想着这过去一年多里他和黛珊之间的一线相牵而终于没断，想着再过两天举行完婚礼后黛珊和他就要成为法律和世俗意义上的夫妻，不禁感慨万千。他坐久了，看了看手机上也没新信息，就站起来四处走了走。他小时候曾随父母来此挖过雨花石，再然后的记忆就是来这里参加少先队和共青团的宣誓仪式，没想到他再来这里却是在举行婚礼的前夕。这么想着，他倒有点些微的不自在，想黛珊估摸着也快办完事了，就转了身往出口处走去。

（二）

刚出了陵园，他就接到黛珊的电话，说她已经办完了医院那边的离职、出国证明等手续，又问献科相片的事情。献科只说“很好”，黛珊追问之下，就只好又说“等你看了就知道了”。黛珊在那边有点不高兴，却又不想跟他犟嘴，怏怏地找别的话来说，却找不到，就只好说：“那你专心拦车吧，我等你过来。”献科就坏笑着道：“见了面，就去旅馆吧！”黛珊轻笑不语，献科倒自笑道：“一天没见，怪想你的！”黛珊就道：“你先过来再说吧！”

献科这次休了三个星期的假回国来和黛珊完婚，在飞机上却还是时时害怕他或者黛珊在再次见面后会有退缩的打算，毕竟他们在一起的时间只有去年的那几天，太多的可能性像是美丽的烟花弹、又像很有杀伤力的定时炸弹一般，在前面的道路上耐心而沉默地等待着。

那次回来，献科本来还有去广州、深圳等地看看的计划，因为和黛珊第一次见面的感觉很好，在父母兄嫂的劝逼下就把余下的日子都用来在南京逗留了。他自小在这里长大，春天去东郊踏青寻梅，夏天去玄武湖划船赏荷，秋天去栖霞山登高看红叶；曾经厌倦了这样的地方风景和近郊旅游，如今看多了别地风景，却忽然万分怀念起这样的家乡景致来，如同吃遍了各国美食，最后还是最爱家乡风味。献科有时甚至想：也许正如他父母所建议的，南京其实是一个适合生活的地方，适合养老的地方……这么想着，献科就觉得自己真是开始老去了。这次回来是个早冬时节，可去的地方不多，因此越发怀念起这城市的其余季节来。他抽空访了几个旧日的朋友亲戚，看了南京的故宫博物院，淘了城里的几处书店和音像店，也游了几家字画廊，又花大钱请他喜欢京剧的嫂子赶了两场南京京剧节的表演，其余所作就是每日就等着和黛珊约会了。他们的约会又是以吃饭开始或者收场的为多。

献科在路边拦车，不想许多司机竟视他不见，又或者停下来问他“去哪块”，然后以不顺路的缘由绝尘而去。折腾了半个多小时，终于有司机愿意带他。献科坐定了，就笑问司机为什么许多出租不肯带客。司机就道：“先生您不是南京本地人吧？我们这块的规矩：六点到七点是司机们交接班时候，一般人不想误点，只要不顺路有时就顾不上带客人了。”献科听得莫名惊诧，就笑道：“南京的出租车费收一半的回程费，弄得每公里价格比北京上海还贵，这已经让人很不理解了。还有这么一个明目张胆拒载的时段，更是不可思议！”司机就絮絮叨叨说什么“车在江湖，身不由己”的话。献科想了想，也就闭嘴不语了。只是经司机这么一提醒，他又真觉得，这个他生活了二十多年的城市其实已经不是他的城市了。他抱怨起来也显得那样心虚气短，倒不如甘心去做一个外地生客、去受他们才受的气了。

坐在车里，看外面下班的人流车流汹涌，献科不觉有微微的欣喜之叹，似乎他这个“外乡人”也不是一无是处的。因此倒又想起去年和黛珊第二次吃饭的事情。

那晚，两人看了看所谓的新秦淮风光，就去尝老味的、极民间的秦淮小吃。不过是普通的店铺，却也被各色顾客挤得满当。献科端着黛珊劝诱他要的、多年未尝的、红灿灿的本土龙虾，却不知道往哪里坐。看到一张大约可坐四人的桌子上只有一个民工样的人坐在那里，他就走过去，很客气地问了一声：“请问，我们能坐在你边上吗？”那民工抬起头来，面无表情地看了献科一眼，仿佛献科是一个白痴，也不说话，就又低头去夹热腾腾的包子了。献科也忽然意识到他是在中国吃饭，这样的美国式礼貌全然不合情理，不觉哑然失笑。吃饭的时候，就有小姑娘挎着个篮子过来卖玫瑰花，献科自是义不容辞地买了一枝送给黛珊。

吃了饭，两人都觉得饱，也无处可去，就不急着打车，慢慢悠悠地走路往大道上去。路边有卖饮料的，黛珊就道：“你请我吃饭，我请你喝饮料吧！你要喝什么？我要一罐雪碧。”献科犹豫了一下，他这些年几乎喝惯了橘子汁和水，与雪碧、可乐等等虽然没有完全断绝关系，却也是常常敬而远之了。他见黛珊很好笑地等着他说话，就忙着要了一罐椰子汁。黛珊制止了献科拿皮夹的动作，她自己却与老头在那里讨价还价——献科忽然很尴尬起来，忙着走离了几步。他觉得可以理解黛珊那样的“小气的”、女性的行为，心底却还是不舒服。有一刻他想，他并不是讨厌黛珊的“小气”，而是因为她在给自己买水时候的小气，比如他买花时候完全也可以bargain一番的，但是他没有。他自以为是早先的那种“蔑视感”，忽然被他诠释成了一种隐约的“屈辱感”，让他更不愉快起来。他站在那里，又联想到以后的若干年他将常常面对这样细小、琐碎而真切的生活场景：黛珊在买东西，而他在边上不耐烦地等待着……

后来的一年里，献科时常会想到这么一个小细节，却又渐渐赋予它新的解释。比如，这样的细节或许可以说明黛珊不是虚华浪费的人，事实上献科在美国也或多或少是这样节俭着的，就像他时不时心疼午饭钱，自己带饭去公司吃一样。又比如，献科觉得自己这样在乎这么一个细节，实在是很无聊的心思，而他更关心的或许是：黛珊喜欢听什么阿杜的歌，他本人却喜欢Sting的音乐；黛珊喜欢看《读者》乃至《知音》之类的杂志，他如今只把《纽约客》当作每周功课一般……更让他焦虑的是，他没有任何把握如何去消弭这样的文化鸿沟。

回到了南京，献科就发觉那些顾虑也许全是自己的杞人忧天罢了。也许，黛珊和他各有各的喜好，其实是再好不过的一件事情。他豁然开朗般意识到其实到了这个时候，他已经找不到、也不再想找所谓的 soul mate，而作为 life mate，黛珊也许就是 next to the best person。

促成这种转变的因素或许有很多，最重要的也许就是他们刚刚开始的性生活。献科这些年孤身而居，学习、工作和孤独的压力之下，几乎怀疑自己的性欲望和性能力已经全速衰退，根本没有一个三十一岁的男子所应显示的勃勃生机了。回来后，按他和黛珊原先欲说还羞的计划，逃避了家人，在四星级的饭店开了房间，他才发现自己的欲望在面对黛珊时，还可以那样气势汹汹，而且似乎可以无穷无尽地反反复复地翻云覆雨，到底明白了什么叫“如狼似虎”的年纪。黛珊身体的每一部分对他而言，如今都充满了性暗示的气味。此刻，献科坐在车里闭着眼睛胡思乱想，想到黛珊双腋下原色原味、从未剪剃的细细顺顺、软软亮亮的毛发，就忽然觉得胯下的轻微勃起，就忙着睁眼来，暗笑道：你再等一会子吧。

等他到了医院门口，黛珊已经等得很不耐烦了。献科要出来，黛珊让他别动，自己却进了车。司机嘴里就嘟唧了几句他也赶着要交班的话。黛珊却并不理会，一边让司机带他们去新街口的饭店，一边就拿了献科手里的照片来看。献科拉了她的左手摩挲，却忽然看到她腕子上戴了一枚晃晃的蛋青玉镯子，就笑问："好像以前没看过你戴这个嘛。"黛珊脸上一红，却道："据说是避邪的……"就抽回了手。司机忙着赶时间，一路就急停急起，看得献科这样的有美国驾照的人不禁胆战心惊。黛珊却有点晕车，合了相册，皱眉扶头地看司机又看献科。献科倒想着要司机慢稳一点，却又觉得似乎欠缺他的，居然说不出口。黛珊等了一会，只好自己开腔抱怨道："师傅，你能不能开稳当点？都要颠死人了，要是我晕车，吐在你车里，可不好啊！"司机不耐烦地说"好、好"。献科却不禁要侧目看黛珊，想她到底能干，嘴角要笑，却到底没笑出来。

（三）

回到饭店房间，黛珊就忙着坐下来仔细察看照片，把自觉可以放大的挑选出来放在一边。献科将服务员下午刚换过的袋装茶叶扔进纸篓，热水烫了杯子，抖了些黛珊带来的龙井茶叶进杯，泡上水，一边等茶叶在水里煎熬、升腾、舒展，一边开了电视来看。他在国内时也曾经喜好喝茶抽烟，出了国，先是有意无意地把烟给戒掉了，然后因为不方便，连茶也不多喝了。有时献科就想，他在国外为什么对什么事物都不上瘾，一切都无可无不可的样子，让生活少了很多可以打发寂寞的乐趣。也许是因为自己喜欢简单的生活吧，献科心里这么总结着，一边用手指试了试茶杯壁上的温度，觉得不那么热了，就端了杯子，揭盖，撇了撇两三根还浮游在壁缘的茶叶，喝了一口，然后抽气龇牙，又笑对黛珊道："得了，别光顾着自个儿臭美了！喝口茶、解解渴吧！"

黛珊害怕茶水沾上照片，就小心翼翼地先把照片放在一边，再来喝茶。两个人说了会儿相片的事情，又商量明天怎么中午前退房，怎么布置已经订下的、在献科家附近的酒店新房等。献科边听边笑，黛珊就道："你用没用心记啊？别以为你博士脑子就好使啊！"献科就更有些得意起来：他在留学生的圈子里呆惯了，大家对什么硕士、博士早已经司空见惯而毫无敬意，甚至时不时地拿"博士满地走，硕士不如狗"之类的笑话嘲笑或者自嘲。回到南京，却被亲戚朋友们没有道理地敬重着，黛珊也常常语气里流露出这样的"准崇拜"心理，让献科不时有十分受用的感觉。

献科笑够了，就道："有时还是觉得难以想象，我们正在合奏着一曲婚礼进行曲呢！"黛珊道："你又不会弹吉他，弄乐器什么的……有什么难以想象的？当初不是你同意的嘛，可没人逼着你结婚呀！"献科忙道："得了，我就害怕你不是百分之百愿意嫁给我呢！"黛珊也就笑道："可不是嘛！你又没正式向我求过婚，我居然也就答应了。都是她跟你撺掇好的！"

献科看她娇俏可爱，就转到床上坐下来，却伸手臂环住了黛珊的腰肢，把脸伏在她的背上，深深吸了一口气，想当然地以为那是他买了送黛珊的资生堂香水味道。黛珊禁不住他的撩拨，嗔怨了两句"天才刚刚黑呢""家里还等着我们回去吃晚饭呢！"却到底褪了手上的镯子，与他做了一回。两个人出了点汗，躺在有点逼窄的床上，也不想起来，就胡乱说点话。黛珊忽又问道："当初要不是她逼婚，你打算什么时候回来呀？打算过回来没有啊？"

黛珊的这个"她"是指她的后母。起初献科并不知道薛美娟不是黛珊的亲妈，后来听她时不时流露出点有意嫌疏之意，到他们"订了婚"，黛珊方才告诉他这么一件不是秘密的秘密，让他觉得简单的生活原来并非那么容易就可遇可求的。尤其是在黛珊某一次跟他说："我从十二岁开始，从她进了我们家的门，我就一直想离开这个家，甚至离开这个城市，离他们越远越好！"献科忽然觉得心头发凉，似乎因为知道黛珊嫁他不单是要找一个合适的人结婚，更为的是找一座出逃的桥梁。虽然这桥梁比起那些专想出国的姑娘们来说也不算得多么出格，献科却还是难以消除那点隐约的忧患。

其实薛美娟对黛珊也根本谈不上不好，只是十来岁的小女孩心底有了偏见，那一点留给母爱的空间就再没有重新开放过、接纳过别的什么。而他们的"订婚"，也完全是因为薛美娟的一槌定音。献科当时渐渐养成每个星期给黛珊一两次电话的习惯，不想某个周末黛珊正好暂时不能接电话，薛阿姨就跟他聊了几句，然后问他："我看你和我们家珊珊两个也蛮般配、蛮聊得来的，可是啊，你们两个年龄也都到位了，离得这么远，你一个人在那边也辛苦，再拖下去也没什么意思。你什么时候再回来，打算顺便把婚事办了嘛。有些事情，我们和你父母可以在这边都帮你们办好了，两边亲戚吃顿饭也就是了……"献科无处可避，只好说自己很愿意，只不知道黛珊的意思。薛美娟就笑起来："说你是个书生，还真是个书生。她一个姑娘家怎么好和你开口说呀，是不是？你也不说，我就想，也只有我来捅破这层窗户纸了……"献科唯有在这边附和地笑，等到后来跟黛珊说了话，就成了消息通报了。再挂了电话，他一人坐在他在纽约皇后区的一卧柏文的沙发上，看有线电视盒子里的时间跳到十二点多，想到他和黛珊两个人的事情在这么一个初秋的星期五的深夜忽然定了下来，自己不由得又傻笑了一回。

那时他已和黛珊认识十个月。回到纽约城里，他也曾经跑到哥伦比亚、纽约大学的中国人的聚会中去，企图认识一个同在纽约的中国女孩。事实上他也曾在一个大纽约区的独身男女聚会上认识过一个叫米歇尔的女生，还难得地攀谈了几句，让他忽然有了点信心。那天夜里回去已经很晚，就由着性子把给黛珊的电话给省略了。再下一个星期，他意外地在哥大的元宵晚会上再看到米歇尔，正要过去招呼，人家却根本不认识他一般，扭头走开了……献科心里有千般猜测，最后万般无奈地说服自己：还是老实点，去追、守着黛珊吧。至少，她比这边的许多女孩要漂亮得多；那么，其他方面辛苦一点、委屈一点也该是可以接受的吧。

听了黛珊的问话，献科就道："我当然想回来了，早就想回来了！可惜去年没有多少假了！你呢，这一年多，是不是又有很多男娃追你啊？好几次电话都没找到你呢！"黛珊笑道："得了，那几回都跟你解释了多少次了！——说来也奇怪呢，去年秋天她把事情定下来的时候，我才去了栖霞寺呢，还求了一个签。签语说我的那个对象啊，'说近也近，说远也远'。我回头一想，可不就是你嘛，说近吧，我们上的是一个中学；说远吧，你在美国纽约，我还在老家……"献科一愣，求签这种古老的习俗早已不在他的生活之内了，现在听黛珊这么提起，却又惊讶又感动，被黛珊枕着的胳膊就拥转了她的脸，亲了一口，又道："那签语里还说什么了？"黛珊笑道："都半年了，哪还记得那么清楚啊！好像还说什么'吃穿不愁'之类的套话吧。——今年过春节的时候，我表姐还从美国加州回来了，听说了我们订婚的事情，很高兴呢。她还说啊……"献科问道："她还说什么？"黛珊想了想道："她说啊，她早就觉得我应该嫁到美国去啊，凭我的模样，即使你甩了我啊，在美国也总不至于露宿街头的……"黛珊表姐的原话自然并非如此，表姐还说："其实你跟他感情好不好也无所谓了。到了美国，实在不行，你随便跟他弄点事儿，离婚还不容易？你这样的，再找个更强的中国人，甚至美国人还不是小菜一碟？我就觉得这沦落到回国来找对象的中国男生十之八九都是loser……"黛珊没明白，问她"那是什么"，海燕就笑道："就是太老实呗！其实美国那边的中国女生也不少啊……人老实就好啊。自从舅妈去世，你在这个家里也没幸福过，将来走得远远的，也好！”献科听她言语迟疑，就笑道：“呵呵，好不容易找个老婆，哪舍得甩啊！我倒是听说不少女甩男的故事呢。有一个就说什么学校的一个老博士哥们儿，五年内回国结了三次婚，两次女方到了美国都很快跟他离了，另外一个女的到了美国机场就失踪了……”黛珊不满道：“哎呀，你怎么把人家女的说得那么坏呀，不安好心！哼！”献科也觉笑话说得不好，就笑道：“得了得了，我瞎说着玩的。我觉得我这两天时差总算倒过来了，今天一觉睡到九点多，一个梦都没做似的！”黛珊道：“还说呢，我最近老是做梦，而且做同一个梦：梦见我站在一排房子面前，不知道该进哪一间。后来闭上眼睛，随便推开了一间的门，以为有什么暗器啊之类的等着……结果什么也没有发生，我却更失望的样子，然后就醒了……”两人正这么说着，黛珊的手机响了，原是她家里人让他们赶快回去吃饭。两人草草收拾了一下，也就忙着回那边去了。

（四）

两个人手挽手地出来，要到马路对面去打车，却正好是红灯，四十秒的时间才逐秒递减到十六。这路口并不繁忙，许多行人不看灯也就过去了。黛珊也要快跑过去，献科却不敢，就只好等着。一个盲人不知从哪里出来了，一根竹竿点点戳戳地就往马路对面去。献科正要惊呼，却看见一个年轻的女孩走上前去，搀扶着那盲者一步一步到了马路对面。献科就从后面拥了黛珊，拿手指了这景象给她看。这时绿灯方亮，献科推着黛珊走，又假闭了眼睛笑道：“看来南京的姑娘心眼儿还真好呢！我也闭着眼睛任你带路吧！”黛珊仰头靠在他肩上，也笑起来：“看你，真跟小孩子似的！也不怕别人笑话！”献科就故意两面张望道：“哪儿有人看？哪儿有人看！天都黑了，我就怕人家看不到我的幸福呢！”两人这么说笑着，也就过了马路，绿灯在身后转黄又转红。他们打车径直去了黛珊家里。

林家本也请了献科的父母过来，献科的外公外婆在下午就从扬州来南京参加大外孙的婚礼，献科父母本就不大习惯和林家太多交道，就用了这个借口不来赴宴了。黛珊的父亲林寄海是个局级干部，平常不大在家吃饭，今天因为献科来，破例推辞了外面的饭局。翁婿两人平常没怎么聊过，坐到一起，不免先说点男人的话题。林寄海曾经去过美国考察学习，因此就道：“人家那个物质生活水平，咱们中国是没法比！是吧，小孔？！咱们这个市场经济再搞二十年，大约能赶上人家二十年前的水平！中国是个人口大国，又是个农业大国……”献科也不管同意与否，只尽量点头应“是”。林寄海说到饭菜全部上齐，叫了家人举杯道：“小孔，我们现在是一家人了！我们先为你和黛珊百年好合干一杯！”说罢就举杯干了。薛美娟忙道：“小孔，你能喝多少喝多少，别跟他这个‘酒精’沙场的老家伙比！吃菜，多吃菜！”林局长夹了粒花生米道：“我最喜欢小孔的一点，就是出国这么多年，还是我们中国人本色！”薛美娟也道：“这是实打实的话，不是说我们自己夸自己家女婿！你听小孔说话，南京味儿还剩点儿呢！讲话又有道理，有见识，却不胡吹，这是最难得的了！——墨玮啊，这点你可要向你大姐夫学习！”献科回来时给每人都精心准备了礼物，给正上大三的林墨玮买的是一只最小巧精致的MP3播放器，好歹得这小子一个“还不算太土”的评价。林墨玮这时放了筷子，向献科一抱拳道：“以后还请美籍华人、孔大哥多指教！”说完了，就忙着去盛汤喝。黛珊和他母亲都不由大笑。黛珊道：“林‘末尾’，瞧你这油嘴滑舌的样，也不放尊重点！下半年人家不给你交什么申请费，你可就惨了！”献科微愣了一下，却又笑着打岔道：“我可还不是什么美籍华人！一直听你姐说你的小女朋友长得很美的，是个地道的华籍美人，怎么今天也没带过来给我们看看？”林墨玮哈哈道：“啊，你们准备了什么见面礼给人家？人家小姑娘不好意思见生人……”黛珊那边就瞅了献科一眼，想说什么却忍了。薛美娟又在那边招呼献科多吃菜。

一家子吃吃停停，不免说起黛珊献科在那边的生活打算。林寄海就道：“我最担心的就是小珊的学历不够，英语不好，到了那边工作怎么办？”薛美娟先接口道：“哎呀，人家用你愁呢！她整天跟美国人在一起，英语还不马上就好了？又有小孔教她，还怕赶不上？人家那么多偷渡去的，还不都找了工作……”林寄海挥手打断她道：“你们妇人家见识！美国还是个最重视知识和能力的社会，我们中国人的这一套关系户、人情网到那边全都吃不通。就是我是董事长，你是我亲闺女，你不够格，我也不会破例让你到我公司来工作吃闲饭！小孔，你说我说得对不对？”黛珊觉得她父亲又在影射她大学毕业分到保健医院工作是由他帮忙的事情，就乜了她父亲一眼，笑道：“我大不了也去从服务员做起呗！英语叫 waitress，对吧？”林墨玮就笑道：“你这么漂亮，你老公哪里敢把你放到饭店里去做招待小姐去‘委屈死’啊？！我说得没错吧，姐夫？”

献科一人在纽约独居，下班回家后往往就是一人看电视，或者看书上网，身外的热闹繁华往往和他毫不相干。渐渐地，他也就很少说话，有时就觉得每个周末和黛珊在电话里讲的一个小时，竟比他一周里其余时间所说中文的总和大约还要多。回国来，自然就不一样；只是跟黛珊，或者父母单处，也还不算太戏剧性的变化。现在忽然被黛珊他们一家四个人四张口招呼着，心底却隐隐升起难以招架的感觉，又暗作比喻道：人家说女孩嫁的是婆家一家子，男方娶进生活的其实也是一家子呢。在桌上，他常常老半天顾不上吃饭吃菜，而忙着回答问题了。

说到黛珊到美后的生活工作问题，献科就更加窘迫紧张，心里头却又想到纽约地区的一个中文电视台曾经反复播放的两则广告。一个是女性，说什么“我十六个月就拿到了一个副学士学位，找到了一份满意的工作……你会到ＸＸＸ学院来吗”，另外一则广告是个更令他难受的男性，摇头晃脑道：“无论经济如何，会计总是需要的……”然后号召大家都去学会计云云……确定关系这半年来，他时时留心这样的广告，也为黛珊将来的生活工作颇费思量。最直接简便的设想当然是黛珊到了美国还可以做与医生相关的工作，比如说护士；他又听人说美国的护士是供远小于求的行业，有时就隐隐觉得有个光明的前途在那里等着黛珊。不料一次小心翼翼和黛珊说起这个“光明前途”时，黛珊很是不屑，说她怎么会降级去做护士呢，在她们医院，她现在好歹也算一个医师呢，处理开阑尾、剖腹产等手术可也是游刃有余。献科先前从未问她具体干什么，想当然地以为一个大专毕业生也就是做护士之类，不想她还能开刀，倒惊诧、佩服了一回。有时他又想是不是可以让黛珊在家待着，以他的薪水，养她没问题，生两三个小孩大约也可以对付，又想相夫教子不定也是某些女性的理想归宿。黛珊在医院待久的人，却又有想法，再加上自己幼年丧母的经历，对生一个小孩的想头都很犹豫，不消说献科的“要生就生两三个，热闹热闹”的“农民意识”了。

在饭桌上，献科也不便细想多说，就讲黛珊过去，跟着自己开始办绿卡，应该很快就会下来；然后是工作还是读书当然都不是什么难事。一家人吃完了，黛珊抢着收拾碗筷，墨玮也被薛美娟撵到厨房去帮忙。林寄海去房间里接个电话，献科就和薛美娟说些闲话。

薛美娟小声道：“小孔啊，我这一辈子就怕人说我后娘当得不好，落个骂名。所以呢，珊珊的婚事我是十几年都盘算着要体体面面、风风光光地办一回的。人家哪个街坊邻居同事亲戚嫁闺女，我都看在眼里，记在心里，为的是等黛珊结婚时候，只会比人好，不会比人差，不让人说一句闲话……可是呢，你们偏偏有缘分，她也要跟你去美国享福，我那些准备的嫁妆啊，除了首饰衣服，你们都用不着，也带不到美国去，我也没法子显摆了。唉，所以我跟你伯父商量好了，给她一个大大的红包，五万块钱在你们拿美元的人眼里也许不算什么，只要你能体谅我们做父母的心就好了……”献科忙道：“哎呀，您们这是干嘛呀？我们做子女的还没好好孝敬您们呢，还没好好感谢您们把黛珊抚养这么大，倒要您们在这时候再贴一笔，怎么好意思……”薛美娟一时就擦眼角，唬了献科一跳，本还以为自己太肉麻了呢。薛美娟又笑道：“听你这么一说，我真是觉得值了！本来她爸说后天的车队用奔驰、桑塔纳也就行了，我又要他加了一辆红旗的。你们在国外自己开车，哪里还在乎什么桑塔纳，也就国产的红旗轿车还新鲜点儿，是吧？”献科一时也不知如何感觉，只道：“阿姨，您这么费心，叫我们怎么受得住啊……将来安定下来了，一定要到美国来，跟我们住住，给我们一个孝敬的机会……”

两人正说着，黛珊走进客厅来，问他们讲什么呢。薛美娟就笑说：“小孔还邀请我将来去美国玩呢！我哪里有那个福气啊……”黛珊就陪着笑，又问献科是不是就准备回去了。献科装腔作势道：“哎呀，怎么就快十一点了，我是该回去了，还要回家一趟呢！”薛美娟也说：“本来还要留你说话，可是过了十二点，就算明天了，你们就不该见面的。还是回去吧……”一时林寄海和林墨玮都站在门口道别。

献科黛珊下了两级楼梯，楼道里的感应灯就灭了。黛珊跺脚，却不够响，也亮不起来。献科就趁黑搂住她，胡乱亲了两口摸了几下。黛珊笑骂他“流氓”，献科也就放开手。用力跺了两下脚，灯又亮起来。他一边挽着她下楼去，一边笑道："明天一整天不能见呢，可不要想死我嘛！"

（五）

两人在楼下亲热了一下，黛珊也就回楼上去，献科自打了车回家来。他外公外婆果然没肯睡，只等着见他一面。外婆见了他就道："小科，我们特地从扬州带了几样菜过来，要给你做你小时候最喜欢的扬州炒饭的！你偏生又去你丈人家吃饭了！明天早上再给你吃吧！"献科如今也成多感之人，听外婆这么一说，倒有些热了眼眶，只忙着问他们身体好不好，前次带回的西洋参、鱼肝油好不好吃之类。他外婆拉了他手在沙发上坐下，问长问短，又说看过外孙媳妇黛珊的照片，觉得"蛮俊的"，又道："乖啊，你结婚了，你妈，你爸，还有我也就搿了一条心事了！"他外公只呵呵笑着，一边喝茶一边跟孔祥宁道："好像比上次又胖了点！不要再胖了！"献科就笑问他："你这么晚了还喝茶，不怕睡不着觉？"他外婆就接口道："他才不问呢！上床还不就呼的跟打雷似的！"李文琴这时装好了献科的换洗衣服，进了房间对丈夫道："你快送孩子去旅馆吧！爸妈也早该休息了！小科，你明天还有什么安排？要不好好歇一天吧。"献科就忙道："明天别的也没什么吧，把那边的房退了，下午晚些时候再去这边的饭店吧。对了，还要去看一个同学，就是以前的那个到我家来过的蒋瑜。他后天又要出差去，没空来参加婚礼，所以务必要我去一下，顺便取了礼物回来！"他母亲就把手里的塑料袋递给孔祥宁，又道："那也要不了多久！等你后天办了事，你的假就剩下五天了，还有得忙呢！"献科应了，就跟外公外婆道了晚安，随他父亲一起出了他从前的小房间。孔祥宁拿着装衣服的塑料袋，等献科一起下楼。献科只道："爸，我自己下去就行了，你不用出门了！”他父亲还是拿了手电，一路照着楼梯，陪献科到楼下，又只等他上了车才回去。

献科回到旅馆，匆匆忙忙洗了一个澡也就上床，却一时睡不着，就回忆这一日的听闻。想及薛美娟的一席话，不禁有些惭愧。他这几年听说一些回国结婚的故事，又听说有百分之几十几的成功率，谁谁损了夫人又折兵等等，因此回来之前就打了一阵小算盘。这些年他也存了点钱，投资一点在股票和退休金，杂七杂八加起来也有十多万的“资产”，听人劝告，就动了先办一份婚前财产证明的心思，为的也是怕万一和黛珊没有美好结果，也不至于财随人空。想是这么想，到底他却没有找律师办成这个证明，一半因为懒惰，一半还是希图侥幸。林家给黛珊五万块的嫁妆，算成美元确也不多，但还是让他有些羞愧，感觉小人之心度他人之腹了，这时未免庆幸自己没那么小心真去办了那份证明。

他如今时差倒过来了，竟然一觉睡到大天光，看了看手机，居然已经快十点了。又有家里的留言，忙着打回去，原是他母亲说外婆一早起来炒饭，快九点了却还不见他回来，虽然外婆说不要吵他，他母亲还是在九点多打了一个电话来。献科匆忙洗漱，把自己的东西也包裹好，退了房就打车回去。到了家，看他爷爷奶奶也过来了，一家子六个老人在那里忙着往墙上门上贴各种剪纸装饰，满目忽然都是红色的双喜字，又有金色的飞龙游凤，好不喜庆耀眼。他吃了外婆的炒饭，又喝了几口母亲熬的粥，跟他们说笑了一阵，一大家子中午倒好好吃了个团圆饭。吃了饭，他爷爷奶奶就忙着回去打麻将，外公外婆去鸡鸣寺转转，就随他们去了。这边献科母亲又忙着将献科的衣服整理收拾，抱了两床崭新的红绸被子，一家三口一起送到饭店去。正在预订的房间里忙着贴红喜字，献文两口子也提前下班过来，帮着收拾了一气，又说了一阵子明天的车队、司仪、录像队等事情。

献科而后又去蒋瑜那里一趟。两个人又是一年多没见，平常也就是偶尔用电子邮件联系一下，又逢献科的大喜事，不免唠唠咂咂了一气子。刚说完话准备走的档儿，却有一个女同事来找蒋瑜，问他明天到北京开会的材料、机票、怎么见面等事情。献科听那声音仿佛耳熟，抬头一看，却是艾美，不由就愣在那里。

艾美也愣了一下，旋即笑道："怎么是你啊？前年听说你回来，也没见着……什么时候回来的？怎么这时候回来休假？"蒋瑜就抢着道："人家是回来做新郎的！娶了个金陵十二钗的第一钗——林黛玉！"艾美也不知他玩笑与否，忙笑道："哎呀，恭喜恭喜！还以为你早就找了个洋妞、生了一堆又聪明又好看的中美混血儿呢！"献科心里觉得好笑，又有点好气，却笑道："得了，咱可没那个能耐！在美国混得背，所以着父母在这边买了一个……好久没有你的消息，这个蒋瑜也从来不说你和他一个公司呢！你怎么样？"蒋瑜就打趣道："哎呀，艾美可俏着呢，公司里的追求者就有一个加强班，她却谁也看不上，还说要出国去呢——哎呀，言为心声，一定是想找个老外，生'一堆又聪明又好看的中美混血儿呢'，是不是，艾美？"艾美伸手打了蒋瑜一拳，笑道："'一个加强班？'好像人家用这个词都是'一个加强连'吧？得，孔献科这样的假洋鬼子都看不上我们这样的，那真洋鬼子就更算了吧……"话一出口，艾美也觉得不妥，一时尴尬而笑。献科脸上差点儿挂不住，却忙道："你们就别再拿我们这洋插队的穷开心了！都知道你们国内男女的生活是：XX城，今夜请将我遗忘。搞得我们这样的人最不甘心了：以前在国内时感觉国外是个花花世界，到了国外，发现国内是个花花世界，两头好儿都没沾着！"艾美就道："那什么《成都，今夜请将我遗忘》卖得还很火呢！可那也是蒋瑜这样的男人在花花啊，女人可都是受害者呢！”

三人正胡笑着，蒋瑜的手机响起来，原是他女朋友找他。艾美就笑道：“叫你油嘴滑舌的，管的人来了吧！”一时三个人也就一起出门去。艾美和献科却是同路的。艾美他们现在上班也多是打车，又快是出租车司机交接班时间，肯停的车不多。两人等了一会儿，终于是合乘了一辆。

献科给艾美开了门，待她坐好了，他才钻进去。却忽然想起他可以坐在前头的，司机却已经启动车子，他稍微往外移了移屁股，也就罢了。艾美看在眼里，不由轻轻笑了一声。献科就道：“还记得刚出国的头几年，老听你说自行车又被偷了的新闻呢！”艾美道：“是啊……还说呢，你那辆福特老爷车开得怎么样了啊？”献科哑然笑道：“一开始上班，就鸟枪换炮、早扔掉了啊！——你也，二八年华了吧，怎么这些年也没碰到合适的？”艾美叹了口气，望着窗外暮色里的繁忙人流车流，笑道：“没人可嫁啊……平常跟人，我都说：张三不错，李四很优秀，王五也好，实在不知道嫁谁好啊！”献科一时也笑，想她当年也是这么风趣的吧，理科女生里难见的机灵狡猾，大概也就是眼光太高了。艾美却接着道：“其实，我现在也有一个相对稳定的男朋友，认识也有三四年了，只是大家都太忙，暂时都没有结婚的打算。我常跟他说：我对婚姻的想象止于婚礼；至于婚礼之后的锅碗瓢盆、油盐酱醋，我实在没法、也不敢去想象……光说我了，你的那位是个什么样人物？怎么让你这么下了决心，漂洋过海来成亲呢？”献科想了想，就实话实说道：“可能就是在国外觉得太寂寞了吧……她是个医生，人长得不错，又有好几个表姐什么的在国外，自己愿意去国外闯一闯……”艾美转头对着窗外暗自冷笑了一声，却道：“那最好啊！不像我们这样的，觉得能在南京混个饭碗就不错了……”献科也意识到自己拔高黛珊的同时说漏了嘴，忙道："也不是那个意思……"艾美就叹气道："还是你们男人幸福啊，越老还越值钱！像我们女的，过了三十，就真是'残花败柳强吐芳'了，再不嫁可就难了。而你们呢，'男到三十一朵花'，有点钱，还是黄金王老五呢！还有更年轻漂亮的美眉们排队等着被选妃呢……"献科时时尴尬，不晓得她这样说话是一般性的感慨，还是针对性的讽刺，就只好"呵呵"笑了几回。

两人说着话，就到了艾美住处的巷口。献科又先出来，开了车门等艾美出来，一时不知道是否要用握手来道别。艾美指着街边道："我这儿还挺好找的，因为有这么一家'枫丹白露咖啡馆'！"

（六）

献科随着艾美手指方向看了一眼，开口想说他和黛珊就是在一家"枫丹白露"认识的呢，到头却只是笑了笑，心里盘算着要不要约请艾美去喝点什么，艾美的神情似乎也在等他开口相邀。献科略一迟疑，就听司机不耐烦地道："哎呀先生，这车你还要嘛，我们还等着交班呢！"献科回头对艾美苦笑，艾美却伸手出来，跟他握了一下，道："你也忙吧？这会儿打车也不好打，我回去后也忙着明天的出差……希望下次你回来时有机会再细叙！"献科的千言万语也便化作一句："那好，下回再见……"艾美略笑笑就转身而去。献科进了车，看了片刻她的灰衣背影，也就给司机说了地名。司机就说那要进巷一点好掉头，献科便随他去。掉了头出来，他又往咖啡店方向看了一眼，艾美却已经不见了。转头之际，却有一个熟悉的身影掠过，竟像是黛珊的样子。献科要再细看，司机却已经猛然加速，冲进了主干道。

坐在车里，献科回味艾美最后的笑容，大有不信他们再相遇相谈的意思，心道她到底是个聪明人。不禁又想了半日出国之前和艾美的一些往事，那时似乎也都是有点情意的，可是碍着那么点自尊和骄傲，仗着点年轻和聪明劲儿，总以为自己会有更好的选择。渐渐断绝了电话和电邮来往的伤感，也在整天为作业、论文忙碌的生活里稀释和淡化了。他这时想到“物是人非”这个词，却旋即又意识到他完全没有这样的心情与勇气：有些人也许从来就不属于自己的世界，无论怎么努力都无济于事。可是为什么偏偏要在他结婚的前夕让他再见艾美一次呢？他一时庆幸自己没有做任何对不住黛珊的事情，又原谅了自己那个若有若无的想做什么的念头。这么想着，他就拨了黛珊的手机，却是关着的；想打她家里的电话，又念及大人们的忌讳，也就算了。

他回了家，就发现又来了些亲戚，自然又是一番招呼问好，忙里抽闲跟父母和献文两口子核实了一些细节。又一大家子吃了顿晚饭。饭后献科带了表弟大维去旅馆睡觉，一是两室一厅的家里已经人满为患，二是按老规矩本要新郎带个童男子陪床云云。大维一路问这问那，什么他在古狗上为什么找不到某个游戏的攻关秘籍，又说听人说那个网站是被中国屏蔽了，问献科以后可不可以帮他查一查。献科听得大跌眼镜，又问他：“你到底几岁了？”大维抗议道：“不是几岁，是十四岁！”说话间到了旅馆，献科支使他洗漱了，方才安顿下来。大维却又道：“大哥，我妈说要送我去国外读大学呢，你说好不好？到时候也像你这样，回来娶个大美女做媳妇！”献科已经躺下，却也被他逗得大笑，隔着被子打他一下道：“娶个美女做媳妇？小小年纪都想什么呢！快睡觉吧！你将来有本事娶个洋妞吧，像我这样，最没出息了！”大维就笑道：“也是，白人波大好看！”献科差点儿从床上跳起来，只道：“你是十几岁嘛？二十几了吧？”兄弟俩又唠叨了一会儿，大维便开始轻轻打鼾，献科却又折腾了一会儿方才睡着。第二天早上却是大维先起来了，献科睁眼看时候差不多，也就坐起来，睡眼惺忪地问他："你不睡了？"大维捂着个档部往厕所跑，嘴里道："尿憋醒了！"献科又笑他一回，再躺了一会儿，就起来冲澡洗漱。

两个人在晨曦里走回去，家里却已经忙开了。献科简单吃了点东西，又赶着到约好的理发店去修面、做头发，再回来换了礼服，已经是早上九点多钟。一时更多亲戚、献科的伴郎、车队、录像队都来了，先在家里乱录了一气，然后下楼上车，慢慢开到黛珊家。献科上楼，后面一干人鱼贯相随。他作势敲了半天门，却不见开，忙着塞了两回准备好的红包，薛美娟和林墨玮等一屋子人才开了门。献科拜见了丈人丈母娘，感谢了一番养育之恩，散了两圈烟，这才又去敲黛珊的闺房门。里面却又有伴娘等人把关，献科又是递糖果又是递红包，"大姐""小妹"地叫了几声，伴娘也就在里头大声道："新娘子，我们看也差不多了，让新郎官进来吧？十二点之前还要赶回去给父母磕头呢！"又折腾了一会儿，黛珊的门方才被打开，黛珊穿着一袭白色婚纱款款而出。两个又给林寄海、薛美娟磕头谢恩，黛珊倒真流了泪，她母亲也就红了眼圈，众人劝说了一番。这时要出门，林墨玮便按规矩背着他姐姐下楼去，直送到红旗轿车上。献科随后跟着，看墨玮那个狼狈样子，都止不住要笑。进了车，他关切地问黛珊道："今天天气还不算太冷——你穿婚纱还好吧？"黛珊正要作答，外面震耳欲聋的鞭炮声忽然炸成一片。献科就握了下黛珊的手，果然有些凉凉的。又耽搁了十几分钟，迎亲车队才缓缓地开出去，在主要街道游展了一圈，十一点多，又回到献科家的大院。这次献科下来，抱着黛珊上楼。进了门，又给献科父母磕拜了一回，给各位长辈一一认唤了。

下午三点多，黛珊在酒店房间换了婚纱，和献科站在门口迎宾待客，一时要跟几百号认识不认识的亲戚朋友握手鞠躬、递烟问好，直累得腿酸手痛。忙到快五点，终于进了大厅。请来的司仪主持仪式，讲了几句“孔献科先生和林黛珊小姐的结合”多么有意义，又说了些“郎才女貌，百年好合”之类的套话，就把话筒递过来，要他们介绍恋爱经过。献科黛珊早觉得如同木偶一般，这时口干舌燥却又说不出个美好经历来。司仪却频频点头微笑，回头添油加糖地扩播了一遍，说他们“千里姻缘一线牵”“相识是古典的，相恋却是现代的越洋电话和电子邮件作媒介”“隔着太平洋谈了一年多的恋爱，这个爱情故事实在太美丽、太动人了”……说完了，自己起先鼓掌，底下宾客就跟着拍手叫好。掌声平定，司仪又问：“孔先生，请问你第一次看到林小姐时是什么感觉？”献科笑道：“一见钟情！”司仪就又鼓掌叫好一番，回头又问黛珊：“林小姐，你当初看到我们的洋博士，是不是也觉得电石火光、感觉‘是你是你就是你’呢？”黛珊微露腼腆，在司仪的笑脸逼问下，终是道：“比较有感觉吧！”司仪又忙着鼓掌，然后兴奋地宣播给众人。底下又是给双方父母、黛珊医院里的领导、献科父母单位的领导等等鞠躬致谢，弄了一个多小时，这才宣布他们的婚礼仪式告一段落。下面四五十桌等坏了的宾客也就开始举杯伸手，舞叉弄勺。献科和黛珊稍事休息，又换了一套衣服，就又一桌一桌去敬酒致谢。

宴席散后，外面由着双方父母亲戚去打理，这边的一干年轻人却已经开始在旅馆房间里闹房。献科这时也有点醉醺醺，只得全由他们摆布。闹到最后，逼他们两个上床，又要他们在被子下面互相把衣服一件一件脱了扔出来。两人脱到内衣内裤一层，就要赖不肯动弹，众人却威胁着要掀被子。献科只好又去解黛珊的乳罩，忙里出乱，黛珊又不情愿，好不容易才在鼓噪声里把黛珊的乳罩投降般举出来，那录像机就伸上来给了一个特写。只道完了，闹房的却得寸进尺，要黛珊脱了献科的内裤。黛珊拿被子捂着身体，伸出脑袋来大叫：“你们太流氓了！”大家哪里肯依，一定要完成任务才肯离去。献科这时昏头昏脑，眼耳心手早就各行其事一般，在被子里捉了黛珊的手去拉自己的内裤。黛珊不肯，他就自己褪了，递她手上，又耳语道："扔出去，让他们走人吧，我真熬不住了！"说着，又拉她的另一只手往下去触摸他已经坚硬的欲望。黛珊又羞又怒，忙着扔了他的内裤出来，眼中却已经有了眼泪。房里一时口哨四起，还要再闹。献科只忙着向面熟的几个人使眼色，就有人站出来说闹得差不多了，也该让新娘新郎好好"休息"了。一屋子人又孟言浪语了一会，又"好心"关了灯，等了会儿不见新郎新娘动静，到底悻悻兴兴地散去。

献科听他们走远了，才敢起来，在黑暗里又去反锁了门，回头来掀开被子，四肢伸展从背后把黛珊钳住，对黛珊说了许多好话，她才转身相对。献科将她一把搂进怀中，笑道："这才叫软玉温香！"说着就闭上眼睛，眼前一片红光，献科却仿佛看见了幸福。

（七）

第二天一早又有回门之说，献科黛珊匆匆回去了一趟林家。林墨玮已然回校去，林寄海不得空，只他们两口子和薛美娟并两三个亲戚吃饭聊天。吃完了又匆忙回旅馆，却说他们的房间已经被献科的父母退了，东西也都在十二点之前收拾回去了。献科隐约听他们提说过：婚礼完了，他和新娘子也该在家住两天才算正经事情，却不料他们想着省一天的房钱，居然匆忙就退了，连招呼也没跟他们打。黛珊似也生气，献科就忙打电话回去问了一通。他母亲外婆就在那边叫他们快回去，又说外婆外公下午的班车回扬州，临走前要再见他们一面。献科听她们絮叨完了，就跟黛珊一摊手，道："那回去吧。外婆说下午回扬州去，把我的床空出来了。"黛珊不睬他，却问服务员那房间有没有打扫过了，是否又有客人住进去了。服务员查了一遍，说“还没有”，黛珊就跟她好言好语一番，居然说动那小姐让她上楼去查看了一回房间，却也没什么遗落的东西。

回到家，外婆就抓着黛珊的手，带她进“新”房瞧了一瞧，倒是献科母亲细心，全换了新床新被的，倒也喜庆有余。外婆笑道：“你婆婆害怕你不习惯呢，我说我这老脸老皮的不怕，且在外孙子媳妇面前再充回老！你婆婆本来要把他们的大房间换给你们小夫妇，可是小科也就住两天，只怕你到时又不习惯，所以才没费那个事情……”黛珊也忙笑道：“外婆，瞧你说哪里去了！妈，你也是多心！”说着就一手牵住一个，对着献科笑。献科也满面是笑，想着自己是否应该遵从西方人的礼节过去拥住她们三个的，却到底没有。他外婆另拉了他的手，把他们年轻夫妇的手摇到一起道：“孩子，你这么懂事知礼，小科有福气！出门在外，更要如此。你们将来在美国，千万别忘了我们中国人的好传统。像你妈，一个姑娘家从扬州到南京，还不是凭着一股子志气？……”

一家人又说笑了一回，献科父母就忙着送外公外婆去赶车，献科夫妇要跟去，却被他们拦下了。家里一时空静下来，黛珊仔细打量了一下房子，也就无事可干。回到他们的房间，站着端详墙上挂着的几帧结婚照片。献科拉她躺在床上，搂她在怀，笑道：“他们才忙着叫人装框的！到了纽约，我墙上的梵高、莫奈也可以换成林黛珊和孔献科了！”黛珊就问他莫奈是谁，献科刮她鼻子道：“你这个小傻子，连莫奈都不知道！他就是画睡莲出名的法国印象派画家啊！”黛珊打开他的手道：“我没文化嘛，不配和你镶在一个像框里的！”献科忙着哄她：“学业有专工嘛，我还不知道枫丹白露呢！——回家的感觉真好！这屋子我也住了十来年的，现在跟你躺在这里……真是好奇特的感觉……”黛珊就笑他道：“笑得跟个傻小子似的！”献科道：“这边墙上以前贴满了我的三好学生奖状呢，前年回来忙着让妈换下来了，她也没扔，不知道当宝贝藏哪儿呢！——这张我拿书、你弹琴的，还真有点琴瑟和谐的意境呢！”黛珊道：“别臭美了你！”献科也笑道：“你美嘛，我就跟着你‘凑’一下美！”黛珊直起身子，离开他的臂弯，道：“不晓得你在说什么……我倒想起来了，一个朋友给了两张票，是他离开南京的告别演出。明天晚上去看看吧。”献科也坐起来，笑道：“你还有这种搞艺术的朋友？我最喜欢附庸风雅了！有没有多余的票，要不要拉了献文和他老婆一起去？”

第二天晚上，两人陪父母吃了晚饭，也就出门去新街口的那家酒吧。到了九十点钟，ＤＪ开始在台上调音试器。献科本以为是个乐队的现场演出，这时知道不过是比一般的卡拉ＯＫ高级一点的表演，不免失望。那唱歌的不久也登场，半长的头发飘飘的，遮住了点脸。他调拨了一下吉他的弦，仰起脸，微微甩抖了一下长发，开始自我介绍道：“各位晚上好！我是高楚骐，有朋友说我是‘一匹高大的、楚楚动人的马’，其实我希望自己是一匹来自北方的、孤独的狼！”黛珊笑着鼓掌，献科也大笑，拍手道：“有点意思！”正说着，《狼》的凄厉旋律就穿过袅袅烟雾而来，恍然之间倒有点齐秦年轻时期的声色架势。一曲终了，歌手又道：“因为一些个人的原因，我下个星期就要去上海发展了。底下一首《情人镯》，送给南京，和我曾经爱过的女孩！”然后又唱了自编自写的《食草动物》，别人的一些流行歌曲，还有一两首法文歌。献科就笑道：“法国人什么都在行，就是歌唱方面的成绩单不怎么如人意。他哪里找来的法文歌？”黛珊不以为然道：“人家大学里是法语专业的。刘欢也是学法语出身的，现在不是很成功的歌唱家嘛！”献科不与她辩，却道：“你怎么认识这匹‘楚楚动人的马’的？”黛珊漫不经心道：“他去我们医院看病时候认识的吧；嗓子唱哑了什么的。我也记不清楚了。他跟我们院里的晓霖比较熟悉……”献科心里陡生疑团，却又觉得自己胡思乱想，笑了笑，也就不再追问。演出完了，献科道：“要不要去跟你的朋友谈一谈？”黛珊瞥他一眼道：“不用吧。他又不是直接请我的，晓霖把票让给我的。回家吧！”献科就挽了她的手，却又回头看了一眼舞台处，隐约觉得那歌手向他们的方向望了一眼。

献科又在家逗留了两天，也就到了登机返美的日子。那日一早先去南京禄口机场，他父母和黛珊都送到机场来。进了安检门，献科忽然心头一阵发酸，后悔自己没敢大胆在父母面前拥吻黛珊一次。他往常孤独惯了，如今却忽然体会到新婚夫妇乍别的离情，不由想起他当年第一次出国时他父亲说的话：“你看那些结了婚的，心里更是难受。你这样单身一人，倒还好些！”虽这么想，转弯时回头看，还是给了巴巴望着的他们三人一个灿烂的笑容。

到北京换机正是下午，到了纽约，却还是下午，天空的颜色却由灰蒙蒙变成了万里无云的瓦蓝。肯尼迪机场依然繁忙不息，高速公路上的车辆依然不绝如缕，他的公寓冷清如昨，书桌、饭桌上倒落了一层似有似无的灰。

献科放了行李，忽然觉得身处幻境，不过是二十几个小时之外，他的家与娇妻却已在地球的另一边。他无心收拾，就上床趴躺着，却怎么也睡不着。起来看了一下厨房，可吃的东西都在回国前处理干净，想了想，就拿了车钥匙，下楼去找了车子，开到中国城超市买了些日用品回来。

晚上给家里打电话报了平安，又问黛珊在家里住得如何，黛珊只笼统说“没事”。献科也就叫她尽快准备了材料去办签证，缺的材料他上班后也就会办理了给寄过去。夜里仍然睡不着，献科便翻找了他们的结婚录像的ＶＣＤ出来，一人坐在客厅里看，不禁又笑又羞的。看到司仪问他们见面时的感觉，黛珊说的是“有点感觉”，有点不爽，想自己怎么根本没听她这么说，却又想即使当时注意了，又能怎么样呢？自对自摇了头，就又看下去，居然有一个他的内裤特写，不由笑骂道："这帮Bastards！"，却又自笑了。从头看到尾。又见了黛珊家人，自己的家人，根本没有时间认识或者叙旧的一些同学朋友亲戚，在镜头里一个个笑逐颜开，模糊之间也就觉得十分欣慰。只是他又隐约觉得黛珊一直没有怎么开怀而笑，又快进了一次，似乎证实了自己的想法，有点闷闷不乐，却又觉得自己毛病多。看表已经凌晨三点多，想到七点多还要起床上班，就又回房躺着了。

过了几天，他的时差也就慢慢倒过来，渐渐有了兴致，才把行李打开来收拾妥当了。一日上网，看到一人写的古诗词，有一句是："他乡游子，故城新妇"，看着不觉出了一回神。

（八）

转眼月余过去，纽约城里的春色忽然间燃了爆了一般，满眼都是浓郁的绿色。献科来美也有了些年头，开始对花粉过敏，每天如一个重感冒病人一般上班下班，虽然吃了药，却并不见症状好转。如今除了自己工作，他又忙黛珊的事情，查询了不少社区大学情况，看有没有希望让黛珊拿个跟原来工作相关的学位。忙乎了一阵子，也没什么明确的结果，许多事情还得等黛珊过来了才能定夺。他倒是把为黛珊签证准备的材料都寄了回去，只等她签过了，就再给她在这边订单程的来美机票。

五月初的星期天晚上，他给家里打电话，却是他母亲接的，说黛珊昨天下午已经坐车去了上海，到那里安顿下来，见两个朋友，就去签证什么的。难得一回他打电话回去而黛珊不在，献科就体贴地问他父母和黛珊这一个多月相处得如何。

李文琴本有些吞吐，却到底闪烁其词地说了几句平常不说的话，比如献科父亲如今总是如影随形跟着她，甚至也一大早跟着去公园锻炼了，盖是因为不习惯和还算陌生的儿媳妇同处一室的缘故。献科听了也就笑了一回。他母亲又说他们本有心教黛珊几手做菜的诀窍，更有几样家传的苏宁菜、淮扬菜指望着他们两口子在美国发扬光大，但是她似乎并不那么热心，他们倒也不好强迫她来学了。献科先是笑，沉吟了一会儿，又问黛珊的驾驶技术怎么样了。他母亲就说他们不怎么知道，只是第一回去报名跟着去看了一下，替黛珊交学费什么的。献科问道："你们替她交的学费？"他母亲道："是啊，你前几年给我们寄的钱，也没怎么用……"献科一时也就无话。李文琴听他鼻塞严重，也就劝他早点儿上床休息。献科挂了电话，想打黛珊的手机，看时候已近午夜，也就算了。

第二日一早起来，献科匆忙洗漱了，临去公司前，却还是给黛珊的手机打了个电话。黛珊似乎很惊讶那时接到他电话，问他这边几点了。献科说"八点"，黛珊就说："我还以为你那边是七点呢！"献科道："上次不跟你说我们又改成夏时制了嘛，所以跟你们相差整整十二个钟头了。今天去签证了嘛？形势怎么样？"黛珊回道："我忘了你们改时间了。今天去领事馆熟悉了一下场地什么的，据说最近那个小辫子还不错，他常在星期二签我们这种，因此准备明天一早排队签证。""你是在外面吗，听着很嘈杂的样子。"黛珊想了一下，道："我在外面和一个朋友喝咖啡，在外滩边上的星巴克……"献科"唔"了一声，又道："你晚上还喝咖啡，别夜里睡不着，明天又要早起……"黛珊笑道："没事。我又不像你，要喝个茶啊咖啡的，还得中午之前喝。我是临睡前喝都没事的……"献科着急上班去，因此也不与她辩，就匆匆挂了出门去。

黛珊收了电话，对着高楚骐抱歉地一笑，道："不好意思。

你说你在这个网络公司做什么的？”楚骐潇洒地一耸肩道：“没什么。就是他们娱乐版面的副总编，负责一些流行影视歌曲方面的内容，胡乱抓呗。瞧，为了五斗米，头发都剪了啊。”黛珊瞄了他一眼，低头去啜咖啡，又道：“你留寸头，头发比较厚密，挺好看的……那你还有空唱歌嘛？”楚骐道：“唱啊，只是周末比较多了。上海这边的夜生活更丰富点，收入也高，感觉还不错。”“那样也好。我就害怕你每天每晚唱，不小心唱坏了嗓子，就不好了！”楚骐笑道：“那怎么不好？那样才有机会认识你这样的美丽女医生女护士啊……”

黛珊不料他说出这样的话来，一时就不语，见楚骐也似不好意思地低了头，就又冷笑道：“早知道这样，当初就该治坏了你的嗓子，叫你再也骗不了小妹妹……”楚骐忙举双手作投降的姿态。黛珊也就抿嘴一笑，问道：“现在怎么住？住在哪里？”楚骐道：“才在港汇那边、就是交大边上租了个一居室。”黛珊笑道：“我的旅馆也在那边。早知道，就在那边吃饭喝茶算了。”楚骐道：“这边也不错啊，有点夜景。你今天都干什么了？”“早上去领事馆那边看了看，问了问情况……”“恭喜你啊，就要去美国做陪读夫人了……”黛珊叹口气道：“他已经上班了。其实本来准备今天去签的，起床就有点晚了；更重要的是，我不知道自己想不想过去，还是有点害怕……”楚骐一时沉默着不说话，半晌道：“你勇敢得都结婚了，还怕什么呢？”黛珊眼睛里起了一层雾意，道：“你知道以前我总是觉得很缺钱，又想离开南京，因此觉得，我们在一起，不大可能会有什么幸福……”楚骐解嘲一笑道：“虽说在上海比在南京挣的钱多了，但也就够一个人混吧，要养家糊口还有点难度……”黛珊愣了一下，道：“我有时候觉得挺讽刺的。因为结婚，她，我那个后妈给了我几万所谓的嫁妆，我爸爸又偷偷给了我几千美元，加上我工作后存下的钱……我有时就想，这些钱无论在南京还是在上海，都可以付不错的首期按揭房款了……"

说到这里，两个人忽然都沉默下来，不约而同地去拿咖啡杯。黛珊只轻轻沾了一下，放了杯子又笑道："我还是喜欢南京的茶座，'枫丹白露'，你说这名字是从法文翻译过来的，真美啊！好多人不知道呢，还以为写错了，以为要叫'丹枫白露'或者'枫丹露白'什么的……"楚骐想了一想，笑道："那样也不错，比较对偶——你下午还做什么了？你不是第一次来上海吧？"黛珊不满地瞥他一眼道："上海来得还是比较多的吧，算是比较熟悉了。下午没有心情，就去了一个比较特别的地方……"楚骐发笑道："什么比较特别的地方？""龙华烈士陵园。"楚骐一愣，却道："去那里看桃花已经晚了……"黛珊幽幽道："我知道。并不是去看桃花，而是去纪念和凭吊，那些似乎已经失去的东西……"楚骐一时不语，心里头忽然想可以拿这个做首不错的歌曲，因此轻轻笑起来，却道："没想到你还会这么深沉……"黛珊兀自道："陵园真是个很奇特的地方。像我们小时候入队入团的，都去南京的雨花台烈士陵园，似乎是成长的一种仪式；现在想想，其实更像是一种告别的仪式，我们的少年时期，童年时期，告别我们的纯真年代……"楚骐听她如此说话，一时讶异不已，不禁在桌子那边做出鼓掌的动作。黛珊看着他，却想起了什么，放低了声音自语道："我现在明白他为什么会在结婚前去雨花台了……"

两人聊到十点多，就出了咖啡馆。抬眼看去，外滩上还有许多游人，江风吹来，居然还有点寒意。对岸的巨型霓虹广告此明彼暗地闪烁着，江面上不时传来汽笛声音。因两人同路，就在路边拦了一辆的士一起回去。等出租车上了高架，黛珊看着围绕着他们的缤纷夜景，就感叹道："没想到我们都在上海了，以前还以为我们会一直被困在南京呢……"楚骐淡然一笑，低头看见她手腕上那枚蛋青的镯子，不禁道："上次在一家酒吧唱了《情人镯》，那个同事一口咬定说这首歌背后一定有个爱情故事……"黛珊回头看他，却不说什么，转了头再看这边的窗外，不断有车子超过他们去。她慢慢摇下了一点窗户，风很大，就又缓缓摇回去，却感觉楚骐的手慢慢伸过来，握住了她的另一只戴镯的腕子。他的温度就从那一握的地方开始，沿着她的手臂，一路游走到她的心脏，而她的心脏猛然加快了跳跃的速度和力度。

那时，黛珊觉得这一晚她喝的不是两杯价格昂贵的咖啡，而是高浓度的白酒烈酒。她听见楚骐轻笑着说："这可是我当初花了所有积蓄买的呢，店里最贵的一种……"却对字句的含义却毫无把握。只有那声音，如歌如吟的，仿佛一切没有意义的甜言蜜语，让她的耳根软热，也不再确切明白她自己所说的话。她说："我们现在有了钱，离开了南京，是不是可以重新来过了呢？我是不是可以不出国了？是不是可以赖在上海了呢？"楚骐也转了头望窗外，手却没有松开。黛珊转了头靠在他肩上，注视着车灯照耀着的、不断往前伸展的高速公路，聆听着那高速公路上特有的、飞速前进的车流声音，反复玩味着那些抢在她喉间、奋不顾身地要冒出来的话，而献科的形象和声音在她的脑海里聚聚散散，却始终无法定格或者成形。

2004.01.11

(原载于武汉《红白蓝》（又名《都市小说》）杂志)

路路通

（一）

栩栩把乳头从不同的角度挤塞进马克斯的嘴巴里，又使尽解数从下托递，从两侧捏送，一时她的乳房和马克斯的脸颊就像两个圆球贴在一起。然而无论母子俩怎么努力，却终是不得食。三天大的马克斯早已失去耐心，继续他哇哇大哭的表演。栩栩痛苦地闭上眼睛，再睁开时，泪水就不断线地流出来。

栩栩一双通常在美睫下闪闪发光的水灵灵的大眼睛，如今布满血丝和疲惫，看得嘉翔一阵发怵，没来由地又想：千万别搞出个产后忧郁症来，那可就不好了！这么想着，他就又开了一小瓶配方奶来。

栩栩抹了泪道："再给他吃这个，他更不会吸奶了。"

嘉翔道："护士不是说了，婴儿天生都是会吸的。可能还是你的方法方式有些问题。"

"又是我的问题？！我肯定有奶的，都要涨死了，还被他咬得生疼。"

嘉翔一时语塞，抱过马克斯，一边走动，一边抖着安慰，再拿配方奶喂他。马克斯如得神器，立刻"嗷嗷"地吸起来。

嘉翔因劝栩栩道："你再喝点儿鱼汤吧。吃过了，休息一会儿，兴许就有奇迹了。"

栩栩不应，又开了泵奶器的电源。嘉翔看她的双乳被泵奶器催压拉伸，四周青筋暴露，那声音像一个患哮喘的人大口呼气吸气。他抱着安静喝奶的马克斯走到厨房，准备偷空喝点稀饭。他尚未坐下，就听见栩栩痛苦的尖叫，忙着又走回客厅，只见她满眼含泪道："太疼了！好像都出血了，奶水却还是一滴两滴，黄的。"

嘉翔不惑有二，自认熟男一枚，对迎接新生儿有充分的心理准备，经济上也有保障，却不料被突如其来的疫情打个措手不及。

他们本来的计划是嘉翔母亲过了春节就来美国帮忙看孩子，看满半年，婴儿也壮实，可以祖孙三代回中国，和他团聚。然而疫情发展诡谲迅猛，美国很快不再让公民和绿卡持有者以外的中国人入境。

嘉翔倒是春节前赶了过来，确定他母亲不能来之后，就四处找月嫂，找了两个多星期，才定下来一个。本来这个月嫂做完当前这家，正好衔接上；但如今顾虑疫情，要在家隔离一阵子才能出来做事，算算就只得四月初开始了。

嘉翔听说许多美国人生孩子亲自动手、母子快乐的故事，因此自信满满可以安全渡过月嫂来帮忙前的这段日子。而且，眼看着他自己一时半会儿也不能顺利回国上班，不若静下心留在美国，好好照顾栩栩和马克斯一段时间。

纽约封城已经好几天。去医院之前，他们买足了厕纸、大米、鸡鸭鱼肉之类食品，也囤积了大批奶粉、尿不湿等婴儿用品。生产过程还算顺利，虽然栩栩的奶水一直不出，但那黑人护士长以她三十年的从业经验保证，回家后他们要坚持让马克斯练习吮吸，栩栩的奶水最终会像"喷泉一样涌出来"。

这日早上回家，几乎无车可打，等了一个多小时才有一辆优步车接了他们。到了家，嘉翔就忙着烧鱼汤，想用饮食疗法帮助栩栩出奶。栩栩却说美国鲫鱼有土腥味，勉强喝了一小碗，自然也是于事无补。

（二）

马克斯喝完奶，嘉翔又给他换了尿不湿，一壁哄他睡觉，一壁就在手机上谷歌“产后不出奶”“产后乳房胀痛”之类。想不到这是个热门话题，三寻两搜的，成千上万的信息条就冒了出来。

原来许多产妇有类似情形，网上的解决方法也是五花八门，比如有多人建议用消毒后的针轻轻刺破乳头上的白色奶点，就可轻松出奶。嘉翔给栩栩看了，又研究了一下她的乳房，并没找到明显的白色奶点。又有不少人说可以找催乳师，某个论坛里更有现身说法者，讲经催乳师催乳一小时，产妇的奶水喷射而出，几乎溅泼了催乳师一脸。

他又搜寻词条“纽约”和“催乳师”的组合，第一条就是一位自称崔姐的专业人士，有自己的网站，网站上图片丰富，还有诸多产妇的感谢和见证，也包括具体的服务项目以及联系方式。病急乱投医，他按图索骥打了电话过去，开了扬声器，和栩栩一起接听。

对方接了电话，听了情形，就表示肯定是堵奶了，需要按摩疏通，这个是她最拿手的。又说她今天上午刚帮一位产妇完成通乳工作，如今在家吃饭休息，下午有空“出诊”。

他们夫妻听她如此说，立刻觉得可信度又增加了几分，就问对方时间价钱，虽然一次两小时要收费近三百，但是看着栩栩痛苦的情状和期待的神情，嘉翔也不作多想，立刻预定了服务，又把自家的详细地址给对方发了过去。

崔小姐看了地址就道:“现在是特殊时期，我是不敢坐车出门的。如果您能开车来接我，也没问题。当然，我相信你们都是阴性的。”

嘉翔忙道:“我们在医院都检测过的，都是阴性。您自己不开车吗? 没家里人可以送你一下? ”

崔女士笑道:“大兄弟，我平生最怕开车，家里也没人送。您也不开车吗? ”

嘉翔一时不知怎么跟她解释这个问题。去年他和栩栩来美度蜜月期间发现怀孕后，栩栩就留在了美国。嘉翔小心行事，一来栩栩没有美国驾照，二来周围泊车也不方便，因此宁愿她每次出门叫电召车或者打优步，以保无虞。

末了，嘉翔只好道:“我们不是长期住在美国，因此一直没买车。”

崔女士又道:“那你有没有熟识的朋友? 这点忙，好朋友肯定帮的。”

嘉翔三年前回国，先是失业，然后离婚，颇为羞愧，并没和多少人说起。及至事后，偶尔有人问起，他已经在中国“东山再起”，就有意无意模糊当初回国的动机。亲密的爱人尚不能处理长途关系，何况一般交往的朋友或者同事?

此刻被人如此诘问，他只好道:“那这样吧。您先吃饭休息，我打电话问问朋友。问好了，我再打电话找您。”

挂了电话，他思索再三，决定给徐若飞打电话。虽然无数次地设想过和前妻徐若飞在纽约皇后区某地可能偶遇的尴尬情景，但嘉翔从来没计划过自己会去主动联系她，甚至还开口要她帮忙。

(三)

打了电话过去，徐若飞倒是很快接了。

嘉翔开口道："事情有点急，所以打电话找你。"

徐若飞意识到他在美国，就道："没想到美国的情形会变得这么糟糕。我已经在家两个多星期了。你还好吧？到底有什么急事？"

嘉翔看了一眼躺在沙发上痛苦假寐的栩栩，走进卧室带上门。"是这样的。太太刚生了小孩，才出院回家。"

徐若飞愣了一下，道："恭喜呀！男孩女孩？"

嘉翔道："是个男孩。"

徐若飞就道："那你娘一定高兴了。母子平安吧？这种时候在医院生产，也是惊险。"

嘉翔切入正题道："打电话给你是因为有个不情之请。孩子妈现在不出奶，据说催乳师可以帮忙。但这个催乳师住在皇后大学那里，说现在不好打车，而且她也不敢打车，说他们有个附近有个开优步的孟加拉人，前两天去了艾姆赫斯特医院，就没能回来，家里人只能在手机上见最后一面。因此她非要我去接她，而且还要我保证自己是阴性的——我们在医院都检测过的。我们暂时没有车，因此想起来，借你的车用一下。"

徐若飞在那边略微沉默了一会儿。嘉翔脑子飞转，想她要是拒绝怎么办，想她是不是还开那辆他们当时租买的"土八路"（Subaru）森林人，又想起当初他们曾经讨论过不能借车给朋友的话题。

徐若飞到底开腔道："好吧。你们住在安妮塔公寓楼？"

嘉翔说"是"，若飞就道："我一会儿给你送过去。"

嘉翔如释重负，出了房间，就告诉栩栩：“跟一个朋友借好了车子。她一会儿送过来。”

栩栩道：“他要上来吗？家里这么乱，是不是要整理一下？”

嘉翔完全没想到这码事，也不知道若飞会不会要上楼来，搪塞道：“这年月病毒猖獗，理论上是要居家避疫的，不一定要上来吧。你歇着，我稍微收拾一下就好了。”

这个一居室是若飞和嘉翔在纽约买下来的第一个公寓房子。后来他们收入上涨，又一直没有小孩，付清了原本不高的房贷，又在邻近的森林小丘买了一个更宽敞的、复式结构的三居室。新居里，每个人都可以有自己的卧室，还有一间客房又可作书房。若飞和嘉翔每天营营碌碌之余，多少有个感觉良好的理由。

没想到嘉翔的公司因为软件问题导致闪电交易，一家全球上千员工、年盈利过亿的知名对冲基金公司就此一蹶不振，分拆、并购、裁员，发生得迅雷不及掩耳。更没想到的是，嘉翔此后一年多都没能找到新职位。

他郁闷之际，回国看护做手术的父亲。昔日老同学孙刚也来医院看望老爷子，因聊起他得了一大笔投资、想做电子和高频交易的想法，嘉翔就答应了留在国内帮忙把公司的系统先搭起来。一年来去，眼看和若飞的关系行到水穷处，却无法坐看云起，不得不选择了离婚这条道。

两个人没有孩子，分割起来倒也简单：已经付清按揭的这套小房子给了嘉翔，还有按揭的三居室和其他财产留给了若飞。

（四）

嘉翔的房子出租了一年，他在国内就认识了栩栩，两人婚后先来美国旅游。旅途中发现栩栩有喜，时值川普推出各种移民新政，两人害怕夜长梦多，就让栩栩留在纽约待产了。嘉翔来回几趟把她国内的重要家当搬运过来。因是孕期，也没做什么装修，不过换了沙发、窗帘等物。过去几个月又置备了这样那样的婴儿用品，加上纽约封城之前的大买特买，家里到处都是物什，包括许多还不曾扔掉、甚至不曾打开的纸箱。

嘉翔三下五除二把几件碍眼的大东西收拾好，就算大功告成，便向栩栩邀功。栩栩躺在沙发上，一脸的不满意，只道："好吧。我的瑜伽垫和琴就放客厅吧。"

正说着，若飞的电话来了。嘉翔忙着拿钥匙、找口罩出门下楼去。拿起那只N95的口罩，嘉翔就笑道："你那个朋友克莱尔倒是客气，送了一打N95口罩。她还要到医院来看你，我说不行，医院这时节只允许一个家属进出。本来说连配偶都不可以进产房的，其他手术都暂时停了。"

栩栩抽了张面巾纸，擦了擦湿涨的鼻子和潮红的眼眶，又皱眉捂胸。"克莱尔也是个可怜人。跟男神好几年了吧，打胎都打了两次了。上回听说男神在国内拍戏又勾搭上一个更年轻漂亮的女孩子，她在微信上发疯，直接要约男人。还叫大家给她红包，谁给她100，她就返人家1000，说就是要一种满足感，就是要把男神的钱给花光。后来割腕被送去医院抢救，我大着肚子去看她，陪她大哭了一场。"

嘉翔不晓得克莱尔还有这么一档子惊心动魄的事，一时无法置评。据说克莱尔本来也是国内崭露头角的女演员，跟国内某个一线男演员配了一部戏就心甘情愿被男神包养起来，又送到美国来以免原配直接上门闹事。克莱尔在法拉盛图书馆参加文艺活动时认识了应邀去拉琴的栩栩，不想两个人是同年同月生的人，就此成了好朋友。

嘉翔到了大厅，却见若飞正站在那里和帕特尔先生打招呼。她依然留着短发，戴着眼镜和口罩，穿着一件薄轻的红色羽绒服，衬出她清瘦的体形；乍看之下，倒像是变年轻了一些。

若飞看见嘉翔，笑道："没想到这个印度老头还记得我呢，直接开门让我进来了。我正好在大楼门口找到个位置。喏，就停在那里呢。这是车钥匙。保险卡在副驾驶座前面的屉子里。万一碰上情况，也许有点用吧。"

嘉翔道："你怎么办？上楼坐坐，还是我把你送回去先？"

若飞愣了愣，道："没想过这茬儿。送我回去，回头你还得把车送回去，然后再送你回来？得了，我上楼看看大人孩子。"

嘉翔尴尬地笑笑，也不好说什么，就带她乘电梯上楼。在逼仄的电梯里，两人自觉地退到边角，算是保持社交距离。无话可说之时，只听得电梯顶上白炽灯发出的"滋滋"声响。强光底下，嘉翔倒注意到若飞额前几根白发不老实地闪亮着，再想她毕竟和自己是同龄人，而自己已是华发纷生，就把心底刚要升起来的那点莫名的怜悯打压了下去。

（五）

进了门，栩栩正抱着马克斯来回踱步，看见他们，一边拉上口罩，一边惊讶道："哎呀，没想到你带了一个女、性、朋友回来。"

三个人都愣了一下，嘉翔忙着道："这是若飞，以前跟你说过的。"

栩栩"哦"了一声，到底道："徐姐好！久闻大名呢。"

若飞把手里的礼物袋交给嘉翔，笑道："匆匆忙忙，也没来得及买什么。就从家里带了两瓶酒，还有一打人家送的GAP口罩。"

栩栩看着嘉翔收了礼物，就把孩子交给他，自己走去卧室，抛下话道："我进去洗一下脸。"

嘉翔对若飞道："你自己找地方坐。家里乱得很。"

若飞道："孩子叫什么名字？感觉更像妈妈呢。"

嘉翔道："Max，马克斯。"

若飞轻笑一声，道："怎么像马克思似的。那是什么乐器呀？"

"哦，栩栩的大提琴。她以前是南京一个乐团的大提琴手。"

若飞检视一番，好像终于发现沙发上有一角可以坐的地方，小心翼翼地坐下，又盯了倚在墙角的大提琴盒袋，道："一说起大提琴，我就想起'如泣如诉'这个词儿。"

"其实也不是啦。因为栩栩的介绍，这一两年听了一些'两只大提琴'（2CELLOS）的演奏，其实大提琴也可以不那么'如泣如诉'的。最近在微信上都有好多人转那个豪瑟的大提琴演奏短视频嘛。还是看人看曲子吧。"

若飞淡淡道："好吧。不争这个，咱也是外行。"她注目于墙上的两张大幅照片，一张是栩栩拉琴的特写，另一张是他们二人的结婚照。若飞看了一会儿，就笑道："照片上你看着还挺年轻的。"

嘉翔"哈哈"道："人家照相馆的人保证价格打折，年龄也打折的。”

正说着，手机响了。嘉翔把孩子腾换到另外一边肩膀，接了电话，原来是那个催乳师。

“大兄弟，你们还需不需要服务呀？借到车了吗？我这边忙定了。还有别的电话在问呢，但咱们讲个先来后到的不是？”

嘉翔忙道：“好好，我马上过来接您。——栩栩，你好了没？我要去接崔女士了。”

半晌也听不到回音，嘉翔挂了电话，无奈地对着若飞撇了撇嘴、滚了滚眼球，又走到卧室门口轻轻敲了两下。

若飞别过头看窗外，又站起来脱羽绒服，道：“这个大楼的暖气总是调得太热，比帕克公寓大楼的热多了。也快该停了吧？”

嘉翔放低声音，对着门内道：“你好了吧？我要去接那个催乳师了。回头还要把车子给若飞开回去。”

栩栩似乎抽泣了一声，说：“我马上好。”

若飞也走过来，道：“要不你把孩子放下，我替你看会儿。你先去接人吧。”

嘉翔有些诧异，也不想再催栩栩，正好电话又响起来，就把马克斯放到小摇篮中，又跟徐若飞简单交代了一下怎么喂他配方奶，便匆忙出门去接崔嫒嫒了。

（六）

嘉翔在街边接上崔嫒嫒，倒有些地下党员接头的意思。崔嫒嫒长得喜庆，比嘉翔想象的要年轻，一时暗自疑惑她的资历。

上了车，崔媛媛就面授机宜道："万一被人盘问，咱们就互称兄妹啥的，表明我们是一家人。"

嘉翔没想过这一层，不由笑道："美国人不会这么多管闲事吧？"

来去路上没太多车辆，路边电子牌上不时闪过"居家避疫，压平曲线"之类提示，偶尔也有救护车"呜啦呜啦"地驰过，听得人心里发毛。到了楼下，那个空车位居然还在，想想也合情合理。这样的日子，原是没什么人要开车出门的。

进了大楼，看门人帕特尔先生已经收拾好了东西准备下班。嘉翔看了看手机，离四点还有十来分钟。

帕特尔先生微笑道："又一位女士？"

嘉翔觉得他话里含着审问的含义，只笑道："这是我的表妹，来看看新生儿。你还是每天坐地铁来上班吗？"

帕特尔先生耸肩摊手，"我能有什么办法。这是我的工作。"

崔媛媛用英文插了一句嘴道："那太危险了……"

正说着，电梯来了。两人跟帕特尔先生匆忙说了一句"多保重"，就飞快闪进电梯。

崔媛媛接着用中文道："这太危险了。他一个人坐地铁，这一个大楼的人都处于危险之中。所以我听说你们住在公寓楼里，很有点犹豫的。我更情愿去单门独户的人家，毕竟跟外界交流少些。听说艾姆赫斯特医院的病人尸体都是放在大冰柜货车里运走的……"

嘉翔在微信里看到过一些类似的新闻和传言，也不知可信不可信。等到马克斯出生，他再无时间精力关注这些信息，不过得空了看看一亩三分地网站上触目惊心的数字。

进门时候，就见栩栩指着孩子对徐若飞道：“他好像对着你笑呢！”

她们各坐在沙发一端，马克斯的小摇篮放在靠沙发中间的位置。嘉翔这时意识到她们两人在一起，可能尴尬到什么程度。捕捉到她们眼角的笑意时，他莫名惊讶，虽然那笑意因为口罩的阻隔，多少有点儿不够真切。

崔媛媛洗了手，就要察看栩栩的乳房。栩栩提议到卧室去，媛媛道：“我看你们床蛮高，还不如就在客厅沙发上。有时候你需要躺下来，有时候你又需要坐起来，这样我也方便按摩。”

大家也不好说什么。嘉翔把马克斯和摇篮移开，给崔媛媛搬来小塑料凳子。若飞转到厨房里看手机。栩栩敞开胸脯让崔媛媛检视，两只乳房肿胀，如同即将爆裂的石榴。

崔媛媛就道：“我的大妹子呀！你这奶堵得不轻、涨得不轻呀。可不能耽搁了。一不小心就拖延成乳腺炎了，更糟糕的是将来演变成乳腺癌什么的。幸亏你们找到我了！”

这骇人听闻的言论听得栩栩和嘉翔都噤声。那边若飞也走到厨房门口，远远关注了一眼，站了一会子，就又走到靠窗的一端去。

（七）

崔媛媛笑道：“不过也别怕。我呢，一个是给你按摩，疏通你乳房周围的经络穴位。不通则痛，通则不痛，一定要让小家伙喝上母乳。这个可太重要了。现在的孕妇都跟西人似的，喝冰水啊，喝咖啡呀，然后各种毛病都来了。现在堵奶涨奶的真不是你们一个：我天天都被叫，忙得不可开交。”

嘉翔插嘴道:“你还有一个网站。我想你生意一定不错!”

“大兄弟一定是搞技术的吧?那网站还花了我好几千块钱呢,可是对生意确实很有帮助。我正在请人做公众号呢。现在就这个最有宣传效果。不过,我也害怕太火了,自己忙不过来。”

崔媛媛一边大声说话,一边找了她的蔻驰包,取了一只简易塑料袋出来,里面是几只毛茸茸的棕褐色的球状果实,似乎还带着毛刺。

崔媛媛解释道:“这是我辅助性的中医治疗,很简单。这是中药,金缕梅科植物枫香树的干燥成熟果序,果实成熟后采收,除去杂质,干燥,叫‘路路通’,也叫枫香果和九孔。你们看,这果子有很多通孔,天生是通乳通尿的,而且活血去毒。清水煎服,一日三次,立马见效。你们先把这个用清水煎上。我只有这五颗了,全带来了。回头你要再去药房买些。”

嘉翔到厨房取了小锅,放了清水,开火煮起来。他拿出一枚路路通果子仔细检视,不觉笑道:“这个就是枫球果嘛。后面的可乐娜公园里就很多的。那次下大雪,我们去公园堆雪人,还带了一根胡萝卜给雪人做鼻子。最后从雪地里捡了两只枫球果,给雪人装了眼睛,还说过:这眼睛好,毛茸茸的,别具风情的……”

嘉翔说着说着,想自己混淆了是跟若飞去的那次,还是最近年前和大肚子的栩栩去的那次,不由渐渐放低了声音。

若飞嘀咕道:“居然要求助中医了。你问问她这要不要再清洗一下吧?”

崔媛媛还是听着,回道:“不用的。是已经清洗后烘干的。一大碗水就够了。你们也可以过来看看我怎么按摩的。这样呢,以后你们自己也可以做。我一般只出诊一次的,一般人也就足够了。我看这妹子堵得不轻，可能你们之后还要时不时按摩下。”

若飞就道：“我帮你看着火。你去那边看着吧。听你媳妇叫得蛮惨的。也看看马克斯，别已经睡醒了。”

嘉翔再回客厅，就见崔媛媛双手在栩栩褪了乳罩的、青筋累累的胸脯上动作，揉面般，由外及里，慢慢向着乳房靠近，却在接近之际又向外围压去。平躺着的栩栩紧闭着双眼，眼角有泪沁出来，不时示意性地伸手，惊呼一声“疼”！

崔媛媛笑道：“妹子怕疼呢。我手很轻了。大兄弟，你看，这是天池穴，这是神藏穴，这个是膺窗穴。咱们按摩呢，要循序渐进，要画圆圈，从上到下，从外到里，两个圆画到一起，再分开……”

嘉翔看栩栩痛苦满脸，遂坐在沙发沿上，握了她的手。栩栩的手微微颤抖，让他想起医院生产的那一夜。那时他也是一直抓着她的双手，在医护的指导下，不停给她鼓气，要她用力再挣一下再挣一下，煞有介事地喊：“你可以的，你可以的！加油，加油！再来一次，再来一次！”直到婴儿出了产道，哇哇啼哭起来。栩栩的整个身体也突然松软下来，像一枚风中的叶子忽然停止了挣扎和歌唱。

后来栩栩跟他说，她没想过、到美国医院生小孩是让丈夫进产房，并且可以拉着太太的手的。她喜欢他们用的词 “绑定”（bonding），丈夫和妻子在生产过程中的拉手，母亲在产后抱着孩子，都有着无可替代的“绑定”的作用。绑，就是这次生产教会她的关键字，不仅把她和马克斯绑在了一起，也终把她和嘉翔绑在了一起。

（八）

崔媛媛给栩栩按摩了将近两个小时，满额是汗，不停用纸巾擦拭。嘉翔劝她摘掉口罩，毕竟家里太热，而他们又敢打保票是没有感染的。崔媛媛却不肯，说她天天有客户，不能这样麻痹大意，嘉翔反而不好意思了。她按摩的效果也相当明显。起初栩栩还时时因为疼而喊出声来，渐渐就只是偶尔皱皱眉头，到后来她闭着眼睛的样子几乎有点享受的意思了。

外面天色全黑时，崔媛媛让栩栩坐起来，用力挤压她的一只乳头，就见一缕细细的淡黄的奶水喷上她举起来的纸巾。崔媛媛大功告成一般，笑道："成了！你自己感觉感觉，是不是不再像石块那么硬了？有点像蒸得恰到好处的馒头了？"

嘉翔听得忍俊不禁，栩栩嗔怪他道："你笑什么呀？快把孩子抱过来试试看吧！"

若飞道："这路路通的水已经凉透了。要不要现在就喝上？"

崔媛媛起来去卫生间洗手，道："对，马上给她喝。大兄弟，你送我回去，顺便到同仁堂再买10剂量的药。吃三天，估计就一通百通了。很便宜的，一剂也就两块钱。"

去法拉盛的路上，崔媛媛忽然问："那个女的是你们家月嫂还是丈母娘呀？"

嘉翔哑然失笑，想了想，只好道："她是我的前妻。这辆车子就是她借给我们用一下的。"

"我说难怪呢。我琢磨着，这月嫂也太不麻利了。但也不像她妈呀，都不会照顾自己的女儿，就站得远远地看，抱孩子也不熟练，还嫌弃中医……你这么一说，就都解释得通了。"

嘉翔笑道："对对，通则不痛。记得以前这短短一段到法拉盛的路，也能堵得人抓狂。今天倒是一路畅通呢！"

一时就到了法拉盛，崔媛媛让他在39街找个地方停了，打了双闪灯等她去同仁堂抓药。不到几分钟，她果然拿了一袋子路路通出来。因先前嘉翔加了她一笔小费，她再不肯收药钱。

送崔媛媛回家路上，嘉翔笑问："看您年龄也不大，怎么干上这一行的，还这么有经验？"

崔媛媛道："说来话长。我是跟旅游团偷渡来的。一开始经人介绍去做按摩。哎呀，妈呀，你知道的，我们有个小姐妹前年就是在39街上因为警察扫黄而坠楼死了。我真是吓破胆了，赶忙辞了那种工。后来就去做餐馆，做了几家，老板不是关门了就是跑路了。然后呢，也是机缘凑巧。我们一起住的公寓里，有个孕妇不出奶，大家都去出谋划策。我有按摩的经验嘛，以前也听人说过孕妇不出奶的事情，所以就大胆试了试。不想还真有用。渐渐做出了名气，后来就干脆直接专做这行了。唉，条条大路通纽约，说到底，路都是人走出来的，是不是？"

嘉翔被她说得几如醍醐灌顶，连心情也和路况一样畅快。等他到楼下，发现那个空位已经被占了。他在附近几个街区转来转去，竟找不到空位，只好泊在较远的黄石大街上，再一路走回来。

（九）

到家时候，若飞正在栩栩的指导下给马克斯换脏掉的尿不湿。两个女人都摘了口罩，谈笑风生的，倒像换尿不湿是很有趣的一件事情。

见他回来，栩栩就道："你快洗手吃晚饭吧。徐姐和我都已经吃过了。徐姐帮忙把那只鸡给炖了。她自己都没怎么吃。"

徐若飞也笑道："那个路路通好像蛮管用的。栩栩刚才喂马克斯，都喂得他打嗝儿了。"

嘉翔喜不自禁，奔忙了大半天，也确实饿了，终于可以安心坐下来吃顿晚饭。徐若飞又和栩栩聊起南京的鸭血粉丝之类美食，眼看嘉翔吃得差不多，就站起来道："我也该回去了。你们折腾了大半天。趁着小孩睡着，该休息就休息吧。"

嘉翔道："车子停在黄石大街上。我还是带你去吧。别你到了那里找不着。"

两人出了大楼，沉默着走了一个街区。嘉翔想起什么，笑道："你和栩栩两个都聊什么了？好像还蛮聊得来的。"

若飞道："没聊什么，瑜伽之类。我发现她虽然年龄不大，还蛮懂事。"

嘉翔道："她母亲去世早。你现在一切都好吧？"

若飞道："你如今有了儿子，就好好地过你的日子吧。我怎么样，都是过去式了。"

嘉翔道："这话怎么说的。总不至于成了路人甲、路人乙的关系吧？总还是关心你的嘛。不管怎么样，总希望你过得开心。"

徐若飞有些恼的样子，呛道："关心？开心？关心关心，是不是把心关起来的意思？反义词就是开心吧？中国词真是莫名其妙呢。"

嘉翔听她声音高起来，就一如从前那样有些气矮。他努力着，不让自己"低声下气"，强自笑道："那希望你幸福吧。"

徐若飞鼻孔里出了一口气，抬头望了望天，转了转手里的车钥匙，忽然道："幸福？跟你说吧，我年前刚做了乳腺切割的手术。那是我的至暗时刻。可是没有人来问我，我也不能告诉任何人。我一度觉得，我的一辈子，我作为女人的一辈子，已经完结了。"

徐若飞说着，忽然就哭了，又扬起拿钥匙的手，用袖子抹眼泪。“现在又碰上这个疫情。我一个人困家里几个星期，都快要疯了。”

嘉翔吓了一大跳，趋前一步，想要抱她一下安慰她，却停在半路，鬼使神差地说起英文来：“Everything will be all right！（一切都会没事的！）”

他们一路走过来，不见人影。这会儿却不知怎么有一条狗在街对面对着他们“汪汪”叫唤了几声，牵狗的白人男子拽了拽狗绳，低低斥道：“Easy！Everything is all right！（放松！一切都没事的！）”

嘉翔发呆的瞬间，徐若飞已经进车坐下，发动了引擎。她随手打开了调频台，正放着一首蕾哈娜的《留下来》。嘉翔想他自己刚才开车，大概有些紧张，居然没想到听音乐。他们以前一起的时候，倒是有上车就开音乐的习惯。在近十年的婚姻生活之后，更多时候他们似乎无话可说，而外界的声音成了填充他们之间空白的必需和必要。

若飞把车慢慢挪出，在街心打了个弯，然后往东朝森林小丘一带开过去了。嘉翔才意识到若飞可以先送自己回去的，不过想想也就几分钟的路，就又释然。

他辨认了方位，也往东走了几步，然后右转过马路，就到了64路上。他意识到街景寂静四下无人，就摘了口罩。三月中下旬的空气，冷凉而新鲜地钻进他的鼻腔中来，叫人难以想象这是一个病毒弥漫的春天的晚上。嘉翔想起那个催乳师说的“路路通”的话，嘴角不由流露出一丝笑意，脚下也轻快起来。

（刊于《青年作家》2022年8月

曾获首届华美族移民文学奖小说类优秀奖）

失　语

（一）

鲁志文喜欢把他住的、纽约皇后区的那个地方叫作“榆树堡”。它的英文名字叫“Elmhurst”，一般的中国人也会把这号称纽约“第四个中国城”的地方直接叫作“艾姆赫斯特”。鲁志文在大学洗衣房处买的、又随他漂泊到美国的朗文字典并没有收录“hurst”这样的词条或者词根，他也知道这样的翻译未免有点自作主张的意思。好在他只是偶尔在脑海里把玩这个有点中国乡村特色的中文地名，从不至于跟别人真正以此指称“Elmhurst”，因此也不至于造成什么样的交流沟通方面的误会或者障碍。他有时再细想，其实他现如今的生活跟别人的交流就很少，遑论沟通，因此什么所谓的误会或障碍根本就没有生发的机会。他的英语能力，虽然不能说比出国前疯狂准备单词和听力的时候退步了多少，但若要说多少进步，恐怕也是勉为其难。更糟糕的是，他明显感觉自己的中文能力在显著下降，偶尔在纸上乱画，却常常对一个简单汉字的笔划也会疑窦丛生；看纽约中文电视的节目，有了中文字幕时，他常会不自觉地欣慰，感觉压力小了很多。早些时候，给同学朋友写电子邮件，他还时不时挣扎着打开南极星来输入中文，日子久了，大家似乎也没什么好说的了，信自然也锐减，即便有，也不过是三言两语的“口水英语”，落个彼此明白。至于他在纽约的现实生活，鲁志文鲜有朋友，又天生的不惯交际，连口水英语的用处都不是很多。在曼哈顿的公司大楼里，他这样的小程序员，似乎能看能写C，C++，JAVA这样的计算机语言也就足以应付所需，一切夸功邀赏或者推责卸任所需要的复杂英语，也往往轮不到他来讲。同事之间的交流，往往也是电子邮件来解决，犯不着走个几步路，再去面对面地解释。

就像这几天他盘算着要和楼上的人打交道，他一直想着要不要去面对面地交涉，却一想就发怵，同时又害怕找不到一个合适的时间。每天晚上等他吃完饭、看了电视之后，楼上的夫妻却似乎正在吃饭，显然不是合适的时候。等他洗了澡，已经是十点半以后，他也不想再换了衣服上去，同时想人家在家里大约也是汗衫短裤的随便，又有女性，交谈的气氛肯定就不会好到哪里去了……他考虑再三，还是决定写一张纸条贴在他们的门上再说。当然，纸条是用他的口水英文写的，无非是希望楼上的夫妻能够在晚上十二点以后少制造一些分贝较高的噪音，因为这种结构的房子隔音效果非常之差，鲁志文的睡眠已经受到严重影响。

写了字条的当晚，鲁志文睡下后就惴惴不安，因为楼上这一晚似乎出奇的安静，而且只有一个人走动的声音，他怕自己挑了一个没有证据的日期去贴字条反而让上面的人反感。十二点过了，他就朦胧要睡去，楼上的人回到卧室来，却听到电话响，然后就开始没完没了地讲起来。鲁志文隐约可以推测出来是妻子在家和没有回家的老公在讲电话。他们说的话时而可辨时而难分，反而更搅他的睡意。如此这般，还是大约到了两点，楼上才彻底没了动静。鲁志文却又折腾好一会子，又想了想字条上的措词，终觉得头疼难支，也就努力去睡。那时刻，他忽然又听到似有似无的打鼾声音，神经一下子警醒，细听了一会儿，却听得窗外不远处七号地铁轰隆隆的声音。等到地铁声音去远了，他听到鼾声，确定不是自己的，而是楼上女人的，就在黑暗里不明所以地想笑，却又觉得自己也可笑，到底又翻了个身努力去睡。

第二天早上他倒是八点被闹钟吵醒的，而楼上的女人似乎已经走了，却没有用她的早间活动惊醒他。他睡眼朦胧地刷牙、洗脸、刮胡子，也就匆忙出门。到门口想起来纸条还在电脑桌上，就又回头拿了，再读了一遍，拿笔又描清楚了他名字里面“文”字的字母w，走上楼去，贴在了邻居的红漆门上。

转过76大道，过了两条街，就是榆树堡大街。往前走两条街，就是那个总是臭气熏天的Adult Home，一群蓬头垢面的黑白男女在门口放风。鲁志文费了好长时间、最终请教了他的房东，才明白这“成人之家”到底是什么机构，原来是有点精神病院的意思，却又不是严重得要真正住院的病人。老本杰明·李还说：政府就是看中了这榆树堡是个亚裔聚集区，才把这样的疯人院设在这里；他们根本不敢把这样的机构放在白人生活区……鲁志文无法置可否，毕竟房东是美国公民，而他不是。这日匆匆走过去，却忽然被人用中文打招呼：“你好！”鲁志文回头一看，果然是一个头发油亮亮梳向脑后的中年人在跟他打招呼。那人手里捏了一根烟，脸上一股子他比这疯人院其余人高出一等的表情。他看到志文回头，就露出一口黄牙笑起来，用英语道：“你能给我介绍一个中国女朋友吗？”鲁志文本有点笑意在脸上，这时却又忙着转头径直往地铁站去，一路却又笑起来，心道：“我还没有女朋友呢！”

到了地铁站，看到人流涌动，挤得水泄不通，想是好长时间没有R车过来。鲁志文努力在人缝里往前钻了钻，也就不能再动，一时就有一辆R车呼啸着进站。寥寥两三个出站的人好不容易挤出来，要上车的人早已经蜂拥而上，把各节车厢的门堵了个严严实实。鲁志文眼看无望，就跟着大多数人一样干脆铁了心等下一趟。他边上却有两个女人不知为什么互相叫骂了起来。R车呼啸离开以后，她们的骂声就份外刺耳，却无非是用带着各自乡音把bitch（母狗）这个词互相赠送，让鲁志文想起那个打乒乓球的比喻。下一辆R车却来得快，人们就又一拥而上，大多数人都挤了进来，却也同时意识到车厢变成了一个沙丁鱼罐头。鲁志文伸长了胳膊，才勉强抓住一根柱子，就牢牢抓住不敢挪动，因为前后左右还有许多没有着落的手，个子高的人则勉强拿手抵托车厢顶部来维持平衡。

这辆车来得快，前行的速度却慢，报站的人不时说：我们前面有一辆列车受阻，我们因此暂时无法前行，敬请原谅。我们会尽快重新启动。有的人受不了这单调而没有诚意的道歉，就大吼“闭嘴”，起初周围的人还有精神笑，到后来大家都没了力气来附和，如同一只只搁浅的鱼一般，在越来越浑浊的车厢空气里张着嘴大口呼吸，眼睛也睁得大大的，空洞、绝望、烦躁的情绪如同火药一般在没人说话的车厢里滋滋燃烧。然后不知道是谁踩了谁的脚，还是谁在车停时靠上了谁的身体，有人骂起来：“你他妈的白种垃圾！”“你这外国母狗！”其余的人却怔怔望着车厢顶，仿佛这些骂语是电视电影里传出来的一般。列车却适宜地忽然往前飞奔，骂声渐渐被淹没和掩盖下去。

列车开始过东河隧道的时候，鲁志文身边的一个女人却突然直直地矮了一截，他低头一看，原来是faint（晕倒）了。他早些年在网上和人聊天，知道这样一种表情符，觉得幽默无比，常常会心而笑。这时看到一个活生生的人在他面前晕倒，却忽然全无主张，张嘴想说话，却嗫嚅着什么也说不出来。站在边上的一个黑人老头挤过来，志文这才忙着松了拉紧扶杆的手。老头蹲下去，一边解女人系得紧紧的领子，一边叫大家让出点空间来让她好呼吸。这时边上坐着的人站起来让给女人坐，老头开始掐姑娘的人中，别的人也跟着帮忙把她往座位上挪。志文看那女孩渐渐苏醒过来，费力地睁一下眼，人群就发出一阵不小的喧哗。列车已经进入曼哈顿的第一站。老头招呼大家让一下道，叫人通知列车员不要开车，因为有人晕倒要下车急救，又叫边上人帮忙搬姑娘下车。鲁志文站在人群的边缘，慢慢挤了出去，回头看那姑娘似乎要站起来的样子，内心的歉疚稍稍有点缓解。他看一下表，已经九点一刻多，再也顾不得多想，就忙着再下一层扶梯去换往 downtown（下城）方向去的四、五号地铁。

（二）

鲁志文有时几乎喜欢上班的日子，虽然辛苦，却比他一人呆在家里的无聊要“精彩”些，偶尔也能对所做的工作发生点兴趣，就像一桩平静婚姻里的夫妻之间一点即兴的浪漫，几可算不错的 blessing了。这一天他到了班上，自然还是比他住在宾州却每天八点到班的老板乔又迟了一个多小时。他一打开信箱，就见乔已经给他塞了好几封信，说是销售部门终于同意了对产品的某个界面功能进行改进，让他尽快改好代码以付实践。鲁志文早就觉得有此必要，无奈这样的一种改进在公司却要通过层层级级的点头批准才可实施。他如今得了恩准令，又给乔写信说了几处细节问题，也就躲到爪洼国内去练习爪洼语了。

中午他出去到附近的中国餐馆买了盒饭，匆匆回到公司，路过乔的桌子，听见他正在讲电话，到了自己桌前，一边吃饭，一边就偷偷摸摸在网上看点中国新闻。正看着，忽然听得乔在那边“砰”地一声挂了电话，大骂“son of a bitch”（狗娘养的儿子），然后向他这边走来。志文双手齐上，忙着关闭了自己的新闻窗口，却一不小心连一个源程序窗口也给关掉了，顿时满面通红，一口饭也噎在嘴里难上难下。乔却没有来找他，径直往那头去了。几个同事抬头看了一会儿，就又纷纷缩到自己的格子间去。

晚上下了班，因是星期五，鲁志文不想早早回家去寂寞着，又想错开地铁的高峰期，就在大街上走了走，抬头看见“盖普”（GAP）和“香蕉共和国”的店牌子，便走进去看了看。还是元月初的天气，店里却已经给模特们穿上各式春装，万紫千红得令上面黑夹克下面蓝牛仔的志文自惭形秽。“香蕉共和国”的服装更似专为那些个高、脸长的年轻的美国上班族设计，让稍矮略胖的鲁志文又觉被歧视。虽如此，那些新鲜的颜色和式样还是让他流连往返，更几次跑到降价专柜前看看有没有合适的尺码。不觉他就走到一个人少的男女服装交界的角落。几个男女模特面无表情地站在那里，其中的女性穿着纤瘦的浅绿色春装，袖口微微挽上去，胸部小巧浑圆，一袭格子短裙却绷出翘生生的臀部。鲁志文瞄了一眼四周，先伸手试了试男模身上的春装，不经意间移步伸手握了握那女模的石膏手腕，感觉坚硬而冰凉；看看四周还是无人，就又拖泥带水地、大了胆子隔着呢裙感觉了一下女模的屁股。感觉完了，他却已经面红心跳，急匆匆地走出店门去，一边疑惑那保安的眼神是怀疑他偷窃，还是看他空手离开在心里说早就知道他这样的人不会买，一边恐慌地想自己是不是已经开始变态了。

上了地铁，乘客果然比早上少些，鲁志文居然还寻得了一个座位，就拿了高行健的《一个人的圣经》来看。那本书是台湾出的竖排本，他看了几列，注意力就分岔，眼睛睁着也觉费力。等地铁轰隆隆地过了东河，他居然打了一个盹，醒过来忙着擦了一下口角，把书放进包，就又开始假寐。

到了榆树堡站出来，鲁志文就拐进中国城超市买东西。他每次进中国超市都告诫自己少买一点，那样方便提回去，却每次总会发现好久没看没吃过的中国东西，比如今天他看见茨菇、袋装的核桃仁，还有青岛啤酒等等，就不由分说地装了一篮子，似乎每一样食品都可给他无限的精神慰藉。到了收银处，有些后悔，却也不想再退回去了。

回家强打精神弄了点晚饭，一边吃一边看电视，等他再从前任房客留下的单人沙发上直起身来，就已经十点多了。他照例给家里打电话，父子俩却没什么好说。志文问了两句“别的没什么事吧”，他父亲说：“没有。你那边也没事吧？”志文答：“也没有。”两人尴尬地沉默了一会儿，志文忽然想起小时父亲做的茨菇烧肉，就问他怎么个做法，虽然心里明知父亲所说的种种他其实难以实行。他父亲就讲了怎么用开水烫茨菇去苦味，何时下什么佐料等等。听他说完了，志文有点如释重负，就道：“那我就挂了。”

草草洗漱了，他又打开电视看了一会儿花花公子频道，随着那屏幕里两个金发女郎的骚态浪语努力手淫了一番，却终于还是半途而废。关了电视，坐在那儿想了会儿明天是不是打电话把这个频道给退了。进房上网看了会新闻，也就快一点，便上床睡觉。

他起初没怎么注意楼上的动静，现在躺在床上翻开《一个人的圣经》，耳朵就开始捕捉一切细小的声响。楼上的夫妻俩这时偶尔说话，但分贝好像比先前降低了许多，虽然还能构成干扰，但志文心里还是升起点感激的意思。渐渐的楼上说话的声音也少了小了，鲁志文看看表已经一点多，也就关灯闭眼。隐隐地，楼上传来床垫吱吱呀呀的声音，鲁志文开始想象那一对男女压抑着的呻吟和喘息，也不知是该嘲笑还是同情。过了不知多久，楼上又传来洗澡的声音，鲁志文长叹一口气，心道：这一对还真干净，每次完事必定要冲了澡再睡。他在黑暗里打了几个哈欠，心想反正是周末，什么时候睡就什么时候睡吧。楼上人冲完了澡，夫妻俩却开始了说笑，而且声音比以前高了起来。志文猜测他们是不是估摸着自己已经睡着了，还是幸福之后忘了什么，又或者是他自己的听神经在夜深人静时候更加敏锐了。

周六下午他照例去洗衣服。用小购物车推着一口袋衣服，走过七八个街区，常常让鲁志文心生惭愧。到了洗衣店，往往又是各色各裔的妇女带着小孩来洗衣服，让他在那儿就更是坐立不安。等衣服进了洗衣机，他就忙着跑到附近的音像店去看了看。看了半天，挑了一张去年的碟片《改编》。交钱的时候，见那韩裔青年穿了一件T恤衫，T恤衫正面印着拿红头绳扎了两个羊角小辫的毛泽东头像，不由嘴角轻笑。那人一边找钱给他，一边道：你喜欢这个还是讨厌这个？鲁志文耸耸肩表示不置可否，那人又道：去年在越南买的。鲁志文拿了东西出门，心想他难道是越南人，却也不愿再思量了。

回到洗衣房，找店主换零钱。那女人一边在桌子上把硬币四个四个地摊给他，一边跟旁边的一个妇女聊天，笑道："人家西人就是不在乎啊。这个鬼佬每周送一大包衣服来，有十几磅，就是十块多钱呢。中国人都愿意自己来洗的……"鲁志文忙着撸了十二个硬币，回头把衣服放进烘干机，就又忙着走出来。

他沿着百老汇街朝另一个方向走，不觉比平常多走了几步，不想过了一串子中国人开的理发店、音像店、酒庄、小超市之后，却看见好几家教堂站在那里。他注视了半日，心想自己是不是应该去加入教会，那样至少每个周末有事可做，而且也许会在教会里交到一些朋友，说不定可以找到个老婆……然后他笑起来，想自己真是发神经了。走到金麟超市那儿，买了个四块钱三菜一汤的盒饭，就忙着匆匆往回赶。洗衣房的人果然已经少了许多，他也顾不得叠弄整理，就把烘干的衣服一股脑儿塞进口袋推了回来。

晚上看碟，他却忽然产生了跟尼可拉斯·凯奇扮演的那个男作家的些许共鸣之处，中年、肥胖、孤独、缺乏自信……而且他还是个中国人，在这个美国的社会里艰难地被演变、被改编着。其实电影里作家的生活最后还是有了转机，又想到凯奇本人其实还是很酷的，不过跟风学习好莱坞的其他男女演员，把自己变丑变傻来赢得奥斯卡评委的青睐罢了。不由得又想起某个影评家说的话："关于电影的第一个真理就是：它们是假的。"而他本人的生活是真实得不能再真实，想到这里，鲁志文不由觉得更加郁闷。他又开了一瓶青岛啤酒，心里想美国的酒疯子是不是都这么锻炼培养出来的，却还是灌了长长的一口。

这天夜里，楼上夫妻大有再接再厉的意思，鲁志文感叹了一番这二人的热情和战斗力，却也奈何不得，仗着点酒意，也不晓得自己什么时候才睡着的了。周日早上虽然早醒，却赖在床上，迷迷糊糊地，一直到中午才起来。

晚上他在家里烧茨菇时，房东敲门进来收这个月的房租。鲁志文心里暗称他们是"地主来收租子"。他关了煤气油烟机，把写好的支票给房东。房东就笑道：怎么你一个单身汉，还自己烧饭吃啊？外面四五块钱的盒饭多便宜啊！鲁志文心想"你大概是心疼你的煤气吧"，嘴里却道：老吃外面的觉得太油腻了，人变得好胖。房东就说：可以锻炼减肥啊……志文就道：对了，我正要问你们一件事情呢，是关于楼上噪音的事情。现在他们实在是太吵了，而且晚睡早起，我的作息完全被打乱了——你们能不能跟他们说一下？我已经给他们贴了条子了，可是周末这两天还是依然故我。周末也就算了，可是平常真得不行……今天天一黑我就开始担心他们夜里不知道折腾到什么时候……房东狡猾一笑，却问他：有那么吵嘛，还是你太敏感了？那你以前在中国上大学，和七八个人住一个宿舍怎么过来的呢？鲁志文感觉心底一股子火焰蹿上嗓口来，却咽了口吐沫强忍着，道：你知道这个房子的隔音效果有多差！我可以听见他们的一切声音，包括性……做爱的声音——我在中国时住宿舍，至少大家是一起作息啊！而且，宿舍几乎是免费的，我住你们的房子，是每个月付了988美金的！房东摆摆手：好了好了，我们也不好说，想在楼上装地毯，可是他们喜欢木地板……还是你什么时候跟他们面谈一下吧？

（三）

房东走后，鲁志文继续烧菜。也不知是不是因为说话的缘故，觉得口干舌燥，就找饮料喝，开了冰箱，看见青岛啤酒们站在那里，就又取了一瓶出来。他刚准备开饭的时候，家里电话却响起来。他忙着接了，那边就有一个女的问他“今天过得怎么样”，然后说他们正在进行一个消费者的市场调查，问他愿不愿意回答一些问题，回头会寄给他一张二十五美元的支票。鲁志文平常听了两三句，就会说或不说“我不感兴趣”之后挂掉的，这次却不知为什么同意了接受调查。于是底下的二十分钟就跟那边的女人聊了起来，心里猜测她的年龄，因为声音听起来还很年轻。他一边回答那女人的提问，信口开河说自己最近正在选购新的手提电脑，两三个月里会考虑买一台超薄电视，半年里计划换一辆宝马，一年里想去欧洲旅游，等等；一边又反守为攻问人家做这个多久了，每天要给多少人打电话，碰到人家拿起就挂怎么办，遇到自己这种人的几率有多大……女人在那边偶或“咯咯”地笑起来，奉承说他“颇有一些幽默感”，鲁志文就也不觉得意洋洋了一会儿。电话完了，他拿着无绳电话，倒有些怅然若失，想起来那女人说的二十五块钱的支票将不日寄到，就又兴奋了一会儿。

夜里，楼上的夫妻继续他们的幸福生活，鲁志文白天睡得多些，就更无睡意，只好继续他的唉声叹气和辗转反侧。第二天早上六点多钟，楼上人已经开始星期一的上班总动员：起床声，走动声，冲马桶声，电动剃须声，电视声，说话声，声声入耳又此起彼伏，鲁志文把头埋在被子里，心里暗骂了几个“fuck”（操）却还是努力地闭着眼。等到楼上声声渐去，他也跟着舒了一口气，甚至觉得心跳也平静了许多。正要再睡，他的闹钟却“叮铃铃”叫了起来，他转头睁眼，果然已经快八点，低声再骂了一句，也就掀被而起，睡眼惺忪地洗脸刮胡子准备上班去。

晚上回来时，楼上已经有女人走动的声音。鲁志文想了想是不是跟一个女的说话要容易些，到底决定还是等会儿再说。他先删除了电话里的几条垃圾留言，又上网删除他信箱里的一堆垃圾邮件，就把昨天的饭热了来吃。吃完了，听楼上还是一个人的动静，就攒足了勇气，准备上去一谈。他把一个人的碗筷堆到昨天就泡在水池里的铁锅中，去洗手间洗了手脸，这才上去敲门。

楼上果然只有女人在家，家常打扮，不像鲁志文在这边认识的女性留学生样板，倒有些旧日在中国看惯的家庭妇女样子，一时觉得陌生又熟悉。女人笑脸盈盈地让志文进屋子，绕过书架衣柜等等不协调的家具布置成的小小迷宫，才到了电视柜、茶几和沙发紧密相连的客厅。女人招呼志文坐下，一边开始收拾茶几上的饭菜。志文瞄了一眼，也就一盘炒西芹、一碗红烧肉、一碟花生米什么的。女人一边用保鲜膜包盘罩碟，一边问他吃了没有，要不要来一点。志文忙着摆手摇头，说已经吃了，却忽然又觉得一阵陌生而熟悉的温馨。

志文正要开口说明来意，女人却问他干什么工作的，志文说是“电脑方面的工作”，女人就说她老公也是一样的职业。志文问她做什么，女人这时转到厨房，声音不清不楚，似乎是说她在法拉盛的一座大厦做公寓管理员。女人回转来收拾最后一碟花生米，手拈了几粒，又把盘子向志文伸了伸，志文忙着又摆手。女人就又问道："你平常中饭晚饭都吃什么呀？"志文就道："晚饭自己随便烧一点，能吃就行了。午饭有时候带饭，现在经常就出去买一点……你们呢？"女人道："我们也是啦。法拉盛那地方盒饭便宜啊，就天天吃。每次大家问起你吃什么了我吃什么了，都是说'the same old shit''the same old shit'（还是一样的老屎）……"鲁志文听到这样的以一种颇为纯熟的语调从这个看上去颇为中国的家庭妇女口里冒出来，忽然惊诧莫名，只好跟着尴尬地一笑。

女人一时闲歇了，站在那里问他："你有女朋友了嘛？"志文愣了一下，说"还没有"。女人就又道："要不要我给你介绍一个？——你有绿卡嘛？"志文越发窘迫起来，摇头道："还没有……"女人就叹口气道："哎呀，那就比较困难了……"却又忽然自笑起来，道："我曾经听到你房间里有女的说话的声音呀！"鲁志文一时脸红，估计她听到的是电视里花花公子频道的女郎声音，却急中生智道："可能是电视里的声音吧——我常看中文台的……"女人笑道："不像啊，记得好像是去年感恩节的时候……"她脸上的神情，本是显然不相信志文的话，这时却又似在鼓励他说出真相。志文这时懊恼自己何必在她面前自惭形秽，就笑道："可能是朋友在这儿玩吧……这个房子的隔音效果太差了，我上来也就是为这个……"

女人又忙碌起来，却口不停道："是啊是啊。就这么小这么吵的房子，咱们房东还收这么高的房租……"鲁志文也表示同意，女人就又站到他面前来，开始数落房东的种种不是。鲁志文附和了一阵子，终于等到一个间隙，忙着转移话题道："我想你们以后每天十二点以后是不是可以收敛……注意点，小声点，前面两三天晚上都是正要睡着了，你们浴室的水龙头忽然响起来，一下子就又醒了，早上也是——你们上班怎么那么早啊？”女人笑道：“你每天都什么时候睡觉啊？”“十二点到八点吧。”“哎呀，每天要睡这么久啊？”鲁志文被她说得又不好意思起来，忙着辩护道：“好像正常情况下都要八小时睡眠的啊……我真奇怪你们每天怎么，怎么make it work（运转）的，两点睡，六点多起来，白天怎么上班的啊……”女人道：“可能你还很年轻吧。我们没觉得什么啊，觉得六小时足够了啊。白天实在不行，可以睡点午觉嘛。我们是无所谓——你也可以偷偷在自己的格子间里睡觉的吧？我老公说大家在曼哈顿上班，都是这么偷偷打盹儿补觉的……”

鲁志文哭笑不得，感觉他本人以及所有的话题都被这个“会说话的”女人牵着鼻子走到迷宫里面去了，让他疲累却不知如何停止，愤怒却不知如何发作。临了，他不耐烦地看钟看表，然后拿定主意站了起来。女人一时停了说话。志文一边往门口走，一边清了嗓子道：“我体谅你们的……也希望你能体谅我的难处，稍微注意一下……你实在不知道住在楼下是多么难受，什么动静都听得见的，不像你们在三楼，是顶楼……”女人道：“好说好说。其实我们也不打算住多久了，正在买房子呢，这回租约到期，可能就会搬走吧——这家房东太黑了。你还打算长住吗？”志文心里忽然升起一点希望，道：“还不知道。你们搬走的时候，能不能提前通知我一声，说不定我可以搬上来……”女人说：“没问题，没问题，到时一定先告诉你……”

这一夜果然没什么动静，鲁志文高兴得很晚才睡着，不过第二天一觉到闹钟响才醒来，自觉睡足了。下午在公司里，乔又是讲电话，跺脚，摔电话，然后跟悬一路走过去，嘴里骂着“son of a fucking bitch”（他妈的狗娘养的儿子）。鲁志文第一回听到这样的组合，几乎觉得有趣。隔了不久，乔就写信给他，说界面的设计又有一些变化，而且完成日期也要稍微提前，希望他能加紧一点干活，鲁志文忙着回信答复了。

鲁志文这日倒是结结实实做了一天的脑力劳动，也颇有进展，到了晚上，脑细胞似乎还在维持着惯性的兴奋。不料楼上夫妻的动静又开始大起来，而且直到一点之后，夫妻俩还在喋喋不休地讲话。忍到一点半，鲁志文终于起来，开了床头灯，眼睛隔了半天才适应不合时宜的光亮。他大声咳嗽，楼上人似乎听见，停顿了一下，就又继续低声说笑。鲁志文站到床上，却够不着天花板，因此敲不了，沮丧地坐下来再咳嗽。想来没有效果，他就灵机一动拿着厚厚的《一个人的圣经》往天花板上砸，连砸了几下，楼上似乎总算得到了他的信息，停止了说话，却开始了冲澡。鲁志文长叹了一口气，看时间又快两点，虽然已经很晚，但是睡眠似乎有了指望，也就又熄了灯躺下。

星期三晚上情况并没有改善，鲁志文的耐心却渐渐被消磨殆尽。到了十二点，他听楼上没有很快安宁的架势，就用书又砸了几下，楼上人却还以跺脚。鲁志文一惊一吓，再想就更怒更气，满屋子里寻找可以更强烈反击的武器。寻了半日，到冰箱后面找了一把扫帚出来，就冲回卧室，听那对男女已经在肆无忌惮地大声说笑，肝火愈烈，拿着扫帚就对着天花板乱捣了一气。楼上夫妻显然也吃了一惊，一时四脚齐上，在房间里又跳又蹦又笑。鲁志文气咻咻地等着他们停止了，再开始新一轮的攻击。如此来回反复了两三次，鲁志文早无睡意，下了决心斗他们一回。他一边装模作样看书，一边等待楼上安静或吵闹的时刻。过了一点，楼上人似乎已经准备睡了，鲁志文却忽然又在寂静中发动冲锋，“咚咚咚”地捣了一阵，自然引来强烈的反击。一时隔着一层天花板，上下齐动，竟分不出彼此了。中场休息时，鲁志文听到楼上有人脚步声很重地走回房间，笑道："那小子不敢出来！"鲁志文这时明白他刚才隐约听到的敲门声原来是真的，心头更加怨愤。楼上夫妻得意之时，就又跺了一阵脚，没了动静。鲁志文等了一会儿，又用扫帚狂捣一阵，然后就听见楼上男人骂骂咧咧的声音，大步走向门口的声音。鲁志文走到门口，就听到男人下楼梯的声音，然后是擂门的声音。那人在门口喊话："你他妈的有种你就出来！"

鲁志文在恐慌里费力思考，想要不要打电话报警，但又觉得已经太迟。他想自己体力上恐怕不是这个莽汉的对手，家中似乎也没有什么得力的武器。情急之下，他想起了厨房的菜刀，冲去拿了出来，放在门口小桌上，心道："只要他胆敢进门，胆敢动我一下，我就有自卫的权利……"

（四）

鲁志文打开门，看见一个敦实得几乎五大三粗的中年男人站在门口。那人穿着长袖长腿的三枪牌白色内衣，让他一时想起自己出国时也买过的那一打内衣裤，虽然后来几乎没怎么穿过。来人脸上怒气冲冲，嘴里骂骂咧咧道："你他妈的到底想干什么？"鲁志文一时说不出话，强行镇定了一下，回头看了看桌上的菜刀，脱口说道："What do you want……你想干什么？""我们已经很给你面子了啊，你还要怎么样？房子隔音效果差，我们管得了吗？你自己睡不着，关我们什么事？干嘛犯神经找我们的茬儿？……"男人正在铺天盖地地说着，女人也从楼上"咚咚咚"地跑了下来，开口嚷道："怎么回事啊？你跟人家吵吵什么呀？还有，我们怎么你了啊？"男的接口道："我也问这丫的呢……"夫妻俩又在门口，一骂一和，鲁志文一时更没有说话的机会。他冷笑着，半天想出句套话道："怎么，想人多势众欺负人，还是恶人先告状？""唉，你说话讲点道理好不好，我们怎么欺负你，怎么告状了……”“甭跟这小子啰嗦，我看他是活得不耐烦，故意找事儿……他妈的真是不识好歹，不吃点苦头，不晓得乖，是吧？……”男人一边作势挽很紧的内衣袖口，一边要闯进门来。鲁志文退后一步道：“你要小心我报警……”女人在后面作势拉住男人，一边道：“你也真是的，你说要我们小声点，我们已经很小心了。还能怎么样？你还要怎么样？”鲁志文觉得词穷语失，甚至因此觉得理屈德亏，说不出辩护的话来。那两人还在吵吵嚷嚷的当口，楼下却传来爬楼梯的声音，原是房东太太穿着一身黑色睡衣、戴着个大黑框眼镜上来了。她开口大声问道：“怎么回事？深更半夜的你们吵什么？有什么事情不能白天说，不能找我们来解决？非要闹得警察来才行吗？！”那男人兀自骂道：“他妈的嫌吵，有钱，有本事，去住不吵的大楼啊……”房东这时也上来了，站在他太太后面附和着。房东太太跨进鲁志文的房间，回头对门口的夫妻道：“你们堵在他门口干什么？大家都是文明人，怎么要做出这些事情来？你们赶快回去休息吧，有什么问题我们回头再细谈来解决……”

等到那对夫妻意犹未尽地上楼去了，这边房东又和鲁志文说了两句，笑道：“他们都是没什么文化的人，你跟他们计较什么？”鲁志文一愣，觉得这逻辑并不通顺，但是似乎也不好回驳房东的好意，就板着个脸儿不说话。房东夫妻俩啰嗦了几句，又道：“明天早上大家还都要上班呢。都睡吧！”也就下楼去了。

鲁志文回到卧室，却怎么也睡不着，同时不知怎么有一种胜利的亢奋感。他仔细回想，觉得自己根本没有任何胜利可言，从行动到语言，楼上的夫妻楼下的房东，都占了他的上风，而他始终是被委屈的、被打败的。想到后来，他忽然明白，其实他的亢奋不是源自于胜利与否，而是源自于有人跟他争吵的事实，有人让他生气、发火、郁闷，并且给了他发泄的机会，而不像平日生活的自己，一个似乎戴着面具的、似乎没有感情的，也无法表达感情的、行尸走肉的、生活在在纽约的一个已届中年的中国男人。

楼上楼下确实都是安静了。鲁志文却不知该为自己的发现高兴还是悲哀。他转到客厅来，忽然拿起桌上的无绳电话，不觉就拨出了以前常拨的那个国内的号码。

“你好。”

“是我……”

“你，是谁？”

鲁志文沉默了一会儿，想对方绝想不到他在美国的深夜四点多打电话回中国，于是就轻轻挂掉了电话。他坐在黑暗里，悲哀地想：通往过去、中国和故人的线路，已经在岁月流逝中一一被切断了，每一次的无谓努力不过是深化这样的概念罢了。他握着电话，泥雕木塑般蜷缩在单人沙发里，一时听见窗外又传来七号地铁还是长岛火车的隆隆声响，不觉长叹了一口气。

到了早上八点多，鲁志文还是醒着，起床去厕所，扶着盥洗盆的边沿，只觉立足难稳，镜中人更是一副非人非鬼模样。他一手撑着台面，才好不容易挣扎着刷完牙，却有了渐要崩溃的感觉。他回到房间，栽倒在床上，闭了一会儿眼睛，犹豫再三，终是决定请病假。

他想好了借口，打了乔的电话，却没人接，心里暗自高兴，就筹划着给乔留言。等他听到“滴”的一声响，张口说了一句“Hi, Joe”，他才发现自己的声音嘶哑得几乎听不到，喉咙里的肿痛此时才被提醒了一般变得尖锐而猛烈。鲁志文意识到自己真的是病了，而且似乎病得不轻。好歹在留言里说完了自己感觉特别不舒服，希望能休一天病假……上班这几年来，他几乎从不曾请过病假，既是不敢，也是不愿，今天是头一遭，不由又在心头为可能的后果颠倒了几个来回。

他在家找出点消炎的药，看看日期，都不敢吃了。犹豫了一会儿，到底强打精神穿戴整齐了，准备去附近中国人开的药房买一点不用处方的消炎药物。出了院门，被风一吹，只觉全身发冷，就又把衣服裹紧些。刚转头走了几步经过隔壁的院门，那家的两条狗猛然冲了出来，直扑他的裤管。鲁志文平常看到他们家门口的“当心有狗”的牌子，只是早晚上下班的时候，那对狗还没有放风，因此相安无事；偶尔他看到院门开着的时候，也会小心绕到街对面去走过这一段。今日一不留神，没想到被两只彪悍大狗瞄上，一时吓得魂飞魄散。那两只狗正要扑到他面前，后面的主人一声断喝，两个也就硬生生停住脚步，嘴里却是不满的低号，眼中露出凶狠歹毒之意。鲁志文吓得立在当地，没有东西可扶，差点儿软倒。身体停顿了一下，也就恢复了知觉，当下也不理会那狗主人的招呼，直往前去，想骂一句“fucking bitches”（他妈的母狗们），喉咙里却只发出可笑的声响。 转到榆树堡大街，他的心跳才渐渐恢复正常，里面的衣服却被一层虚汗浸湿，被风一吹，几乎不自觉地哆嗦了两下。

（五）

鲁志文在榆树堡的百老汇大街转悠了一圈，终是找到那个近日不停在中文电视台做广告的药房。他哑着嗓子说几个字，又连比带划，好歹表达了买药的意思。女售货员一边拿药算账，一边一口京腔关心道：“哟，瞧您这发炎还挺严重的。看过医生了吗？”鲁志文摇了摇头，她就又道：“说来也是，不是什么大毛病，去看医生吧，先交他二十块的copay（门诊费）；来药房取药，又是二十。那医生啊，说不定都不正眼瞧你一下子。这还是有保险的。要没保险吧，唉，老天保佑吧，您千万别在美国生病就是了……瞧，您自个儿来拿点药，还是便宜啊，连copay的钱都不到的……”鲁志文强做感激之笑，接了一堆不用开处方的中成药，有口服液也有药丸什么的，看着都与以前在国内时他母亲这个“家庭护士”的常备药物似是而非，却也顾不得那许多了。转头要走时，又看见一些瓶盒上有助睡眠的字样，于是又跟那妇人询问一番，就又中西兼顾地买了一点。

回来路上，他就又顺便去香港超市里买了点东西，一匝青岛啤酒，一份《世界日报》，以及一些菜蔬水果之类。提着一大袋东西，又经过成人之家，再看见那个长着酒糟鼻子的老头，大冷的天却只穿了一件T恤，瑟瑟抖着，如往常一样向他伸手要钱，满嘴里呢呢啦啦，却全然不知在说些什么。鲁志文平常看他惯了，从不睬他；这天却忽然动了恻隐之心，甚至可笑地生出同病相怜的感慨来。于是就停下来，放了杂物袋，从口袋里掏寻几个刚才超市里找他的硬币，又提防着那几个袋子，几乎后悔要做这个好人了。递钱时，却一不小心让一枚滚到了地上。老头欢天喜地地攥紧手里的硬币，满嘴不清不楚的感谢话随着口臭一股儿冒出来，志文几乎要掩鼻而避，终是忍了。老头蹲下去，捡了硬币，又捡地上的烟头，嘴里不停发出笑声来。志文这时看他的汗衫后面还写着许多话，标题赫然却是“How to use the F word”（怎么使用“操”字），下面列着十几条诸如“Aggressive：Fuck you！”（主动式：操你！）“Passive：Fuck me！”（被动式：操我）“Command：Go Fuck yourself！”（命令式：去操你自己吧！）“Laziness：Oh！Fuck it！”（懒人：噢！操它去吧！）之类的用法例子，看得他一时又觉恼，又想笑，也不再理会老头的感谢，径直走回家来。

他回家先吃了一堆药，又找了点食物压味，上床睡觉，却又睡不着。大白天的，又不敢吃安眠药，只好一会儿看报纸一会儿看电视地熬着。开了电视，突然想花花公子频道不知白天会播些什么，就转去看了，却是什么地方的男男女女搞一个群交集会，老头老太的老皮老肉都在镜头面前晃荡，忽然觉得恶心，就找了账单，拿了电话，打过去取消这个频道。等了半天，方才被接通，对方听他口齿不清的声音，居然什么也没问，就给了他立即取消的服务。鲁志文再转到那个频道，果然已是关于有线电视频道内容的广告片在放，一时心里轻松，却又有点淡淡的失落。他重拿了报纸，翻到有按摩女郎之类色情广告的那一版，浏览了半日各式各样、煽风点火的肉麻文字，仔细研究了一番人家的措辞，看那些电话号码有没有有趣的数字排列组合，空动了一回心思，幻想、否定、又嘲笑了一番落魄男子在风尘堆里遇到红粉知已之类的故事，才又把报纸扔到一边去，再去攻读已经快到归还日期、他却才看了一半的《一个人的圣经》。

一个下午熬下来，他就开始怀念上班的时光了，终是熬不住从家里登陆到公司的服务器看了看，查了查众人的在线状态，才又下来准备晚饭。吃了饭，嗓子里感觉好些了，想到明天可以去上班，就有些高兴，又想后天周六是不是该去补一天班。想到补班，就想不如把周末的电话提前打了。

国内还是早上，他父母还在吃早饭。志文开口说话，有点后悔，害怕他们听出他喉咙发炎的症状来，只好尽量少说话。问了两句他们吃什么早饭，他母亲就一边说给他听，一边抱怨道："现在国内许多东西都不敢买不敢吃的。就说这油条吧，我们都好久没敢买了，都说是什么下水沟里捞出来的油炸的。最近肉包子也不敢买了，上次吃了你爸就拉肚子。刚从菜市场买了点蔬菜，还担心农药太重了……最近又说什么地方的婴儿奶粉都造假，吃出许多大头婴儿来。你说说这人心世道可怎么搞法子？怪不得人家待在美国都不想回来。等我们明后年退下来，也跟你爸爸去你那里好好看看，看看人家美国的生活质量，至少吃的方面、环境方面要无忧无虑吧……你怎么一早打电话回来？——你记得今天是什么日子吗？”鲁志文一时愣住，说不出个眉目来。他母亲又道：“你还记得今天是你的生日吧？一个人怎么过的啊？这说着，就三十一了，女朋友谈得怎么样了啊，现在？”鲁志文更加发呆发蒙，不晓得是喜是叹，只随口含糊应了几声，又要跟他父亲说两句。他母亲就喊他父亲接电话，又叮咛道：“赶快成个家吧。那边不行，我们上回给你发的几个女娃的照片，可有满意的？你爸来了……”父子俩寒暄了几句，志文父亲犹豫了一下又道：“小学跟你同学的那个李猛你还记得吗？前些天出车祸死了。这些年挣了不少钱，自己买的车，跟卡车撞上了……”鲁志文脑海里冒出儿时的冬天早上李猛喊他一起去上学的情形，却不愿多想，淡淡道：“怎么会这样呢？一早的，别说这个了吧……”一时听得他母亲也在一旁埋怨道：“大清早，你跟孩子说这事干什么？”他父亲也就道：“那好吧，你自己保重，我们也要赶班车去了。”志文想说什么，却再无力气，就道：“那我挂了。”

挂了电话，他又胡思乱想了一会儿。翻了翻日历，一看今天果然是自己的生日，他居然给忘掉了。今天居然跟人吵架，又生病，请假在家，也不晓得是不是冥冥中有什么在暗示、提醒着自己。又想他父母过来的愿望似乎颇强烈，不自觉想：就是为他们，在这里熬着也是好的吧，旋即又叹自己的可笑与可怜。再想到李猛之死，忽然一阵寒噤。大学时跟他还有联系，上次回国去也在路上遇到打了招呼的，却到底是很陌生的了。然而这一切还是让他生出一种兔死狐悲的感慨来，尽管这成语的意义已经和本来的意思相去甚远了。

晚上楼上的动静似乎比往常要好，鲁志文也无暇去想。比往日提前洗漱了，又在热水里洗了洗脚，临睡前，吃了一些安眠药，加上过去二十多个小时的缺乏睡眠，上床倒是不久就睡着了。再醒来已是星期五早上七点钟的样子，楼上人似乎已经忙消停了。他睁了眼睛，觉得有点头疼，心想到底不如自然睡眠好。又张口清了清嗓子，也不确定是否好了，说了一句“你早”，差不多算口齿清楚，也不觉得嗓子像昨天那般火灼样的疼，就又欣慰几分。

上班到中午，乔摔了电话又骂了一句“queer son of a fucking bitch”（他妈的狗娘养的怪胎儿子），然后走到鲁志文这边来 ，又说了一些设计方面的变动。鲁志文一边点头一边做了笔记，末了想起昨天请病假的事，就哑着嗓子道：“不好意思，昨天我生病了；不过我明天可以过来补一天班的……”说着，又指了指自己的喉咙。乔惊讶道：“噢，你昨天没来吗？感觉好些了没有？我可不想你把自己搞得太疲惫了啊……”志文不知如何应答，只傻傻笑了一回。乔又说了两句，便自去了。

晚上他补贺自己的生日，又独饮了几瓶啤酒，自笑又往酒疯子的路上前进了几步。想这三十以后的生日更与其说是庆祝，不如说是悼念了，心情又如啤酒般苦涩起来，却终是欲罢不能。末了，把收音机打开来，音量调得老高，却不知是什么女歌手在高唱一曲失恋之歌的样子，只是那几句偶尔听懂的词却忽然打动了他：

> No more “I love you’s”
> （再没有人说“我爱你”）
> The language is leaving me
> （语言正在离开我）
> No more “I love you’s”
> （再没有人说“我爱你”）

The language is leaving me in silence

（语言正把我留在沉默里）

No more “I love you’s”

（再没有人说“我爱你”）

Changes are shifting outside the word

Outside the word

（变化正在发生，在言语之外，在言语之外）

女歌手一边唱，一边疯笑，让志文几乎也要跟着哭笑起来。突然想起楼上会不会被这歌声扰着，愈加得意，再要调音量，却已经到了最大额度，也就作罢。

临睡前，志文又吃了点安眠药，居然又换得一夜安眠，第二日一早如平常一般上班去了。地铁里的乘客却比往常少，他竟可以坐着去公司了。下午四五点钟就回来，依然如此。他手里捧着那本翻了多日的《一个人的圣经》，却在地铁晃荡声中迷迷糊糊打了一个盹。到了杰克逊高地站，上车下车的人又将他吵醒，就又坐正了身子翻书。快到榆树堡大街站时，边上的那个中国女人却凑近来看了看他书的封面。志文也抬头仔细看她，苍白虚胖的脸上长着浓黑的长眉，又涂着血红的嘴唇，倒被她吓了一跳。女人却忽然开口，几乎没头没脑地问了一句：“你的生活中有上帝吗？”鲁志文呆愣那儿，不知如何作答，忽然听得地铁到站的报话，就一语不发地收好书、背好包，跟着稀落的人群走了出来。

到了路面上，又是人流滚滚的繁华纷乱景象。他过了街，看见边上的小广场上满是人群，各色各裔的亚裔老人带着小孩在那里打牌，下棋，交谈，说笑；边上的运动场地上年轻人一群一伙的，有打篮球的，有溜旱冰的，也有对墙打网球的；再远处就是中国城超市了，门口的水果摊上挤满了周末买菜的人们，有人在不停吆喝着减价贱卖的水果。他稍一转头，却看见一个年轻人在公用电话那边。那人手里摊着一份报纸，远远可以看出是Village Voice （《村声》，纽约的一份免费报纸）的色情广告版面。鲁志文不由一笑，几乎有点庆幸的意味。他大步往前走起来，走到熙攘的人流中去。

（原发于北美文学家园《东西》会刊第168期，
2020年11月13日）

游泳课

(一)

李嘉渔是只旱鸭子。回想起来，他不知道自己对于水的恐惧起于何时。也许是八岁那年在水塘里差点儿淹死的经历吧。他记得他迷信的奶奶还曾经找他们村子里的瞎子给他算命，怎样消除他生命里可能出现的无妄水灾。当然，最好的办法就是远离水。

在美国博士毕业，在纽约工作了两年之后，李嘉渔忽然发现自己的生活正在变得日复一日地无聊起来。他在一家新兴的对冲基金公司做事，每天都有免费吃喝，日子一久，就愈发觉得自己体内脂肪的膨胀，缓慢却又几乎一日不停。

他坚持每周去公司附近的健身馆锻炼两三次，效果却也只是差强人意罢了。那健身馆倒是有个游泳池。有一次，李嘉渔还专门在锻炼后跑去看：游泳池不算大，但也看不见人在池里，有一个救生员坐在入口处无聊地盯着手机屏幕。救生员看他伸颈张望，冲他粲然一笑。嘉渔也一笑，就退回更衣室去，心道：人家常说"望洋兴叹"，我却只能望"池"兴叹了。

夏天，他在家看了几次电视里的游泳直播比赛。看着游泳健将们的健美身材，又听人说游泳是最不容易受伤的运动，而且有助于锻炼出最好的肌肉线条，他又动了心思，觉得该改变自己还是只旱鸭子的可笑事实了。当他在报纸上看到蓝海豚游泳俱乐部开设成人游泳班的广告时，李嘉渔就拿起手机报了名。报了名，李嘉渔就想：明年夏天的时候，自己是不是也可以在纽约康尼岛的海水里泡一泡，而且不再担心自己有被淹死的危险呢？

星期五晚上，嘉渔和母亲微信视频，告诉她自己报名的游泳班明天就开始了。他母亲就道："好了，将来碰到你妈和你媳妇同时落水的情形，就看你先救谁了。"嘉渔知道母亲必定要这么调侃一番，就有些后悔跟她说及这种事情，一边在奈飞上浏览各类影视剧，一边漫不经心地答了一句"您又来了"。

他妈一个人吃完了饭收了碗，见他没反应，又道："你不记得小时候的事情了？有一次把你放在乡下你奶奶那里，结果他们让你跟那几个乡下孩子下水打水仗玩。你打不过他们，就躲，一直往水塘另一头躲。结果走到挖深的一带，一脚踩空，水就没过了头，差点儿就淹死了。自那以后，你爷爷奶奶再没敢让你在他们乡下过一天。你奶奶还找他们村子的许瞎子给你算命，说你一辈子不要离水太近。我当时还笑呢，难不成叫你住到沙漠里去？那应该是中东或者非洲之类的地方，你怎么还住在纽约曼哈顿那四面环水的岛上？"

不知为何，嘉渔听她母亲说起"岛"字，心底倒生出各种感慨来。他那一日偶然看到一篇网上文字，主旨说"没有人是一座孤岛"，因为水是联通岛屿的媒介云云。嘉渔不觉辨证思维一番，想其实提出这个命题本身，似乎就已经在承认"每个人都是一座孤岛"的前提，只不过想为孤岛找一条出路罢了，于是有了桥梁、隧道、船只等等，当然更重要的事情其实应该是会游泳。但是人说"水能载舟，亦能覆舟"，显然，也可以说"水能渡人，亦能溺人……

他把自己也给想糊涂了，就打断头绪，笑回母亲道："您昨晚广场舞跳得怎么样？"

他母亲道:“至少很安全吧? 反正就是一群像你妈这样的大妈们。前几年我还说我怎么也不会跟这些人一样的。你最后一个暑假在家过，我们还说过呢，大妈广场舞都快成公害了。可是，一个人在家里毕竟寂寞无聊得慌，广场舞又锻炼身体，也能结交一些朋友，还是有很多可取之处的。”

“您这么久没碰到一个情投意合的单身舞伴啥的? ”

微信视频里，他母亲诧异至极，把眼睛凑近到摄像头前从老花镜上方盯着嘉渔看了一眼，道:“你倒开起你妈的玩笑来了。你的个人大事怎么样了? 上高中、上大学时候，劝你不要谈恋爱，是怕你分心，怕你恋爱不成反而伤心。现在三十岁的人了，怎么着也该找对象了。我前几天看网上新闻说，纽约那种大城市剩女很多，只要男的主动些，不至于找不到的。要不，我在这边再托人给你物色物色? 我昨天晚上还听人说，你那个弟弟找了一个老外女朋友呢！”

嘉渔不想引火烧身，忙着道:“时候不早了，我也该睡觉了。下回再说吧。”挂了微信，洗漱了上床。他却一时又睡不着，辗转反侧许久，到底又打开电脑，看着网上的黄片自渎一番，才擦擦睡了。

(二)

第二天下午李嘉渔坐地铁辗转了去蓝海豚游泳俱乐部上课。这家俱乐部租借了纽约下城一个社区大学的游泳池给学员授课。李嘉渔第一次去，弄了半天才明白换衣间在哪里。他匆匆忙忙换了泳裤走出换衣间，意识到自己半身赤裸，就拘谨得目不斜视。走到游泳池边上，他眼角余光里看到的全是小孩子，就几乎想回头放弃，觉得和这么多小孩子一起学游泳太丢人。好在他很快发现在游泳池的另一头，确也有几个成年人在那里等着上课。他怕滑又怕羞，几乎是怯怯地走过去，问这里是不是成人班。

一个穿着深紫色速比涛泳衣的年轻女子本正在给另外四个人分发浮板，听了他的问话，就抬头笑道："是啊。你是甲鱼？"

嘉渔红了脸。从小到大，他这个名字没少被同学和朋友揶揄过。眼前这女子显然不是有心取笑他，不过是老外说中文名字的尴尬罢了。他点了点头。

女人把剩下的一块浮板递给嘉渔，又道："别害羞呀！这是你的。我叫Dysan，我是你们的教练。欢迎你来上我们的游泳课！"

嘉渔心里疑惑她的名字，如今近距离看了她，更疑惑她的人种：她的肤色比一般的亚裔要白，五官轮廓也更显立体感，但举手投足间又明显不是纯粹的白人女孩。她的右耳廓上穿了一根银色耳针，倒有些与众不同的意思。

Dysan又道："我主要讲英文，相信你们都听得懂。如果实在需要，我也可以讲一点点广东话。现在，请你们也互相自我介绍一下吧！"

几个人里，那一对年轻夫妇男的叫汤姆，来自香港，女的叫洋子，是个日本姑娘；一个白人小伙子叫凯文，另外一个年轻的亚裔自称山姆。大约因为都只穿泳衣的缘故，大家介绍完了，也不握手，只互相点头致意。嘉渔心里暗笑，想不到世界上的旱鸭子这么多，亚洲人汤姆和洋子不会或许还可以理解，美国长大的凯文和山姆居然也不会游泳，倒是颇让他费解的事情。

他正胡思乱想着，Dysan又道："好。现在大家把浮板放在池边。每个人都跟着我一起入水。"说着，她已经坐到水池边，然后几乎悄无声息地滑进了泳池，让嘉渔无端联想到美人鱼入水的动作。

女教练站在水里鼓励大家："好了，大家都进来吧。学会游泳的第一条：不要害怕水，要拥抱水，要和水做朋友。"

虽然泳池的水说是维持在恒定温度，嘉渔入水时还是忍不住打了个寒颤。他们是成人班，上课是在四尺多深的水域，水面刚及嘉渔的胸口，个子略矮小的洋子就几乎有些挣扎了。

Dysan接着就教他们怎么吸气，怎么把头沉入水中，怎么双手抱膝，再怎么慢慢吐气让身体自然而然地浮上来。嘉渔起初还有些害怕。她又在水里走来走去，给大家一一指导。

轮到嘉渔时，她双手轻轻按住他的肩，帮他屈身入水，又道："这么浅的水，不要担心溺水。对，慢慢吐气，就像水母一样，水是你的朋友，会将你浮起来的！"

嘉渔从没想过游泳课是这样开始的。第一节课上下来，他练了很多次怎么吸气、呼气，也借助浮板练习以双腿打水推动自己前行。四十五分钟的光景，嘉渔觉得自己对水倒真是没那么恐惧了，甚至是渴望着下一次课快到来了。课程结束的时候，他们五个人都和Dysan说了"谢谢"。嘉渔能够感觉到每个人语气里的心悦诚服。教练带着职业性的热情跟他们说："你们今天进步都很大！下周日再见啦！"

嘉渔动作慢。等他冲完澡出来，更衣室只有另外一个小孩在慌里慌张地换游泳衣服，大概是准备上下一节课。

嘉渔看他年龄不大，疑惑怎么没有大人陪他。他一边擦头发，一边就问小孩："你多大了？怎么没人送你来？"

小孩说："我八岁了。我爸爸送我的，他要赶回餐馆上班，没空陪我。"

嘉渔又道："你很幸运哦。我爸爸从来没送过我学游泳，所以我现在才学。”

小家伙穿好泳衣泳裤，对着墙上的玻璃镜子照了照，忽然反问嘉渔：“你几岁了？”

嘉渔只好据实相告，说“I'm thirty（我三十了）。”

那小孩把嘉渔的“thirty”听成了“dirty”，兀自哈哈大笑起来，又重复了一遍：“You are dirty?！”

嘉渔一时不知如何作答，就道：“你爸爸多大了？”

“三十三了。”

“你喜欢你爸爸吗?”

小孩道：“有时候吧。他有时候打我。”

嘉渔随口安慰道：“餐馆工作辛苦。有时他可能会失去耐心。”话说出来，他又觉得似乎没必要向一个小小孩子灌输世道艰难的道理。嘉渔背对着小孩换了短裤卸了毛巾，再转身时，发现小家伙已经出去了。

（三）

星期五晚上，下班稍早的嘉渔照例去健身馆锻炼一会儿。周末晚上，人总是更少，他也百无聊赖，做一些常规的简单动作，又时不时看看手机。这样弄了大半个小时，他也百无聊赖地想回去了。到了更衣室，看到自己健身包里准备好的泳裤泳镜，一时就下了决心，要去健身馆的游泳池练会儿游泳。

到了游泳池门口，他向里张望。游泳池其实不大，长度只有大约二十码，也分了五个泳道。星期五的晚上，里面没什么人，乍听之下有一种异样的安静。进去再看，就看见一位白人老头在边上一个泳道里不紧不慢地游着，动作孱弱，却是一板一眼有模有样的自由泳样子。老人家微弱而单调的划水声音，仿佛是这个位于大楼十八层的游泳池里最大的声响。游泳池的两侧墙体都是巨大的玻璃窗，放眼望去，倒是远远近近的、鳞次栉比的楼顶，朝北的一面甚至可以遥遥看到中央公园的绿色。

坐在门口桌子后面的救生员见了嘉渔，笑问他："来游泳啊？"

嘉渔注意到他似乎是个黑白混血儿，肤色却偏白些的，一口牙齿白得灼眼，而且居然长了一双灰蓝的眼睛，让嘉渔怀疑他是不是戴了那个色系的隐形眼镜。嘉渔逡巡一番，看了看附近墙上贴的泳池规则，里面有每次入池前必须冲澡的条例，倒出乎他的意料。他冲了澡，小心翼翼地抓着扶手倒退着下了水池，再亦步亦趋地在水里走到老人家旁边的那个泳道。

他靠着池壁，练习吸气、入水、浮出的动作。边上的老人家游到头时，似乎很好奇，停了自由泳，隔着泳镜看了他一眼，面上也不露任何表情，然后转身仰面，开始了仰泳。嘉渔看他瘦骨嶙峋的四肢划水蹬水，虽然慢，却协调有致，叹了一口气，暗暗勉励自己应该更有信心要学好游泳。也不知过了多久，老人家游完走了。嘉渔出池，挑了一块蓝色浮板，然后下到老人家曾用的最边上的泳道，推着浮板练习打腿的动作。

初次练习，他努力回想 Dysan 教授的动作要领，却总是犯各种各样的错误，几次出现"险情"，甚至喝了两口游泳池子里的水。那个救生员也被惊动，匆忙跑到池边，问他："你没事吧？"嘉渔很不好意思，趴在浮标上，一边拆开泳镜抖落渗进去的水，一边止不住地咳嗽，结巴着道："没事。我在练习。我不会游泳。"

救生员笑起来，又道："真是个好主意！星期五晚上人很少，你有五个泳道可以练习呢！对了，我叫沃特，是这里的救生员。有什么需要帮忙的，请告诉我。"

嘉渔说了声"谢谢"，看着他转身走回门口的座位去，注意到他扯去袖子的白色T恤衫后面写着一个大大的黑色汉字"攻"。

嘉渔游完泳准备去换衣间的时候，沃特从手机上抬头，问他："你是中国人吧？可以帮我一个忙吗？"

嘉渔很诧异，问他需要什么性质的帮忙。沃特招了招手，让他过来，然后给他看手机上的一张图片，原来是一份微信语音转换成文字以后的截屏，虽然有一两处转换得不甚准确，但大概意思还是能猜得出来。

"这是我一个朋友的女朋友给她父母在微信上发的语音信息。我朋友特别想知道她和她的父母说什么了，怎么评价他们的关系等。你可以翻译给我听听吗？"

嘉渔有些不自在，却无法拒绝沃特明朗的笑容，只好又迅速看了一遍，再逐字逐句翻译了给他听。

"太棒了。她没跟她爸妈说艾瑞克的坏话。艾瑞克现在可以放心了。"

嘉渔多嘴道："也许不是那么棒呢。她在语言短信里根本也没提到艾瑞克。"

沃特歪过头来看嘉渔："哇！我怎么没想到那一层呢？不过我不会告诉艾瑞克的。你叫什么名字？我也许可以帮你练习游泳。"

嘉渔报了自己的英文名字"查尔斯"。沃特笑起来："我只知道英国那个老王子叫查尔斯。"

嘉渔这时感觉到冷，抖了抖身子往外走。“我知道的还有查尔斯·狄更斯、查尔斯·达尔文、查尔斯·卓别林、查尔斯·戴高乐、查尔斯·雷，等等，等等。”

沃特大笑起来，追着他道：“嗨！聪明的家伙！你叫查尔斯啥呀？”

嘉渔也笑，一边戴耳机，一边回道：“查尔斯· 李。”

(四)

底下的两三次课，除了练习借助浮板打水之外，Dysan 也开始教他们自由泳的基本动作，怎么把脸埋在水下，手臂划圈过后怎么侧仰换气等等，让嘉渔诧异在国内为什么大家都先要学会狗刨式。他学得认真，进步也快，练得更刻苦，总是班里最后一个离开水池的。

上第四次课那次，等嘉渔换了衣服，偌大的更衣室已不见另外一个人影，好像所有人都匆忙赶赴下一场精彩去了。嘉渔走到外面，看着感觉天色欲雨，自己没戴眼镜，因而拿不准，就伸出手去试试有没有雨点落下来。

他正疑惑着，却听见边上一个抽烟的女子“噗嗤”一声笑了。他扭头一看，原来是他们的游泳教练Dysan。她在紫色泳衣外面披了一件厚长的毛巾，一头略呈紫红的头发湿漉漉的，随时要滴水的样子。

嘉渔第一次在水以外的世界看到她，有那么一瞬，恍惚间觉得她不是属于这个世界的，而是美人鱼一类的生灵。待他有意去看她那近在咫尺、大毛巾未能裹挡住的修长双腿，就暗暗笑起自己的荒唐来。

“我记得手机上天气预报说下午有雨的。”

女教练把烟头掐灭在身边底部有沙、专门为灭烟用的垃圾桶，笑起来，道：“没下呢。你怕所有形式的水吗？”

嘉渔忽然想到身为游泳教练意味着不能戴妆上班，这对许多爱好化妆的美国女子来说未免太过残忍，而这个游泳教练的天生丽质大约也给了她不少从事这份职业的勇气和便利。听得她问，嘉渔回道：“也许。没想到你一个游泳教练还吸烟……”

“偏见无处不在。但是，我只是一个社交性的吸烟者。你是甲鱼，对吧？”

“对，但不是那个动物的意思，是好渔夫的意思。唉，我也不知道怎么解释了。你的名字Dysan是什么意思？我从没听说过这样的英文名字。”

“我外公取的。好像中文里念Die Shan？感觉像‘去死吧’的发音，我不喜欢。我外公说中国有一本家喻户晓的古典小说，小说里有个家喻户晓的女孩子，叫个类似的名字，而且跟我一个姓，林。”

嘉渔一下子明白过来，她说的是《红楼梦》里的林黛玉，而她本人的名字应该是“林黛珊”三个字了。他脱口赞道：“我明白了。你名字的意思应该是‘深紫色的珊瑚’。”

“啊，对，去年我在香港的时候，我外公跟我解释过，说的就是这个意思。”

“你外公真有学问，给你取了个这么美丽的中文名字！”

“谢谢你！”黛珊笑道，“我妈妈是香港人，姓林。爸爸是美国人，姓伍兹（Woods）。外公说，我的姓既是爸爸的姓，也是妈妈的姓。所以妈妈嫁了爸爸，英文姓是Woods，但也不算改了姓。”

嘉渔想起以前看到的一个所谓“同姓恋”的说法，一时要笑，想着该不该跟她述说，如果述说，那该怎么解释。说起姓Woods的名人，他脑子里立马想到了打高尔夫球的老虎先生，想来跟黛珊家应该是没有任何渊源。

黛珊却忽然道：“不好意思，下堂课要开始了，我得赶快进去了。回去记得练习游泳哦！像水母一样，吸气，呼气；沉下去，浮起来；踢腿，推水，换气！”

嘉渔不知怎么一时想起来网络上的一个图配文的段子，说水母是一种无脑生物，但是它们已经存活了6.5亿年，许多智商堪忧、没脑子的人因此喜欢它们，跟它们在一起倍感乐观，云云。他正想着怎么跟黛珊解释这段子，却见黛珊已经退至门口，跟他挥了挥手，然后被旋转门转进了室内，转进了另一个世界。

（五）

周五的晚上，嘉渔继续去健身馆游泳。游泳池那边依旧空荡荡，以前偶尔见到的那个老人家也不来了。下水之前，嘉渔在水龙头底下冲洗身体，兀自打了几个寒颤，仿佛提醒他在室内也可以感知秋天的来临了。

他照例在靠边的一个泳道里，先游了几个来回的自由泳，然后是练习憋气，尝试着在水下从泳池的这一头一直游到那一头。一个学期快过去了，他跟着黛珊不仅基本掌握了自由泳，还初步尝试了蛙泳、仰泳和蝶泳，以及深水区的踩水练习。每个周五他都来练习，有时周中也跑来游上大半个小时。

这晚他尝试着做蝶泳的时候，透过泳镜看见沃特就在池边走动，在不停打水前行的间隙里听见他大声唠叨："兄弟，好棒！但是你要像海豚一样，移动你的腰腹和屁股，打你的双腿！这个动作叫蝶泳，其实也可以叫海豚泳姿。"经沃特这么一提醒，嘉渔更觉自己的动作变形得厉害，反而不好意思再试蝶泳，索性换回自己更自在的自由泳。

练习了四十分钟，他也累了，就偷懒，准备再游两个来回便结束。他浮在水里，看见游泳池的天花板上画着蓝天白云，又注意到大玻璃窗外面高高在上的重重暮色，一时惬意，倒想起一句话来："当我们游泳时，我们思考些什么？"

嘉渔想起母亲，想起母亲以前常玩笑着问他的问题："如果将来你媳妇和妈妈都落水了，你先救谁呢？"年少的嘉渔曾经斩钉截铁地回答过："当然是先救妈妈！"后来他开始反问："可是妈妈你会游泳啊！我还不会游泳呢。"母亲笑道："我就是考验考验你。那个没良心的，不要我们母子俩。你将来可不能也像他一样啊，更不能娶了媳妇忘了娘呀！"

嘉渔望着房顶上涂画的蓝天白天，一边懒懒地蹬腿划水，一边胡思乱想，就又想起"水能渡人，亦能溺人"的话来。他蓦然领悟，这么些年来自己对于水的恐惧是不是就像对于爱情的恐惧一样？被淹死的都是会游泳的人，受到伤害的也都是那些知道水深火热而毅然跌入爱河、扑向爱火的人吧？

嘉渔想起父亲。父亲也是喜欢过母亲的吧，纵使那是十分短暂的爱情。从记事时候起，嘉渔就记得每每父亲要出门，母亲就让他带着自己，又叮嘱他注意父亲在外面和什么女人说什么话了。嘉渔记性好，开初也每每得到母亲的鼓励："妈妈现在有嘉渔帮忙了，不再是一个人去盯梢你爸爸了。"因为嘉渔的通风报信，母亲将父亲和章阿姨捉奸在床，然后是父母漫长的离婚过程。

七八岁的嘉渔，起初感受的是在别人面前抬不起头来的羞耻，混杂着对父亲的愤恨和对母亲的同情。渐知人事之后，嘉渔对父亲反倒没有了那么强的愤恨，出国之前，他主动去拜访了父亲。父亲眼中含泪，说这些年他不称职、让嘉渔受苦的话。嘉渔安慰了父亲几句，然而隔了那么多年的时光，说出去的话终究像是隔着什么，如同水浇在水泥地上，而不是浇进泥土之中，最终是尴尬地慢慢蒸发掉。

对于母亲，他却渐渐有一个男性的醒悟，像她那样的关爱和监控，是不是对每一个男人来说都是令他窒息的，就像上学的日子里，她对自己的关爱和监控一样？那么，自己最终选择了到美国来留学、毕业后又留下来工作，是不是隐隐约约地只想摆脱母亲的桎梏？母亲的爱像水，而很多时候是让人受不了的拍岸惊涛，甚至滔天的洪水。

嘉渔被自己的想法吓了一大跳，同时脑勺也碰上了游泳池壁。他忙着翻身站到水里，摘下泳镜，使劲甩了甩头上的水。他靠着泳池壁休息的时候，继续想心事。前不久去已婚有娃的同事张猛家吃饭，张太太听说他还没有女朋友，就笑道："你这么优秀还没谈对象？一定是自己要求太高了吧？"嘉渔只有苦笑，心想他们谁会知道和理解他对于一切亲密关系的恐惧以及对它本能的疏离？童年的他曾经多么渴望和别人一样有个正常的家，家里有个父亲，在他做好功课之外，这个可以教他打球、教他游泳……

（六）

在黛珊的调教下，嘉渔和他的同学们都惊讶于自己游泳水平的进步。第一个学期十堂课结束后，他们全都选择了继续报名参加第二个学期的课程。他们都基本掌握了自由泳的要领，开始进一步学习蛙泳和仰泳。一个班里，也只有洋子进步慢些。他们几个男生都已经能一口气从池子的这头游到那头，并且开始跟着黛珊去深水区练习跳水和踩水，只有洋子还常常要沿着池壁游，时不时要停下来抓一下池壁。黛珊往往会给她特别的指导。

从一米高的跳板上往深水里跳的时候，黛珊拿着救生的塑料棒在下面等着。嘉渔第一次跳，站在跳板尽头，两股颤颤，最终一闭眼，跳进水中，触水的皮肤生疼，然后感知自己继续高速下坠，泳池里的水像移动的高墙挤压着自己，却最终又让自己快速地向上浮升。他尚未冒出水面，就迫不及待地要张口呼吸，不由得吞了一大口水。他呛得连声咳嗽，却又有种绝地逢生的欣喜。

黛珊游近他，拍拍他的肩膀夸赞道："好样的，嘉渔！"

渐渐地，他们几个男学员也熟悉起来。九月底的一次课后，嘉渔和凯文、山姆冲了澡，换衣服的时候，凯文和山姆就说起黛珊来。

凯文说："她真的很性感！"

山姆道："她是我见过的最性感的游泳教练！"

凯文说："我觉得她结合了亚洲人和白人的优点。她比许多白人女人优雅，皮肤比她们好。她又比一般的亚洲女孩大方，健康，更性感。"

山姆笑道："我同意。不知道她有没有男朋友？"

凯文道："肯定有。天啦，她今天抓着我手臂、指导我仰泳的时候，我感觉我都要硬起来了。幸好是在水里，又穿着肥大的游泳裤！"

嘉渔心里忽然泛起一丝不悦，不由自主地咳了一声。凯文和山姆看他一眼，也就转了话题。

嘉渔穿好衣服出去的时候，看见黛珊在门口抽烟，一时就放慢了脚步。他正犹豫着要不要和黛珊搭话以及怎么搭话，没想到黛珊先跟他“嗨”了起来。

“我觉得你进步很快呢。平常也练习了吗？”

嘉渔一时不自禁的脸红起来，想自己很多年没被人这样夸奖过，仿佛又变成上学时候那个老被老师夸奖的好学生。看着黛珊期待的眼神，嘉渔笑道：“是的。我去的健身馆有个游泳池，不算大，但人也不多，很适合一个人练习，我每周会去练两三次。当然，我觉得主要是你教得好。”

黛珊道：“哇，你很会奉承人嘛。我只是尽力做一个合格的教练罢了。你以前从来没学过游泳吗？”

“好像很小的时候，学过，学不会，又怕水，就放弃了。现在明白其中的流体力学原理，就不觉得那么难了。”

黛珊拿烟的手举到嘴前，忍不住笑道：“天啦，流体力学？！我第一次听人这么解释游泳呢。”

“说起来，都是阻力、摩擦力之类的力嘛。厂家千方百计设计出线条最流畅的游泳服装，运动员们把身上的毛发剃那么干净，不都是为了减少人体和水之间的阻力嘛！”

嘉渔也不知道自己怎么脱口而出说了这些不着调的话，黛珊一边笑一边翻白眼。两个人正说着，汤姆和洋子也走出来。大家互相打了招呼，洋子点头哈腰地感谢黛珊，礼貌有余，引得嘉渔几乎要发笑。

一时，汤姆和洋子先走开，嘉渔笑道："我真的很佩服你的耐心，对每一个人都那么有耐心。你是怎么干上这一行的？"

黛珊犹豫了一下，道："不过是临时工作罢了。我曾经是大学游泳队的呢，一度有希望参加青年奥运会的……其实我更喜欢的是音乐。我下下个星期五晚上在下东城的钢琴吧有个表演。你有兴趣来吗？"黛珊手里的烟也燃尽。她把烟头在沙桶里捻灭，塞进底层的垃圾袋。

嘉渔想起自己最近每个星期五晚上都在健身馆练游泳，还有和沃特有一搭没一搭的闲聊。"你表演什么？我一定会尽力去。"

黛珊道："就是自弹自唱唱首歌。好多年没有表演了。"

（七）

大约是天气变冷的缘故，健身馆的游泳池里周五常常只是沃特一个人看着嘉渔练习游泳了。这一个周五，嘉渔游了大半个小时之后，正准备休息一下，却见脱了T恤衫的沃特也来到池边，伸一只脚进水试了试水温，然后"噗通"一声跳进池中来。

嘉渔吃了一惊，退后两步，就势虚倚着泳道的隔离浮标，笑道："怎么，你也忍不住要游泳了？"

沃特一边撩水往自己身上泼，一边作势咬牙道："天啦，我不下水池，想不到有这么冷。查尔斯，你的进步很大呀。我估摸着不会有人来了，我也下池子来游一会儿。你不介意吧？"

嘉渔摇了摇头，又做甩水的动作。沃特笑起来："你还要再游吗？"

嘉渔看看墙上的钟，回道："是的，再游一会儿。"

沃特就道："那你还甩头发上的水干嘛？马上又全湿了啊。"

嘉渔一时语塞，争辩道："这个，就像因为屋子还会脏也不能不打扫吧？"

沃特笑道："聪明的查尔斯！就知道对什么问题你都有答案！不过，我喜欢你们亚洲人的黑头发。不像我的头发，感觉像海绵。"

嘉渔听他说的有意思，看一眼他头上一团一簇微卷的头发，确实有海绵的样子。沃特把头伸过来说："你要不要摸摸？真的就像一大堆海绵。"

嘉渔摇了摇头，戴好泳镜，伸臂，俯身，抬脚，将自己横浮于水上，然后张臂划水，游了出去。自由泳虽然是他游得最快最好的，但是对于怎样有规律又不费力地换气，他却一直没有熟练掌握，常常是能不换气就不换气，尽力到了泳池尽头再狠狠呼吸几口。

到了泳池中部，嘉渔隔着泳镜遽然看见沃特在他正下方的水底仰泳，且对着他做微笑的鬼脸。沃特没戴泳镜，淡蓝的眼睛却大睁着，若星辰般在水里闪烁，让嘉渔好奇不已。等嘉渔游回来，沃特又全程在水下，保持跟嘉渔一样的速度，平行着随他游回来，还是一直轻松地笑着。嘉渔游完这趟就停在池边，沃特也冒上来，大口大口喘气。

嘉渔赞美道："哇，你游得太好了！"

沃特笑道："我曾经差点儿成为专业游泳运动员呢。"

嘉渔道："是吗，为什么没去做呢？不过，似乎拿游泳冠军的黑人很少呢……"话没说完，嘉渔就后悔，怎么讲了这样政治不正确的话。他快速地想着要不要道歉，又侥幸地想也许沃特根本不会介意这样的评论。

“是呀，好像黑人运动员更以速度和力量见长。有人说他们的肌肉密度太大，在水里不容易浮起来。不过你也知道的，我不认为自己是黑人。事实是，我们家只有我祖母是纯粹的非洲裔，我也只有四分之一的黑人血统。不过呢，非裔还是有一些游出成绩来的运动员的。在1988年的汉城奥运会，有一位黑人选手好像叫什么内斯蒂的，赢了一枚100米蝶泳比赛金牌，是奥运会上第一个黑人游泳冠军。巴西里约奥运会，美国姑娘西蒙娜·努埃尔是第一个在奥运会上夺金的美籍非裔女选手。”

嘉渔笑道：“哇，知识丰富的沃特先生！”

沃特双手掬水泼到嘉渔脸上：“你在拿我取笑吗？”

嘉渔吓了一跳，一边擦脸，一边道：“没有没有。不过上帝塑造了我们，每一个人都是不一样的。”

沃特似也觉得造次，伸出手来要帮他擦脸，嘉渔让开。沃特道：“对不起。你又开始哲学起来了。你信教？”

“我不信教。”嘉渔从水池里爬出来，拿了放在墙边钩子上的毛巾，擦干净自己身上的水，又道：“天气真的冷了。我觉得我应该去蒸会儿桑拿。祝你有个愉快的周末！”

（八）

在美国这些年，嘉渔几乎从来没光顾过美国的酒吧。星期五晚上，他下了班，也不去健身馆，在Pret A Manger买了个三明治吃了，就连忙坐地铁往下城去。这个钢琴吧倒不像一般的酒吧那么闹哄哄，而是大家买了酒，规规矩矩地坐下来看表演。

那天先是有喜剧演员上台讲笑话，一个舞蹈演员跳了个舞，有人拉了小提琴。惊着嘉渔的是一个白人男子的诗朗诵。他大段大段激情澎湃的句子描述他和男朋友深夜在纽约高线公园做爱的情景，什么“你的鸡巴在我的嘴里”之类，让嘉渔不知如何反应，想看看周围人的反应，又隐隐觉得不适宜。他只能眼观鼻，鼻观手中酒杯，偶尔象征性地抿上一小口。

然后是黛珊上台弹吉他唱歌。嘉渔第一次看见黛珊不是穿游泳衣的样子，第一次见她戴妆示人，倒有些莫名的距离感。在游泳池里“亲密无间”的教与学，在黄昏的校园门口隔着几尺距离的交谈，在这个封闭的、装了四五十人的空间里，都成了难以再现的交流。

黛珊拨弄了一阵吉他弦，开口道：“我想大家都知道弗吉尼亚夏洛特镇发生的事情。在纽约这样的大都会里，我们有时难以想象这样的故事会发生。当然了，一切皆有可能，比如我们选出了一位叫川普的总统。”

台下有人笑，黛珊又拨了拨吉他弦，继续道：“我是在离夏洛特不远的里士满长大的，我也不敢相信这样的事情正在我的家乡发生。所以，我觉得今天唱这首《带我回弗吉尼亚老家》（Carry Me Back to Old Virginny）更有特殊意义，虽然这首歌从1997年开始就不再是弗吉尼亚的州歌。算了，去他妈的政治正确吧，一首好歌永远是一首好歌，跟种族无关。”

嘉渔从不曾听过这首弗吉尼亚的州歌，却听懂了黛珊唱出的几句歌词，比如“请把我带回弗吉尼亚老家”“那里是棉花、玉米和土豆生长的故乡”“那里的春天里有小鸟甜蜜歌唱”……“我们很快又会相逢在那明亮的黄金海岸线上，幸福，自由，再无悲伤”“那是我们再次相会的地方，是我们再不分离的地方”……

黛珊唱完这一曲的时候，听众里有人吹口哨，听着不知是讽刺还是赞扬，也有人立马请吹口哨的人噤声。黛珊开口说话，先感谢了听众，然后道："我是弗吉尼亚人，也是个香港和美国混血儿，可是我从来不接受别人把我定义成亚裔。为什么？为什么白人和黑人的混血儿还是黑人而不是白人，比如奥巴马总统被定义为第一位黑人总统？拜托，他母亲是个白人……算了，我是来唱歌的，不是来谈社会问题的。我上半年在俄勒冈流浪，现在还在一点一滴地体验纽约。说起个人遭遇，我不知道你们会不会跟我有同感：这几年来，我真觉得生活他妈的就是条母狗。"

嘉渔几乎是第一次听到这样的英文句子，"Life is a bitch。"他一时不知道怎么感慨，小心四望，就见有人轻轻笑，也有人一本正经地等待着下文。

黛珊继续道："五年前，我刚刚从加州大学毕业，我的母亲因为忧郁症自杀。我那时候开始发现，我对她了解得那么少。我和父亲因为母亲的自杀而陷入争吵、冷战和疏离。我和男朋友威廉正式住在一起。后来，我去了香港，因为我想了解妈妈的过去，想知道她的生活轨迹，她为什么嫁给了一个在香港教英文的美国人。

"那段时间里，威廉和我的联系越来越少，最终没有了消息，他停止了更新脸书和Instagram。我心想这是远途关系必须付出的代价，在怀念母亲的伤痛里，这样的伤痛就像另一次测试你的伤害：那些所有不能杀死你的伤害，到底会不会让你更坚强？

"从香港回来后，我很好奇威廉怎么样了，到处联系朋友问他的消息。朋友们很吃惊，然后告诉我：你不知道吗？威廉得了渐冻症。他是个学医的，他知道这个病的情况。他回到加州天堂镇老家，跟父母住在一起，不久前已经去世了。他的家人不想惊动太多人，很低调地办了葬礼，把他葬在了一个背山临水的地方。

“讽刺的是，冰桶挑战风靡全球的时候，威廉和我也曾经参加过这样的挑战，我至今还有我们的挑战视频。”

人群里一阵唏嘘声四起。黛珊却苦苦一笑，道：“我无法原谅自己，但是更无法原谅的是否应该是这个无所不能的上帝？”她把自己的吉他头向房顶上指了指，又引得几个人笑起来。

说完了自己的故事，黛珊开始唱歌。她唱的这第二首歌《假如上帝也是我们中的一员》，嘉渔以前倒是听过的，只是这个晚上听了黛珊的故事，再听她演绎这首歌，似乎有了更深的理解，开头一段更让他产生跟着哼唱的冲动。

如果上帝也有一个名字，那会是什么呢？
你会不会当着上帝的面喊他的名字？
如果你遇见上帝，在他万能的光辉里，
你只有一次提问的机会，你会问他什么呢？

（九）

黛珊唱完歌后，又有人弹钢琴等，嘉渔有意识地四下寻找黛珊，却一直没见她人影。到演出节目全部结束，嘉渔喝完了第二杯杜松子酒，站起来转了一圈，也就准备打道回府。他走到外面，立即感觉到十一月初之夜的寒冷，看见自己呼出的白气。他正想着往哪边走，却看见黛珊和两个男人在不远处一边说说笑笑，一边吞云吐雾，不知道是抽烟还是别的什么。

嘉渔一时踌躇要不要跟她说话，黛珊也已看到他，伸手招呼道：“嗨，嘉渔！真高兴你今晚能来！”

那两个同伴也转过头来打量嘉渔，然后和黛珊打了招呼，又跟嘉渔哈罗一声，走回室内去了。嘉渔注意到他们一个戴着银色鼻环，一个戴着黑色的耳洞扩大器。

“谢谢你邀请我来，很有趣的地方。你唱得很棒！”

“是吗？你玩得高兴最重要！”

嘉渔注意到他们口中呼出的白汽在寒冷的空气里奇特地交叉在一起，然后又迅速地消散于无形。他鼓起勇气说：“我很抱歉听到你母亲和你男朋友的遭遇……”

“啊，那都是过去的事了。你看，没杀死你的真的都会让你更坚强。我觉得在纽约，忙碌的生活让我忘记了很多事情。”

就在那时候，嘉渔的电话在口袋里振动起来。他下意识地拿出来看了一眼，是母亲要和他微信视频，他想起来这是他们每个周五晚上的视频时间。嘉渔掐断了母亲的视频请求，笑道：“不好意思。我以前从来没听过《带我回弗吉尼亚老家》，更不知道它以前是弗吉尼亚的州歌。而且，我在五年前去过里士满，当时有个朋友在那里读书……”

“一定是弗吉尼亚联邦大学吧？你喜欢里士满吗？”

嘉渔正要回话，母亲再次发出微信视频的请求，嘉渔着急慌忙地按了接受键，他母亲就在里面问他：“嘉渔，这么晚，你不在家吗？为什么刚才不接我的微信？”嘉渔面红耳赤，不知如何回答，甚至不想喊“妈”，最后又匆忙挂断了，准备打字告诉母亲稍后再说。

有人在门口叫黛珊的名字，黛珊道：“我也得进去了，外面真的是很冷了。我们下回再聊。你会继续上游泳课吗？”

嘉渔说：“我想是的，我会继续上第三期，希望是你继续教。”那时候他母亲又一次发出了微信视频的请求。

“你还是接一下电话吧，说不定找你的人有急事呢。”

嘉渔张口结舌不知说什么，只好挥挥手表示再见，然后再次接通母亲的微信，简单告诉她自己在外面，马上准备坐地铁回家。他母亲问道：“你在哪个区啊？这么晚了，那里安全吗？我先挂了，回头再问你吧。”

嘉渔怏怏地一个人走到地铁站去。夜里的地铁班次稀少，等他上车，已经是十一点半之后。他看见手机提示母亲有十几条留言，更懒得打开微信了。他对面的座位上是一对卿卿我我的年轻嬉皮士，女的是亚裔，男的是皮肤稍白的黑人，他们旁若无人地搂抱亲吻，男子的手不时伸进女子的衣服里摸索着。

嘉渔不知道为什么联想到黛珊，想这样的夜晚她是不是正在什么地方和什么奇怪的人一起度过这一个夜晚或者每一个夜晚。他不知如何定义心底那一点点奇怪的类似于嫉妒的感觉，却又不停地安慰自己：你们根本就不是同路人，就像一个是水里的生物和一个是陆地上的生物，在岸边的偶尔相遇也永远只是岸边的偶尔相遇而已，而彼此都有属于自己的世界。

转念，他又想自己这只旱鸭子不是也学会游泳了吗？黛珊邀请自己来听她的演唱，又似乎没有邀请汤姆夫妇、山姆和凯文他们，是不是说明了什么？为什么当时自己只是问了钢琴吧的地址，而没有自然而然地向她要电话号码？不过，下一次课后跟她要总是可以的吧？地铁经过联合广场，手机显示又有来自母亲的新的微信信息，李嘉渔旋即又否定了自己的幻想。

（十）

第二天游泳课，黛珊却没有来，代课的是一位华人男老师大卫，大卫也没有说明黛珊为啥没有来。大卫先让他们几个人从泳池的这头一直游到那头给自己看，看过了自由泳，再看蛙泳和仰泳。洋子对深水区一直还有畏惧，自由泳勉强游过一趟，就不肯再游到深水区去。大卫便有些不耐烦，站在游泳池边上对着他们大呼小叫的，几个男性也都听得面面相觑。最后的十五分钟大卫让他们自己练习，汤姆和洋子也无心恋水，出池先走了。

嘉渔约束着自己在游泳池中又练了一会儿，隐约地盼望着黛珊会在最后一刻奇迹般地出现。他上午起床后，特意上网搜索了一番黛珊的信息，居然找到她久未更新的脸书页面。脸书里最后一张照片还是她在香港的自拍照，背景说是她母亲在九龙住过的公寓楼。再往前翻看，他看到一张某人生日聚会上的集体照，并且从标出的姓名里找到了她的男朋友威廉。

嘉渔注意到威廉也姓李，虽然是更美国的拼法Lee。威廉长着一张国字脸，留着短发，隐性的双眼皮，鼻尖稍微有些蒜头的圆形，笑起来有点傻的样子似乎在哪里见过一般。他顺藤摸瓜又去威廉曾经的脸书页面，也是两年多没有更新了，想必没有人知道他的密码，而他去世之前也没有想过要关闭自己的脸书页面。

在威廉的脸书里，嘉渔看到2016年夏季奥运会他发的一个帖子，是他和宁泽涛的照片对比，标题是："有人说我和他有点像？"嘉渔忽然明白过来，那种熟悉的感觉也许就是一年多前在各种媒介里看到过中国游泳健将宁泽涛的照片吧？

来上课之前，他觉得自己积累了很多的谈资乃至疑问，要鼓足勇气向黛珊一一求证。潜意识里，他又知道这样的谈话未免使自己对黛珊私生活的兴趣昭然若揭，有些想而生畏，身体又稍微有点不舒服，因而甚至考虑过缺课的可能性，却没想到黛珊先缺课了。

到了四点，他出得池来，拿毛巾擦了一把身体，到底走过去问看手机的大卫："请问您知道林黛珊今天为什么没来吗？"

大卫从手机屏幕上移开视线，诧异地看了嘉渔一眼，回答道："我怎么知道？我只是临时来教这一节课。也许生病了或者其他紧急情况？"

嘉渔看他不耐烦的样子，也懒得再向他打听游泳学校里会不会有其他人知道，想及前一天晚上黛珊在外面抽烟时穿着短衫，猜测她生病也是可能的，自己出门前也还觉得有点不舒服呢。这么想着，心底有点儿释然，却又多一层牵挂起来。

等他去冲澡时，山姆和凯文也已经离开。换衣服的时候，嘉渔却意外地看见很久不见的那个小男孩。嘉渔问他最近怎么样，小男孩诧异地看了他一眼，然后想起什么似的，笑道："You are dirty！"

嘉渔被他天真的笑声感染，故意道："I am dirty-one now！"又问他："还是你爸爸来接送你吗？他最近没打你吧？"

小男孩变了脸色，道："他现在不打我了，也打不了我了。他被移民局的人抓走了。我妈说不知道他什么时候能放出来。"

嘉渔心里悚然，不想川普新政就这样殃及池鱼，却又说不出什么能安慰这孩子的话，只好冠冕堂皇地道："你爸爸一定会惦记着你的。"

小男孩说了一声"谢谢"，也就背了包出去，却不知怎么又把泳镜戴起来，仿佛戴了一副造型独特的墨镜，让嘉渔看得发呆。他转而疑惑，如果人类戴着游泳镜走路，到底会看得更清楚还是更模糊呢？

走出学校大门时，他下意识地两边看看，似乎期待黛珊会神奇地出现，又在那里匆忙地抽完一支烟再回去教下一堂游泳课。到底是十一月底的天气，嘉渔觉得自己出门时还算暖和，这时候回去却觉得穿得少了。自从夏时制结束，这天更是黑得一日比一日早了。

（十一）

感恩节后一周的那个星期五，嘉渔照例去健身馆。他先在十九楼跑步热身，没想到看见很久不见的那位游泳池里的老先生。老先生在嘉渔旁边的跑步机上一边慢走，一边看书。嘉渔偷偷瞄了一眼，瞧见老人家看的书似乎叫《人之将死的症状》，倒不知如何感慨。

游泳池那边还是只有沃特在那里守着。看见嘉渔时，他笑起来："嗨！你好久没来了吧，怎么回事？"

嘉渔想一想，是有两周没来，先是去钢琴吧听黛珊唱歌，上周感恩节后的周末自是一切活动减免。这么解释了，看见沃特在看一本书，就多问了一句："你在看什么书？"

沃特犹豫了一下，到底把封面扬了扬。嘉渔看到是一本小说《请以你的名字呼唤我》。嘉渔隐约记得在最近的《纽约客》杂志上看到对于同名电影的推荐，据说电影里有十七岁的少年拿着一只熟透的桃子手淫的情节，报纸采访里还说男主演和导演等人都亲自试验过这个细节。他想着这些花絮，就一时要笑。

沃特却又补充道："我的男朋友从图书馆借的。说电影就要公映了，拍得特别好，应该是奥斯卡的热门呢。"

嘉渔几乎重复出来："你的……"

沃特却道："嗨，我发现这两年中国男子游泳也很厉害了嘛！好像有个孙杨，还有个宁泽涛？那个宁还蛮可爱的。你长得，跟他还有点像呢！”

嘉渔被他说得高兴，笑道：“哇，我很感荣幸，但我可没有他的好身材！”他忽然想起威廉脸书上的照片，一时就笑不起来，默然不语地走过去冲澡，然后打着颤下了水池游泳，游了两三个来回，也就适应了池水的温度。游完泳，冲过澡，他又去蒸汽房里去蒸一会儿。周五晚上的蒸汽房，一如整个健身馆，并没有别人。嘉渔坐在那里，听着蒸汽“嘶嘶”地喷出来，小小的蒸汽室就朦朦胧胧，如同仙界。

坐了几分钟，嘉渔全身出汗，仿佛把先前在游泳池里吸收的水和冷都逼了出来。他低头看自己的身体，隐隐约约的，皮肉脂肪之下似乎有胸肌的影子，甚至也有六块腹肌的形状，想来这两三个月坚持游泳还是有一些效果的。

热得快受不了，他依然坚持着，告诉自己等这一波蒸汽散去就出去冲澡。这时却有人推开蒸汽室的玻璃门进来。嘉渔先是诧异这个点儿还有人跟他一样有心来蒸汽浴，然后在朦胧的水汽里，辨认出沃特的身影。他把身上已经松散的大毛巾又裹紧了些。

沃特站在那里，走到蒸汽口，弯腰研究了一番，问他：“查尔斯，这个蒸汽正常工作吗？”嘉渔笑着看他，近距离惊讶于他完美的六块腹肌，指了指自己身上的淋漓大汗，才要说话，一波蒸汽忽然汹涌冒出，那响声把他们都吓了一跳。

沃特在离嘉渔很近的台子上坐下，嘉渔不自在地往另一边挪了挪。沃特坐在那里，伸胳膊拉腿，又把裹在腰部的毛巾放松，志得意满地叹了一口气，闭上眼睛，嘴角却挂着一抹莫名其妙的坏笑。

嘉渔看到他肚脐下面一条细细的黑线延伸下去，毛巾下面是他隐约的阳具外形，一时意乱，忙扭了头看墙，心想自己热得不行，得赶快出去透透气了。

蒸汽不停地嘶嘶地冒出来，沃特突然喊了一声："嗨！"嘉渔转眼看他，看见许多小小圆圆的汗珠子正在他的额头涌现，他的皮肤此刻更显白净，他笑盈盈的双眼里盛满诱惑。"Don't you feel horny？"

这又是一句嘉渔不知道怎么翻译的话。他正思考着不知怎么应对，沃特却伸出手，要掀开嘉渔遮羞的毛巾。嘉渔吃了一惊，挡回他的手道："你说你有男朋友的……"

沃特道："是呀。不过我们保持一种开放的情感关系……"说着，沃特往嘉渔身边靠拢了些，又猛然伸头过来亲了一下嘉渔，然后笑着看嘉渔的反应。

嘉渔慌乱地站起来，裹扎好挡住要害的毛巾，说了一声"对不起"，拉开蒸汽室的门，走了出去。

（十二）

在店里吃完三明治，嘉渔回去的路上正好经过电影院。他看到好几部近期播放的电影，一时心动。仔细看了看影院门口的电子布告牌，《请以你的名字呼唤我》时间不对，倒正好有一场《水形物语》马上开演，嘉渔就进去买了票。

电影讲的是一个哑女和一个人鱼的故事。人鱼恋的噱头之外，嘉渔倒感叹这世界上无非是各种各样的孤独者和他们各种各样的孤独，比如他自己曾经是一个旱鸭子的孤独，如今会游泳之后则有着一个会游泳的人的孤独。他思忖电影标题的英文原意是"水的形状"，不禁想及水容万物，按照有容乃大的推论，水也是很"大"的了。人之初，本泡在羊水之中，或者人类本就是从水中进化来的生物，不过渐渐习惯了陆地生活而已。他不久前看到微信上的一个视频，知道有一种所谓的陆地鱼，学名叫弹涂鱼，别名也叫跳跳鱼和泥猴，它们嘴巴上有鳃，腹部有吸盘，可以吸住树干，再利用胸鳍在树干上爬行。“缘木求鱼”，原来也是一种可能。

他回到家，洗漱了上床，才下定决心看他母亲发过来的信息。她在通常的询问“你在哪”“在干什么”“注意安全”之外，又送了几张图片过来，说是家乡小镇传成新闻的一桩婚事。正好高中班的群里也有人转了类似的链接，嘉渔点进去看了，才知道男主角是他同父异母的弟弟李楚樵，而新闻是他娶了个洋人女子。这个周末在家乡举办了一场别开生面的中国古典式婚礼，男女都穿中国的传统服装，男的骑马去迎亲，女的坐花轿来婆家等等。楚樵小嘉渔好几岁，大学毕业后在南京什么高校里做事，不想认识从瑞典来留学的这个金发姑娘，居然情投意合地结了婚。

嘉渔不知如何评论，临睡之前，给他母亲回了一句“别人也转了。祝他们幸福吧。晚上在外面看了一场电影”。夜里他倒做了个梦，梦见自己也结婚了，而且是一场中国古典式婚礼。当他揭开红盖头的时候，他看见了沃特，倒把自己弄醒了。

第二天去上游泳课的时候，黛珊却出现在池中继续辅导他们，只是有些闷闷不乐、心神不在的样子。大家倒是很兴奋，洋子更是欣喜万分，也在黛珊的鼓励下第一次跳了水。快下课的时候，黛珊告诉他们：“我父亲得了一次小小的中风，我不得不着急慌忙地赶回去照看他。好在他基本已经完全康复，他的女朋友也很尽力，所以过完了感恩节，我就回来了。我真的也很想念大家！”

上完课，嘉渔等他们走了才出去，果然在门口看见抽烟的黛珊，就走过去和她说话。黛珊见他戴着耳机，问他听什么呢。嘉渔摘了耳机，告诉她自己最近一直在听詹姆斯·布朗特的歌，尤其喜欢那一首《美丽的你》（You are beautiful），而油管上的官方MTV更是有意思，是歌手本人演出，他在一个雪天的悬崖上逐一脱去身上的衣衫，然后纵身跳进了身后的大海。

黛珊听他讲了，连声道："那太疯狂了！让我看看。"

嘉渔就把手机递过去给她看，又把一只无线耳机给她听。他们站在那里，一起听歌，看着黛珊投入地观看着手机视频，嘉渔不由自主地小声跟着唱了起来。

You're beautiful
You're beautiful
You're beautiful, it's true
There must be an angel with a smile on her face
When she thought up that I should be with you
But it's time to face the truth
I will never be with you

听完了，黛珊把耳机还给嘉渔，道："很美丽的歌，也有点悲伤。我以前从没听过他的歌。你说这个音乐电视的结尾到底是什么意思？是说他自杀了吗？"

嘉渔一本正经道："也许是说，我们不应该怕水，要勇敢地跳进水里去？"

黛珊道："也许是吧。这竟然已经是快十年前的老歌了。我要进去教下一节课了。"

嘉渔忽然道："你知道吗？昨天有个新电影上映了，叫《水的形状》，据说很不错。你要不要一起去看？"

黛珊愣了一下，然后调皮道："我还以为你永远不会问我呢！"

一刹那间，嘉渔感觉整个世界都亮堂起来。

2022年6月29日

（原发于北美文学家园《东西》会刊第271期）

谋　杀

（一）

这些日子，纪冰不知道自己怎么挨过来的。这个周末，她找了嘉渔无数次，微信、电话、电邮，可是他却杳无信息。一直到星期天夜里，他才回了话，说是周五晚上被朋友拉着一起到雁荡山那边玩，山里信号不好，拍照片又耗电池，后来就索性关了手机，所以错过了纪冰的问询。纪冰看到他的回复已经是纽约的早上了。

她匆忙洗漱出门，等地铁的时候，想回一句“知道了”，却终是忍了。往下城开的六号线很快呼啸着进站了。到办公室，忙定一早事务，她拿出手机，犹豫了一刻，消除了“知道了”三个字，却打了一句：“我们还是分手吧。”

打完了，她停顿和注视了许久，一直犹豫着要不要发出去。后来有个同事来找她，她狠了狠心，按了“发送”键。刹那间，有一股痛苦的快感随着血液全身流窜，让她不能自已，甚至不知道、也不记得自己和同事讲了些什么。同事离开后，她迫不及待地再看手机，就看到了两个字的回复：“好吧。”

意识到满眼的泪水就要滚落在键盘上，喉咙里也有悲伤的声响要冒出来，她匆忙起身，靠着墙疾步行走。走到最近的卫生间，找了最里头的一间，关上门，放下马桶盖，坐下，然后闷声痛哭。

哭了几分钟，有人在外面小心翼翼地问：“你还好吗？”

纪冰一边抽了卫生纸擦眼泪擤鼻涕，一边勉强用正常音调回答："我没事。谢谢！"

外面的人犹豫了一下，然后去洗手、擦手，临出去之前，又说了一句："一切都会好起来的。"

纪冰又拿出手机来看，漫无目的地查了查嘉渔回自己微信的时间：是在她的信息发出去十四分钟之后。她坐在那里发呆，想他还是思考了一会儿才决定同意分手的，心里就有几分欣慰。然后又突然意识到也许他是隔了那么久才看到她的信息，看到后立刻就回复了"好吧"的。

她苦笑一声，盯着手机屏幕看，又注意到那个句号，想嘉渔没有用感叹号或者省略号之类，那么他是冷静的，没有意气用事，但也没有意味深长的余韵和无奈。这时候，她愤恨这份靠手机和微信维系的长途关系：文字再多，也不如一种面对面的交流来得清晰明了和毫无疑义。

坐在马桶上，她漫思乱想，想要不要再问李嘉渔一些问题，比如："你就不想多问几个为什么？""你是不是就等着我提出分手、如今感觉正中下怀呢？"太多的问题让她更无头绪，而且她几乎可以想象似笑非笑的李嘉渔对每一个问题能给出的答案。

到最后，纪冰决定退出微信，关闭手机，让自己至少把这一天的工作做完，到晚上再来理会个人情感问题，再来问李嘉渔所谓"好吧"是不是对于她"分手"提议的最后决定。她把自己收拾好，回到座位上，认真处理星期一应该处理的各种数据和事务，连午饭也是在电脑前解决的。

（二）

下班后，纪冰先去健身馆跑步，跑得大汗淋漓。她安慰自己道：如果汗出得多，那么泪水一定会减少吧。冲了澡，回家的地铁上，纪冰依然坚持着不开手机，不去想李嘉渔。

到了家，她调拌了一份色拉，然后打开电视，在奈飞网上看了一会儿《女监风云》。这一集里，因贩毒入狱的阿莉克丝、有迫害狂幻觉的萝莉和心狠手辣的佛丽达一起杀掉了一个狱警，并将他埋在了监狱的小花圃里。女囚们在小花圃里培育出茂盛的太阳花。

看着电视，她倒想起不久前的一期《纽约客》杂志上的报道。报道说，美国每年有成千上万的女子在各地被奸杀，而警方往往很多年都找不到凶手。报道还说，随着大数据科学的兴起，一些破案专家开始依赖于电脑模型来侦查凶手，许多积年冷案也有了新的线索。

她莫名地想自己是否可以悄没声息地回一趟中国把李嘉渔给杀了，而这也会成为一件很难侦破的命案吗？她又想起早些年发生在普渡的那桩女子杀了男朋友、乔装男性回国被抓的命案，还有前几年新泽西一对清华的夫妇，因为离异纠纷妻子用铊毒杀丈夫的事情。

“女人狠起来，真是狠啦！”不记得是在哪里看到过的这句评论，这一刻却回到脑中来。想起母亲和父亲闹离婚的那些日子，好歹是大专毕业的母亲不也曾恨恨地在自己面前咬牙切齿吗？“要不是为你着想，我就一刀骟了他或者杀了他，和他同归于尽！”

看完电视，吃完色拉，把碗放在水槽里之后，纪冰再次打开了手机和微信。她想着，如果李嘉渔流露出一丝一毫的悔意，她也将收回自己的决定，包括自己脑海里曾经冒出的要谋杀他的想法。她将告诉他自己只是一时冲动，只是因为又一个周末都找不到他才气急败坏地说出那样的狠话，只是因为太爱他、太受不了没有他的日子才会这样患得患失。

如果他愿意，她愿意原谅他和那个95后小女生的事情，她可以放弃刚拿到手的绿卡，这就准备海归、回中国去。她要和他在中国、在雾霾深重的魔都开始一份正常的、夫唱妇随的夫妻生活。她准备好了去怀孕、去生孩子。她愿意忘记一切不愉快，给彼此一个重新开始的机会。

纪冰坐在双人沙发上，打开微信，想给李嘉渔发一个信息，打了个试探性的"可以说话吗"，却发现根本发不出去，然后注意到系统提示：对方已经把你拉黑了。

纪冰无法相信李嘉渔不想再和她有任何瓜葛和联系。她用英文咒骂了一句，就开始拨打李嘉渔的手机。起初拨通了没人接，然后是接通就挂掉。纪冰锲而不舍地拨。拨了第十次的时候，李嘉渔终于接了，嗡嗡地问她："都说分手了，还胡搅蛮缠什么？"

纪冰觉得一阵热血上涌，脱口而出道："胡搅蛮缠？你还欠我的十万美元怎么办？"

李嘉渔略带讥讽地道："不是说真爱无价吗？我又不能一夜之间卖了房子把钱寄给你。再说了，现在外汇还有一年五万美元的限制呢。人和房子都在这里呢。你啥时回来，看着办吧。"

纪冰又道："我们的裸照和视频，你都给删除了吧？"

李嘉渔几乎笑道："放心，我不是陈冠希，你更不是阿娇、张柏芝啥的！"

纪冰气急败坏道："我他妈的真想杀了你！"

李嘉渔不耐烦地道："好呀，我还正活得不耐烦、没勇气自杀呢。还有别的事吗？没事就挂了。我在厕所里接的电话，还是上班时间呢！"说完也不等纪冰回话，兀自挂断了。

纪冰再次拨回去，被挂断；再拨回去，就听到"对方已关机"的提示。她忍无可忍，大骂了一声，就把手中发烫的手机对着墙摔了出去，失声痛哭。

（三）

纪冰本来睡眠就不好，这些日子常常每天要服用一粒从医生那里开来的安定。这一夜吃了第一颗安眠药之后她依然无法入睡，只好起来又吞食了一颗。这次，她倒是迷迷糊糊地睡着了，睡眠却很浅，而且一直迷迷糊糊地做各种梦。在一个梦里，她和嘉渔打了起来。嘉渔卡住她的脖子，卡到她几乎无法呼吸。她挣扎地呼号着："我要杀了你！"

就在最紧要的关头，她遽然醒来。纪冰全身是汗，手脚都几乎动弹不得。她瘫躺在床上，大口喘气，怀疑自己是不是从梦中之梦里醒来。如此真实的梦境，让她怀疑她是不是又开始梦游。

上一次梦游发作是自己准备出国、父母闹离婚的时候。大四上学期的一个深夜，她穿着内衣走出了女生楼。虽然打瞌睡很快醒来的看门阿姨及时拦住了她，可是各种说法还是生了大脚、长腿乃至丰满的翅膀，很快传遍了校园。同宿舍的另外三个女生也开始用狐疑的眼光看她，并在背后叽叽喳喳地议论。纪冰于是干脆到校外租了房子，一心准备出国考试和申请。好在最后一年也没有什么必修课，她最终也如愿以偿，甫一毕业就来了美国读书。

这么多年来，她单身一人在美国，对人别无所求，反而再没有过梦游的经历。她也渐渐把年少时的梦游归结为家庭不和、父母不睦投射到自己心理层面的阴影。今夜这样的梦里，纪冰忽然怀疑起自己在美国这么多年难道真的没有梦游过吗？也许只是没有第三者的见证罢了。

早上习惯性地被闹钟叫醒，纪冰只觉得头疼欲裂。她想打个电话去请假，然后看见放在床头柜上被摔坏的手机，又想起今天有个颇重要的会议，就强撑着起来去上班。

到了班上，才知道他们的隔夜报表出了问题，而技术支持打了她好多次电话，都没能打通。纪冰硬着头皮去亚历山大娅的办公室，解释说自己的手机摔坏了。

性格古怪、至今独身的亚历山大娅冷冷道："你最近的表现很不好。昨天有人说听到你在洗手间哭？你知道，在工作上，我们不能情绪用事。"

纪冰想了想，道："我想请一阵子假。"

亚历山大娅说："你二月份刚回过中国，这么快就又请假。合适吗？"

纪冰豁了出去，"我这次只休一个星期。我今年还有两个星期的年假，不是吗？"

亚历山大娅勉强同意纪冰休假，还不忘威胁她不要频繁休假而影响工作表现，年终时不好交代，又要她和同事好好交接，仿佛她要一去不回似的。纪冰出了她的办公室，低声骂了一句"老婊子"。

交接了工作，纪冰就离开公司去买新手机，并执意放弃了旧的电话号码。弄好手机，她忍着巨大的倦意和头疼，从 Pret a Manger 买了个三明治，走进中央公园去。

这样一个星期二的早春下午，公园里的人并不如往常多。东南角那个小池塘在春风的吹拂下不时皱出一波又一波的水纹。那些不停试探、最先知道水暖的鸭子们，成双成对地悠哉游哉。露出水面的石头上，也趴着两三只晒太阳的小乌龟。

纪冰坐在水塘边的长椅上，想起秋天的时候。那时，她和嘉渔还那样地爱着。周末一早，她和他对着手机做爱，告诉对方怎样一寸一寸地抚摸和挑逗自己的身体，直到他们一起高潮。完了事，纪冰说要来公园晨跑。嘉渔就让她拿着手机，一路直播她经过的地方。嘉渔说他最喜欢这个池塘：那时公园里五彩缤纷的秋色正盛，池塘背后的一座小石桥更给人江南的感觉。他还说：当然，这个画面最美，还是因为有你在里面。

（四）

纪冰是前年回国时才认识李嘉渔的。她这几年成为一个网球迷，每年夏天更是狂热追看美网系列。这些年她陆续去过了辛辛那提、华盛顿DC、多伦多、蒙特利尔、纽黑文等地，每个夏天也都以在美网看一天或者两天的网球作结。看过了球，还想着看评论，自己也时不时这里那里地发表些见解，批评国内一些网站上翻译文字里的错误。认识嘉渔，就是先从微博上的互动开始。嘉渔供职于国内的一家叫“君子好球”的网站。

她在上海的时候，两人约了见面，没想到两个青春尾巴上的人居然一见钟情。看完上海的网球大师赛，嘉渔请假带她去了附近的周庄、同里和乌镇等地观光，让纪冰几乎“乐不思纽约”。

从见面的第二个晚上起，他们就自然而然地同床共枕相拥而眠，像是和生命里的另一半久别重逢，只恨良宵苦短，而他们错过的实在是太久又太多。那时，嘉渔最爱说：我们是两所一起失火的老房子。

从公园回家，纪冰上床睡了一觉，醒来时，已经是晚上快十点。她弄了一份难吃的色拉咀嚼吞咽了，想起嘉渔烧的一手好菜，而他将再不可能为自己烧菜，就恨恨地要自己记着上网订机票，要下定决心飞回中国一趟，和嘉渔做个面对面的了结。

睡觉前，纪冰对着卫生间的镜子用牙线剔牙。她恍惚地想：在美国和在中国的一个大差别，也许就是对牙齿的保护和防治了吧。她的一口牙，有三十二颗，乍看之下，依然洁白、饱满而结实，但是牙医已经半开玩笑半正经地要她更加防护周全了。也许那种渐渐老去的感觉，就是从这牙齿里开始的，而这个世界上永远有更多更年轻更美丽的姑娘。

刷牙的时候，纪冰就又想起嘉渔说《围城》里学来的俏皮话，说他宁愿变成一根牙刷，每天可以和她的牙齿与口腔有两次最最亲密的接触。有一次，他甚至坏坏地笑，用了“捣来捣去”这个词，听得纪冰满面绯红。

吃了一颗安眠药，明知睡眠难求、依然躺下求眠的时候，纪冰想他们的关系到底是怎么一步一步就变成这样了呢。去年夏天之前，嘉渔以要采访美国网球公开赛的名义去美国大使馆申请签证，却不幸被拒。为此，他们认真讨论结婚的事情。嘉渔说他没有做好准备，想不清楚他“陪嫁”到美国来能做什么。纪冰表示自己可以海归，嘉渔也不同意，道：“你好不容易熬到绿卡，再过几年就可以变公民，到时可以有更多更好的选择。何必为儿女之情而放弃这一切？”

“大家不都说‘情为何物，直叫人生死相许’吗，我一个人赖在美国又有什么意思？我愿意为你放弃这一切。”

嘉渔就笑她：“到底是妇人，到底是妇人之见。我何德何能，何敢劳你做这样的牺牲？算了，还是我努力努力学学英语吧。其实，我上大学的时候，就发现自己最感兴趣的两个专业，一个是考古学，一个是法律。考古看来不大可能了，不如逼自己一下，去美国读个法学硕士吧。为了我，也为了你！”

纪冰喜不自胜。这么多年来，她读书、出国、上班，不过是为了一个人的逃离和到达，从没想自己的努力对别人有什么意义。当嘉渔说愿意为了她而努力、而逼一下他自己的时候，她才知甜蜜也是一种可以在血液里流窜的电流，让人狂喜而麻木，失却最基本的判断力，同时又是这么美好的感受。

结婚、海归、移民、考英语的讨论就这么一会儿想起来，一会儿又被放下。嘉渔说上海房价又要迎来一波上升期的时候，纪冰毫不犹豫地把自己近10万美元的积蓄分批汇给了嘉渔，帮他在上海浦东买下了一个两室一厅的公寓。

躺在床上，纪冰漫漫地想这些事，然后想自己为什么惦记着钱，怀念着她在遇到嘉渔之前的不解风情，追忆着一个人独身时候心如止水的单纯和无聊。嘉渔改变了她的生活，是好的改变，可是现在要分手了，她不得不想，一直保持那样的单身狗状态，对于自己这样的人，会不会是更好的、未曾选择的林中的另一条道路？那样的生活和状态，她知道自己是再也回不去了。

她在床上辗转反侧了一个小时，到底睡不着，就起身，开灯，打开电脑上网，订机票。虽然第二天出发、两天后又要返程的机票要价三千多美刀，她还是下了单。

关上电脑时，她喃喃自语了一句：“你谋杀了我的爱情，我要谋杀你的肉体。”

（五）

睡不着的时候，纪冰就想着春节时飞回去和嘉渔团聚的事情。她在老家陪母亲和继父几日，其余时间都在上海和嘉渔厮混。要回美的前一天晚上，嘉渔在网上直播了一天的网球赛事，回来不久就睡了。纪冰百无聊赖地躺在嘉渔身边，听着他的鼾声，忽然心动，拿了他的右手食指，轻轻在他苹果手机的圆形启动钮上按了一按，就顺利解锁。

她好奇地查看他都装了哪些应用，包括各种网球新闻和网球游戏。纪冰打开他的微信，翻看了几条最近的消息，有他的记者同行问一个法语词怎么翻译的，又有大学同学问他知不知道某某被抓起来的，还有同事之间关于哪里午餐之类的。

她看了几眼，没什么兴趣，却漫无目的地上翻下翻。又转到联系人一栏，查看他有多少联系人，居然正好是789，纪冰不由想笑。顺手往上，就看到一个头像似乎很暴露的联系人。点进去一看，果然那叫“天使爱美丽”的女孩只穿了一件白色小背心，乳沟若隐若现。她的朋友圈里都是打球、约球的消息，有时候就是赤裸裸的一句：“睡不着。约吗？”

纪冰点进这个女孩和嘉渔的对话框，惊讶地发现一些历史记录，其中不少又是语音留言。她一时不敢播放，点了一条翻译成文字，看到这么一句“星期天晚上一起打网球吧。然后可以一起吃顿饭”什么的，倒也平淡无奇。再往上翻，却赫然看到这一条文字留言：“我忘不了昨天晚上。你的欲望在我的嘴里骄傲地膨胀、坚硬起来……我从来没给别人这么口过。我感觉自己好像一个女学生，那么希望让你满足，让你愉悦，让你享受一个男人的快感和尊严……”

纪冰脑子里一阵热血上涌，几乎不能相信自己的眼睛，恨不得立刻播醒李嘉渔，问他个明白。她又自知理亏，毕竟是偷看他的微信，就下床来回走动，不小心脚下碰着嘉渔有时在家耍耍的一对哑铃。她费力拿起一只，看了看，原来有十公斤。有一瞬间，她掂量着那只哑铃，掂量它有没有能一砸而致人于死地的功效，然后被自己的疯狂惊吓住，恍惚之间失手丢了哑铃，却几乎砸着自己的脚趾，而嘉渔一直鼾声如雷地睡着。

纪冰到底是忍住了，几乎一夜无眠熬到天亮去机场。嘉渔感觉到她的异样，却也不及询问。出关之前，纪冰终是说了冷冷说了一句：“我昨天看了你和天使爱美丽的微信聊天。”

一程争执和冷战之后，李嘉渔向纪冰解释他和那个95后女孩完全是酒后乱性，她应该看到他后来对那个女孩不冷不热的态度和回复。纪冰选择了原谅，却从此难以信任嘉渔，常常时时刻刻地追查嘉渔的行踪。她自己疑神疑鬼，觉不好饭不香。嘉渔也越来越不耐烦，说她是“冰”，自己是“渔”，他正在被她“冰”住，失去自己的自由。纪冰因此更觉得有必要要追问、要解释、要束缚，陷入一个无法自解的死结，而那个死结越拉越紧。如今她几乎感到那粗粝的绳索已经在摩擦着自己的脖颈，而她无法放弃绝望的努力和挣扎。

（六）

纪冰又一次从梦中惊醒。这一次，是两个美国侦探来拜访，说要问她有关亚历山大娅被谋杀的问题。奇怪的是，他们都用中文问她问题。他们问她为什么突然变更了自己的电话号码，纪冰嗫嚅着回答不上来。那个女侦探就站起来，逼视着她：你为什么突然回中国？你一定在隐瞒什么，是不是？

醒来的时候，她觉得这样的梦境很可笑，却开始怀疑过去几天自己到底有没有回过中国。有些事情仿佛电影场景存储在她的脑海里，但断断续续，让她疑惑自己是不是梦游着回了一次中国。

她记得自己在机场被安检打开箱子检查，那个男性安检戴着手套，将她小皮箱里的一匝避孕套提起、查看、放下，又诡异地一笑。她几乎无地自容，却又装出若无其事的样子。

她记得嘉渔回家时看见她坐在客厅等他，既吃惊又似在意料之中的样子。她记得他们之间的每一句对话。

"在纽约，我觉得很孤独。"

"那么激动人心的城市，你却在那里孤独着……孤独是可耻的。"

夜里，床上，他也不拒绝她。

她说："这是你说你喜欢的、美国的特洛伊牌子。你不爱我了，还可以跟我做爱？"

"人家谁谁说过的，我们是男的，反正不吃亏。"

她记得嘉渔沉睡的样子，似笑非笑的表情一如从前。那一对各重十公斤的黑色哑铃静静地躺在墙边。她犹豫着，不知道应该选择其中的哪一只……

一击之后，她看见嘉渔的头歪到一边去，几乎没发出任何声响，被砸中的太阳穴诡异地变青、变紫、变红……

她记得重入美国的时候，海关官员给她盖章，然后不经意地评论道："你过去一年回了三次中国嘛！"

她记得回到纽约的公寓，吃很多的安眠药，睡觉。她记得她觉得一切都没有意义。回到美国还有什么意义呢？活着还有什么意义呢？

梦醒的时候，是下午时分。纪冰觉得从来没做过这么多这么生动的梦，也从没睡过这么久的觉，过去几个月失去的睡眠似乎都已经被补了回来。她感觉前所未有的饥饿。这饥饿再不能用另一餐色拉来解决。

她坐地铁去华埠，准备买一条活鱼回家，清蒸或者红烧。杀鱼的师傅从鱼缸里网起她指定的那条鱼，倒扣在案板上。然后，他拿起一只沾满鱼鳞和血迹的小榔头，以一招毙命的态度和力气向那条还在挣扎的罗非鱼的头部砸下去。纪冰别过头去，在熙熙攘攘的超市人流里，痛苦地闭上了眼睛。

（原发于《文学港》2020年4月号）

出　轨

(一)

一早，献科先开车把黛珊送到本镇的火车站。到了站，才七点三十四分，黛珊要坐的火车还有四分钟才会到。外面天寒地冻，残雪犹深。黛珊松开了安全带，不出去，只拿了手机把玩。她一路看着手机过来，因此并无新的讯息。她扭头看一眼驾驶座上的献科。献科也正迫不及待地拿了手机出来，不晓得看新闻还是微信，却不动声色，完全没有意识到黛珊的注视。黛珊不由轻轻地叹了一口气。

很快，火车鸣笛就远远传来。黛珊精神为之一振，咕哝了一句："今天看来很准点。"献科抬头看一眼外面，并不搭话。黛珊收了手机，戴了手套，开门出去，然后一路小跑着去站台。到站台上站定，她回头瞧瞧，隔着自己呼出的水气，看见献科的宝马已经跑到停车场那头，等着右转上大路了。黛珊若有所思，心头又冒起那个古怪的念头：如果自己就坐着这趟火车离开、再不回来，献科还能对自己这样视若罔闻吗？她微微苦笑，在七八个等车的人群里一时若有所失，却还是莫名地兴奋起来。上了火车，她坐了自己常坐的位置，把手提包放在旁边的座位上，就拿出化妆镜来稍微补下妆。

她挑剔地检查一番镜子里的那张脸，末了，还是满意地微笑了。那张脸经历了四十年的风霜雪雨，从大陆到美国，从西海岸到东海岸，从二十年的寒窗苦读到过去十多年的职场打拼，从花季少女到窈窕淑女再到中年大妈……想到“中年大妈”这个词的时候，黛珊有些吃惊，不由得再看了一眼镜子里的脸，心想：老天待自己不薄，镜子里的脸，非说是三十岁少妇乃至二十郎当大姑娘的，大约也不会有人质疑，但每次跟人说自己年届不惑的时候，还是会惹来一番若嫉若夸的赞叹和不相信。

黛珊收了镜子，目光又落在自己的手上。她手指纤长肤色白皙，这么多年来一直是被人夸奖的身体部件。她想想就发笑，因为这双手，她才晓得还有“手若柔荑”这么个词。前几年丹尼尔刚跟着希瓦兹学钢琴，那犹太女人就对黛珊道：“哎呀，看你的手指，不弹钢琴真是可惜了呀！”黛珊几乎动了跟着丹尼尔一起学钢琴的念头，却到底没能坚持下来。黛珊不习惯戴戒指，因此一直素手面人。其实也不算“素手”：在纽约上班以后，她倒是养成了涂指甲油的习惯。这些日子，她喜欢正统的大红色，一双手乃至整个人，都因这十枚火红的指甲而更加年轻热情起来。

这个冬天的早晨，黛珊看着自己红红的指甲，忽然联想到这颜色与其说是火红，不如说是血红，两相比较，这红应该是更接近血的颜色吧。说起来，黛珊是个轻微的晕血症患者。令她庆幸的是，作为一个晕血症患者，她只有看到别人身体有鲜血流出时才会心急眼跳，至到晕眩昏迷，而对自己身上的出血事件或者静态的血浆并不会有出格的反应。

黛珊看了一会儿自己的手，就无谓地叹了口气。火车已经到了海德公园这一站，她就目不由己地往站台上看。乔治果然在那里等着车。乔治果然在靠近她座位的这个门进来。乔治果然“装模作样”问她边上有没有人坐。黛珊不说话，只把自己的包移开，放到腿上，然后佯装看手机上“商业内幕”的新闻。乔治说了声“谢谢”，就脱了大衣坐下来。她闻见他身上强烈的香水味道。

火车再次开动时，她转身看了看似乎还在到处找东西的乔治，然后注意到他有些囧有些发红的面色，再然后注意到他鼻尖上有一滴清水鼻涕几乎要掉下来。她想了想，忍住笑，从自己包里拿出两张面巾纸给他。乔治接过去擦了鼻涕，笑着道："哦，这真是太尴尬了！不过非常感谢你！"

黛珊不接他的话头，只佯装看车窗外的风景。边上的乔治也就拿出手机看讯息。黛珊一时就只听到火车轮子和铁轨不停撞击的声响，仿佛她自己的心跳一样，那样地快，但又紧挨着既定的轨道向前。她挪了一下身体，不经意间就碰着乔治的胳膊。乔治礼貌性地说一声"不好意思"，往外侧象征性地挪了挪，两个人又互相笑笑。黛珊心底有种甜蜜混合着痛楚的感觉升涌起来，几乎一直要涌到她的喉间来。她在心里说："你一定是疯了。"

(二)

黛珊其实并不算认识乔治。

黛珊也不知道自己是何时开始意识到乔治的存在的，也许就是初秋生日那天吧。她一直坐早上七点三十八的车去上班，晚上则一直是五点四十八的车回家来。四十岁生日那天，她尽力淡化这个生日对自己的心理冲击，按点上班下班，把日子过得和平常并无两样。在回家的车上，她却忍不住一路沉思，望着窗外飞驰的树木、房屋，想十七八岁的自己和朋友曾经感叹过了三十的、中年人的人生该是何等无趣，而如今自己居然就要进入不惑之年了。

到海德公园那站，黛珊意识到那个坐在自己身边的大胡子男人下了车，却没想到在站台上行走的他回头透过车窗专注地盯着她看。接触到黛珊偶然投出的目光时，他忽然不好意思地转身看另外一边。黛珊注意到这个男人刚开始脱发，脑顶上正露出一小圈头皮来。他转身走下站台的时候，黛珊看到他结实圆翘的臀部随着他走下台阶而有节律地颤动，一时想到英文短语“踢屁股”(kick　ass)，想到微信群里语不惊人死不休的那个克劳迪娅的话：“有些男人的屁股真好看，让我忍不住想踢他们的屁股！”

黛珊被自己的胡思乱想吓了一跳，目光却随着那个男人的身影向前，就看到车站停车场外面的那一座墓园。一排排墓碑在秋天的夕阳里整齐有序地排列着，安宁而美好。有些碑前还有五颜六色的花束供奉，只不知道是真花还是假花。

黛珊叹了口气，看手机里的信息，有好几个朋友祝她生日快乐什么的。献科也发了条信息：“今天四十岁。想怎么过？”她打了几个字：“有什么好过的。”献科回了个笑脸，又写：“买个蛋糕，还是买束花？”黛珊蓦然想及墓园里那些墓碑前的花，又往外看了一眼，火车却早已经开离了海德公园。她回道：“算了吧。”献科就道：“看来你是明白了！不惑了！”

凭心而论，献科大概可以算是不错的丈夫了，至少还记得自己的生日，至少还能或真或假地问自己一声是要鲜花还是蛋糕。毕竟是十年的夫妻下来，似乎要说的话都已经多多少少地说完，能改变的个性也都多多少少地改变了，剩下的就是两个人模式匹配地生活着，围绕着儿子生活着，活着。黛珊有时想，英文短语有意思，比如他们不说“爱上”，而是“爱进”“爱下”，所谓的“fall in love”，一个“fall”字，翻译成“掉”也罢“跌”也罢，都是对于人生常态的一种冲击，暗示了一种惊悚和刺激。

第二天工作有点忙，黛珊本要推迟一点下班，却忽然想起什么，就匆忙跑到宾州大车站去赶五点四十八的车。等她坐定，回头一看，果然看见那个大胡子男人站在车厢的过道处，戴着耳机，身体微微地跟着音乐晃动。黛珊看见他脖子上挂了一根细细的金链子，随着列车缓缓驶出站台，那条金链子也时时反射出星星点点转瞬即逝的光芒。黛珊不时抬眼偷看，却无法判断这个人的年龄。一脸的胡子仿佛让他老气横秋，但仔细了看，他的胡须是仔细修剪的，而且并没有灰白色夹杂其间。据黛珊的经验，四十岁往上的白人男子往往是被他们发根变白的胡须最先泄漏出年龄来。这么说来，眼前这个跟她隔着十来尺距离和七八个同车乘客的陌生人，目测应该是不超过四十岁的。有那么一刻，她看着想着，大约出神发呆，忽然看见大胡子粲然一笑，露出一口整齐洁白的牙齿，仿佛是有意回应黛珊对他的凝视。黛珊吃了一惊，连忙移开了自己的视线。

就这样，这个一脸大胡子、刚刚开始脱发、年龄未知的男子经由每天的通勤火车进入了黛珊的生活。黛珊开始迷信地挑固定的车厢和座位，而这个男人就几乎很有规律地会选择坐在自己身边的座位上。有很多次，他们并排而坐，黛珊有时拿一本中文书出来看，就会感觉到他好奇而佩服的偷窥，黛珊只佯作不知。

自然，黛珊也伺机开始反偷窥行为，且收获颇丰。她最早看到他在手机上听的歌曲，有什么"上班第一天"之类的曲目，倒让她疑窦丛生。有一次他接一个电话，来电者显示为"生命给予者"(Birth-giver)。黛珊想了半天，忽然明白那应该是指他的"妈妈"，不由发笑，却又不得不猜测他真实的年龄。

这个谜题却也很快解开。有一次，他闭了眼睛听音乐，却把皮夹翻开了放在腿上，这样查票员看到他皮夹里的火车票就不必惊动他。没想到的是，他皮夹的另一面放着他的驾照，于是眼尖的黛珊看到了他的姓名和出生年月。黛珊从此知道他叫乔治，也知道他是一九八八年六月生的人。只是想到乔治比自己小了整整十二岁，黛珊不由得倒吸了一口凉气。

（三）

黛珊在网上查乔治的名字，颇有几个同名的人，但是住在海德公园的也就只有两个。黛珊很快就锁定了其中之一。乔治有脸书户头，但并不怎么更新，里面的头像大约是他更年轻时候的照片，头发丰密，脸颊光洁，倒更像个半大孩子的形象。他喜欢打鼓，喜欢健身，闲时去福利院看孩子，如今在一家银行上班……黛珊不忍再看，关闭乔治的脸书页面的时候，心里头禁不住爆了一句粗话。

过了感恩节，天气真正冷起来。黛珊把自己的作息时间稍作调整，倒有两个星期不曾在火车上见到乔治。她的心却安不下来。那一阵子，微信里忽然到处传那么个帖子，说法国政坛有个新秀马克龙，很有可能问鼎法国总统宝座，而他的太太曾是他的中学老师，比马克龙大了二十四岁。黛珊看到这消息，先是发呆，继而冷笑。微信群里的一帮女人讨论得热闹，更有人拿身为老师的一两个女人开玩笑。大嘴的克劳迪娅又发表高见道："其实这也没啥稀奇的。咱们亚裔女人有这等魅力的也不少，比如王薇拉六十六岁不还和三十岁的滑冰王子好上了嘛；还有邓文迪和默多克离了婚不也不断和各种小鲜肉传绯闻嘛……"

有一天，黛珊又坐了晚上五点四十八的车回家。她起初没看到乔治，心里头又遗憾又有点轻松。却不料到了木边站的时候，她抬眼看见乔治从另一节车厢推门走了进来。黛珊一时愣住，两个人四目交接良久，互相探究着为什么。黛珊到底坚持不了，就流转眼波去看窗外景致，却不料鼻子发酸，眼中有泪，自己忙着拿出面巾纸，又装作轻描淡写地擦了鼻子和眼睛。这一程，乔治就站在过道里，每次黛珊抬眼偷瞧他，就会遇见他似是问询的目光。黛珊又忽然想明白，他其实很可能是从好几节车厢一路查看过来、一路寻找自己的。想到他过去两个星期可能每天都在这么满火车地找她，黛珊心里的甜痛交织纠缠，让她头皮发麻发紧。她几乎要低声对自己道：林黛珊，你真是疯了！

黛珊又恢复了本来的时间表，献科倒疑惑她为什么换来换去，害他早上也要跟着调整时间送她去车站。黛珊道："这几天又适应了冬令时嘛！"每天早晚，总会有遇到乔治的时候，他们的目光也总会有意无意地交接和碰撞。这样的交接和碰撞，慢慢地倒像是变成了习惯，而周末两天就成了有所思念的日子。转眼到了圣诞和元旦，黛珊也坚持天天去上班，对献科说把假期攒下，可以来年夏天回国休假再用。那两个星期，乔治却一直没有出现。黛珊每天患得患失，过节也过得心神恍惚，心里明白乔治大概是出门度假去了，却又几乎无法接受这样的现实。

新年过后上班的第一天，黛珊又见到乔治。她上车时，他已然坐在座位上，黛珊勇敢地走过去，问他："我可以坐里面那个靠窗的座位吗？"乔治停止咬指甲，侧过双腿，满眼是笑地看着她道："当然！"黛珊心跳怦怦，甚至能感觉到自己的大衣摆掠过他的膝盖。她坐下后，又说了一句："谢谢你！"乔治说了句："我很乐意！"就又开始咬指甲，黛珊一时倒恨不得要掰开他的手，叫他停下来。

有时候，黛珊会怀疑自己的一切判断，他的目光，也许只是一般的好奇罢了。有时候，她又想日子就这么过下去，是不是也蛮好？和这个陌生的乔治，除了这样一些暧昧，她又还能指望什么呢？都说白人男子要比中国男子开放，可是她实在看不出他什么时候会有破冰的行为。克劳迪娅曾说：“很多白人男子对亚裔女子有兴趣，是因为他们是藏在柜子里的同性恋，而不是真的爱亚裔女人。”她有时想自己是不是宁愿乔治是同性恋，却又觉得这种无厘头的想法怕是辜负了乔治的一番情意。但是，她自己又能怎样呢？这一切，也许不过是她这个已届不惑的女人的一些不切实际、不负责任的胡思乱想罢了。她甚至想，这是不是自己提前进入更年期的一种征兆，又或者是女性中年危机的一种情愫需要？

(四)

这个早上，坐在乔治的身边，黛珊看着窗外不断变化的冬日风景，不由又想起夜里所做的梦。在梦里，她和乔治所坐的火车一直没有停下来，窗外绿色的风景不停地向后飞奔，但前方又只是永恒不变的绿。她摇摇头，想甩开这个梦，甩开这些梦的碎片。她转眼看乔治，发现他倒又在看詹姆斯·帕特森的“Lost”，自己就也从包里拿了一本中文书来看。

长岛火车出问题是常态，以至于大家早已见怪不怪。这个早上如此准时、一直不停地匀速前进，倒让黛珊有些惊讶。火车快进站的时候，黛珊看了看表，感觉比平常既定时间还早了两分钟。她自言自语道：“真奇怪，今天火车好准时！”乔治合上书，笑道：“可不是嘛！”对面一直打着呼噜补觉的一个中年男子醒过来，双手抹了一把脸，质疑道：“我们已经到了嘛？！火车还在快跑呀！”

就在那时候，黛珊也意识到火车在不正常地飞速前进。她原本已经跟着乔治站起来，却又犹豫地坐下，并下意识地抓紧座位扶手。她还没来得及细想，站台上就已经传来惊呼声，窗外突现的站台上火花四溅，而火车明显偏离了轨道，朝着站台直直地撞了上去，然后无奈地减速到终于停住。车厢里惊叫四起，对面的人和身下的座位一起弹跳起来，向着黛珊这边翻压。乔治本已经站了起来准备穿大衣，头顶的行李架被挤压得变形、坍塌，然后砸在了他的头上。黛珊看见一道鲜血从他短短的头发底下飞快地冒出来，沿着他的前额，顺着他的鼻梁，流进他被浓密络腮胡掩护着的嘴巴……

黛珊的意识一片模糊，她想自己是不是永远失去了向他表白的机会，而她自己也很快倒在了座位上。仿佛过了很久，又仿佛只是几分钟，黛珊在朦胧中感觉到有人趴在自己身上，拼命地亲吻自己。她遽然醒来，发现自己平躺在车厢地板上，而守在她身边的几个同车乘客忽然满面笑容地热烈鼓掌。乔治跪在她身边，脸上的血迹已干，他白色衬衫上满是不规则的血印子。看见黛珊睁开眼睛，他也如释重负，道："我试图给你做人工呼吸……看上去真的很吓人……我自己一下子也蒙了！"边上有人夸奖道："伙计，你是英雄！"黛珊试图坐起来，乔治就一手撑地，一手来拉黛珊。车厢的门突然打开，一帮急救人员抬着担架闯进来，大声喊着："有人受伤吗？有人需要帮助吗？"

黛珊并无大碍，跟着一众人等去做了一番常规检查，就被告知可以正常上班或者回家，又给了一堆联系信息，说万一任何人有任何需要，可以如此这般地联系捷运局特别事故处理委员会。走出车站的时候，乔治忽然道："我还从来没问过你的电话号码。经历了这么一场生死悬于一线的事故之后，我想我们应该保持联系！哦，对了，我叫乔治！"

那天晚上，洗漱完毕后，黛珊终于忍不住对献科说："今天火车出轨了！"献科漫不经心地道："噢？这火车不出事才是新闻呢。听说了啊，不是没什么伤亡嘛！”黛珊泫然欲泣，几乎有些咬牙切齿地道：“如果是我出轨了呢？”

（原发于美国《汉新》月刊2017年11月号

获第25届汉新文学奖小说类第二名）

莎 拉

午饭时，他照例一边在办公桌前吃色拉，一边看彭博终端上的市场新闻和大盘走势。莎拉拿着笔和笔记本，开口又喊他“哥”，然后装作吃惊地发现他正吃饭的样子，作势要往回走。他忙把吃了一半的色拉放在一边，拿张餐巾纸擦了擦嘴，示意莎拉留下。周围没有空余的座位，莎拉就半蹲半跪在他椅子边上，看他在屏幕上给她调试程序。他看莎拉是否理解时，就不可避免地、居高临下地看到她的胸部，每每忙着把目光转回到屏幕上。

演示过程序，莎拉又对着记事本一二三四五地问些问题。他心不在焉地答，却注意到她今天的指甲涂成了粉绿色。莎拉听了他三言两语的解释，频频点头表示懂了，临走时又嫣然一笑道：“哥，谢谢你！”

莎拉走后，他继续吃午饭。想想觉得好笑，因为自己的名字是一个单字“歌”，在美国就这么成了许多人的“哥”。却又不知道为什么，自从莎拉进了本组，每次听她喊自己“歌”，总有些不能言说的嗲味在里头。莎拉刚刚硕士毕业，面试表现也只能说一般般，照理是拿不到这个一般只招博士毕业生的职位的。他最后还是拍板招了莎拉，他们也都说：“我们组需要一个女的！”当然，莎拉长得性感漂亮，但是大家都政治正确地不予点明。

吃完饭，他莫名地觉得烦躁，就穿了外套出来走走。转到46街和麦迪逊大道的街角，赫然看见男装店里的橱窗里模特身上穿着一件得体的雪花呢大衣。他不由停下来，多看了两眼。原来这男装店名字叫“Sarar”，他心里寻思这名字跟“Sarah”倒是很接近，又疑惑自己以前怎么一直没注意到这家店面。想去，这些年他的衣服都是太太如蕙买，他自己则几乎从来不进服装店。如此说来，从不曾注意这家男装店也没什么好奇怪的了。

莎拉男装店橱窗里的那件雪花呢大衣剪裁得体，面料上乘，雪花布纹也好，不像一色的黑或者灰那么呆板，又不像一般的雪花呢给人以浮躁和花哨的印象。他在外面来回走了几步，看了看橱窗里陈列的其他物件，诸如西服、皮鞋等物，都似不错，就走进店里去瞅瞅。

一个本来正在看手机的女店员抬起脸来，给他一个唇色鲜红的笑，又问：“您好！需要什么帮助的话，请尽管跟我讲！”

他点了点头，说先看看，店员也就继续低了头玩手机。看了看店里的摆设：中间的柜台上摆着各色各样的衬衫和领带，尽头处是皮鞋、袜子、皮带等物，靠墙挂着的则是西裤和大衣。他看得有些眼花缭乱，心想如蕙每次是怎么在这衣装的海洋里给他挑出合身搭配的行头。好在她几年前就辞职在家，有的是时间和闲情吧，所以记得他的腰围和脚码等等细节。

他踱了几步，找到靠墙挂着的那款雪花呢子大衣，统共只有三件，一件小号，两件中号。他寻思着，拿了一件中号的。

店员不知何时已经转到他身后，问道：“您要试试吗？这边有个试衣间。”

他点点头，就随她走到尽头的试衣间。进了试衣间，他脱了自己穿着的加拿大鹅羽绒服，疑惑地看自己微微挺起的肚子，心想是不是刚吃午饭的缘故。他把大衣套上身，钮扣却系得有些费力，不得不用力收了收肚子，然而这件大衣却是不藏肚子的，鼓鼓的一个肉包凸立于身体中部，让他忽然仇恨起中年和脂肪。

他对着镜子往上看了看，发现这雪花呢和自己两鬓黑白相间的头发几乎连成一体，让他联想到白色头屑沾满衣襟的惨态，完全不是橱窗里那个光头、无脸男模穿着的精干和潇洒。他又努力收腹一次，把大衣领子下拉一番，效果还是差强人意。他叹了口气，慢慢把大衣脱下来，又换上自己的加拿大鹅羽绒服：到底还是如蕙有眼光，这件羽绒服又暖和又贴身，今年曼哈顿的街头到处都是穿着这款羽绒服的男男女女。

他把衣服放在试衣间门口，看了看表，已经快两点，就忙着往外走。年轻的女店员笑问他："不合身吗？我们还有许多其他衣物供您选择！"

他挥了挥手，说："不了。谢谢你！"他一边走，一边想：也许是该找个机会让莎拉少来麻烦自己了，或是让安东尼做她的老板，或是让她换个组吧。

晚上到家，吃了晚饭，照例是帮十岁的儿子检查作业，督促他练钢琴。诸事完毕上楼洗漱，再催促着儿子睡好，也就是十点多了。这些日子里，如蕙容易疲倦，总是早早休息。他倒乐意再在书房里呆会儿，拥有二三十分钟完全属于自己的私人时光。

上了床，他想就着床头灯看页书。假寐的如蕙凑过来，搂着他道："你都没问我今天的检查结果呢？"却不等他回应，又得意笑道："恭喜你四十岁又要做爸爸！咱们还真赌着了，是个小棉袄！"

他一时有些嗫嚅，不知该如何表达自己的兴奋、紧张乃至尴尬。如蕙又道："你说，我们叫她莎拉好不好？"

（原载于《百花园》2017年11月号）

狗嘴象牙

（一）

星期五傍晚，谢楚樵从波士顿去纽约。上车之前，他买了一份中文《世界日报》，准备做路上消遣的阅读。这家叫风华的运输公司，这两年的业务看样子是蒸蒸日上，载客的车从小型货车到中客再到大客，谢楚樵几乎是看着它一路升级和发迹上来的。然而仔细去想，却又弄不清楚他们究竟是什么时候鸟枪换炮的：恍如生活里的变化，就像不知道什么时候他和小瓷似乎已经“习惯”了波士顿和纽约间的“长途”关系。当然也许是“厌倦”。谢楚樵被自己的这个想法吓了一跳，同时又觉得有点畏疚，就忙着趁外面还亮着的天色来看报纸。

他浏览完了各类政治新闻，美国的、大陆的、港台的，似乎跟自己都很关切，却又都很遥远。倒是又胡思乱想了一阵子各种国家大势大事，仿佛事事关心，又仿佛事事与己无关，最终也就是叹了一口气。他接着看娱乐新闻，又是谁和谁分手、谁和谁秘密约会被狗仔队偷拍什么的，一边笑骂，一边还是津津有味地看完了那些八卦。

大致翻完了报纸，车也出了城。谢楚樵翻报纸的当口，注意到身边坐着一个橄榄色皮肤的女人，就着暗淡的光线在看书。他就小心地把报纸压低，让窗口的光亮无遮拦地传递到女人的书本上。女人似乎感觉到变化，抬头对他一笑。谢楚樵匆忙回了一笑，就又开始看一些内版的社会新闻。大陆的版面上，倒有一条有趣的，说现在中国各大医院接受亲子鉴定的案例越来越多，几可称“火爆”。文章又说：“有关人士认为，‘亲子鉴定业务’的火爆从一个侧面反映出当前社会家庭关系的不稳定，很多家庭存在着信任危机……”谢楚樵不禁莞尔。

外面天色渐渐暗了下来。谢楚樵已经看不清楚报纸，也就摘了眼镜来擦拭，借机多看了两眼边上的女人。她看着倒是很像亚裔的，肤色之外，脸型、头发都不像白人的，却又不全像亚洲人，具体不像在哪里，他却也想不出来。女人戴着一对棱形的耳环，质地倒也罢了，却是那形状，不同流俗，摇晃之间，似乎也比一般的圆形耳环多出了一点别样风韵。女人看一本书，谢楚樵费了半天工夫，才看清楚是一本关于舞蹈的教科书，更觉惊讶，心里猜测她必是哪个舞蹈学校的，学芭蕾舞什么的。

女人似乎也看累了，合上书，闭了闭眼睛，然后看窗外。楚樵也就跟着向外看。天边正是红彤彤的一片，偶有几朵飘流的浮云也染上点羞色。路边的树影都开始由绿变黑，变成一丛一丛惹人联想的剪影。小车大车在两边道上呼啸而过，仿佛在为一个繁忙的周末加注脚。

看了会儿，他转过头来，见那女人虽然还在看着，却不是那么专心致志的神态，他就壮了胆子鼓足勇气，问她道：“你不是中国人吧？”

女人说不是。楚樵就又问她怎么知道中国城这便宜的长途巴士的，女的就说听朋友讲的。两人打开了话头，就聊了起来。

谢楚樵这才知道女人原来叫玛丽亚，从秘鲁来的；又说她老公是智利人，两个人在纽约的地铁站里跳舞讨生活，准备在纽约待一阵子后再去伦敦、巴黎、罗马的大街上和地铁里跳舞。谢楚樵内心暗笑方才自己对她职业的美丽幻想，却还是礼貌地保持着谈话，听玛丽亚讲他们秘鲁人如何重视传统，而智利人比较开放，因此她和老公乃至双方家庭常常会有各种各样的矛盾……

刚过八点时，汽车在一个路边的麦当劳停下来，让大家稍事休息，众人就排队去厕所，然后排队买吃的。谢楚樵要了个汉堡，当了晚饭。飞快吃完了，又给小瓷打了个电话，无非是告诉她自己十一点才能到她那里。小瓷正跟什么朋友在下东城的一个酒吧里，也不知道是不方便讲话，还是听不清楚讲话，两人不过空喊了几句。楚樵本想问她到底有什么事情要告诉自己，想想也就两三个小时的路程了，到了纽约再说吧，因此说了句“再见”也就挂了。

再上车，楚樵和玛丽亚说了几句闲话，也就没什么好说的。车里车外都是昏暗一色，外面只有单调的车流声音，里面的乘客却十有八九在打瞌睡，前面有个女的在用广东话打电话。楚樵试了试顶灯，果然太暗而不适合看东西，也就死心，闭了眼睛准备睡一会儿。只一会儿，却觉得右边肩上沉重，脖间又痒痒的，睁眼一看，原来是玛丽亚打瞌睡倚到他肩膀上了。他想了想，也不去推她，就继续闭眼求眠了。

到了曼哈顿大桥桥塊下的车站，正好是十点过了些。下了车，大家就四处散了。楚樵和玛丽亚一起沿着行人冷清的运河街走到伊丽莎白街，她也就要向南去，两人就互道“再见”。楚樵一边往六号地铁站去，一边假设和猜测自己跟玛丽亚要电话号码成功的可能性和荒唐性。快到车站时，抬头一看，倒见一弯月亮挂在西边，不觉停下多看了几眼。

(二)

等他转换地铁到了小瓷在上东城的单房公寓，已经是十一点多些。放下背包，他就不由自主开始收拾零乱的房间。一边收拾，一边觉得可笑：仿佛大家在这方面都是“严于律人，宽于待己”。小瓷每次去他那儿，总是骂他脏乱差的，也总忍不住要把他的脏衣服归类到洗衣筐去，把沙发上的靠背放得整齐规矩，把他摊在厨房柜台上的碗碟放到壁柜里……自然在收拾的过程中，也不时可以发现一些小秘密，比如双方过去一两个星期里新买了什么东西，买东西的账单，吃饭的账单，一般来说没什么价值，但是总因此让人好歹有点踏实的感觉。

楚樵匆匆收拾完了，就去洗澡，洗完了，小瓷也已经回来了，正光着脚坐在床上看电视。小瓷穿着简约的黑色衣裙，一头黑发精心地零乱着，戴了隐形眼镜的眼睛里又流露着一点水汪汪的疲态和慵懒。

楚樵看在眼里，心里不是特别舒服，却故意眯起眼睛笑道：“耶，今天晚上很性感嘛！”

小瓷兴奋道：“真的？——头发再擦擦干！”

楚樵就又一边拿毛巾擦头发，一边取笑道：“没看我没戴眼镜嘛，雾里看花，总是朦胧美！”

小瓷不满地“哼”了一声，就下床往卫生间来，嘴里道：“就知道你狗嘴里吐不出象牙来！我也赶快洗了睡觉了，困死了——你不觉得，有人觉得！哼，今天差点儿带了个帅哥回来！”

楚樵摸了床头柜上的眼镜戴上，拿着毛巾返到卫生间门口：“那怎么没带回来啊？”

小瓷正在用牙线，瞄他一眼，又抽空道："心情不好！——今天晚上真的碰上这种美国人呢。就跟他说了几句话，就问我住哪里，可不可以跟我一起回家什么的。我说我没问题，就怕我那从波士顿来的男朋友有问题……"

楚樵愣了一下，旋即笑道："就是就是，要搞三P，也得带个女的回来啊！"

小瓷扔了牙线，又骂他道："狗嘴里吐不出象牙！"

楚樵一时得意，又道："看你以前老和伊琳勾肩搭背的，好像一对里斯本的亲密状，我就说过我不介意来那么一下的……"

小瓷听他说得越发不像话，又用英文骂了一句："去死吧！"

两人一夜无话。早上楚樵先醒了，肚子饿得"咕咕"叫，到厨房找了半天，只得一根烂香蕉，吃了，又上床看书。

小瓷模糊醒来时，似乎忘了楚樵昨晚来的，问道："你什么时候到的？"

楚樵反问她："你什么时候回来的？"

小瓷想了想，感叹道："昨天那个钢琴吧还真挺不错的，尤其喜欢那个鼓手。在那边闭着眼睛摇头晃脑，身体上上下下地起伏，那个投入，好像跟他的鼓做爱似的……"

她一边说，一边就不经意地把手放到楚樵的胯部来。楚樵却要惩罚她一般，拗着自己的勃起，把她手给挪开，道："对对对，回来路上还有白人帅哥要跟你一起回来……"

小瓷翻了个身，"哧"地一笑道："原来你还是会吃醋的啊。"

楚樵看她慵懒妩媚，就探手握了她的小巧而结实的乳房来把玩。

小瓷却没了兴致，扭开他道："放手，你这个下流的樵夫！"然后自起身去洗手间方便了。

过了半小时，小瓷打扮停当了出来，对又躺着的楚樵道："快起来！我们去中国城吃早中饭吧！家里什么都没有了，鸡蛋、牛奶、大米，要啥没啥！"

楚樵道："我是早调查过了！"

小瓷又道："回头给我扛二十磅红国宝回来。一个女孩子拖着一袋米在地铁里漂泊，真是要多狼狈就有多狼狈！"

楚樵就道："噢，敢情你就是喊我来纽约帮你扛大米的啊？要说的就是这事儿？"

小瓷反唇相讥道："你别不识抬举了！我要找人扛米，还非得要你啊？！我在纽约有的是有车有力气的朋友。真要想，一声招呼，人家还不乐颠颠地帮我扛呢！"

谢楚樵发现自己衬衫上的钮扣掉了一枚，一时骂了句娘，就又换了一件深蓝的T恤来穿。他一边穿衣服，一边又赔笑道："得得，我不就跟你开个玩笑嘛！值得那么威胁？"

小瓷也笑起来，"你就是狗嘴里吐不出象牙来！人家要你来，是因为今天晚上有个聚会，我想让你跟他们见见。你老问我跟谁一起玩，人家也老问我到底有男朋友没有，我想这下结了，丑媳妇见公婆吧，以后可就没事了！"

楚樵抗议道："谁是丑媳妇啊？这话得说清楚了！"

小瓷拉他起来说："快穿你的袜子吧！尽把我好心当作驴肝肺！"

楚樵也不再纠缠，却道："您可真行啊，这中国话一串串一溜溜的，不像在美国待了几年说话洋气得好像忘宗忘祖的那帮破留学生！走吧？”

楚樵先出来，跑到电梯门口按了扭等着。小瓷在后面带上门，过来拉了楚樵的手，忽然低声道：“小傻子，我想我可能怀孕了！”

（三）

楚樵心里一“咯噔”，几乎不敢相信自己的耳朵，回头看了一眼小瓷。她正低着个头看地面，好像犯了错误的小学生等待老师惩罚似的。楚樵调整了一下呼吸，却还是不知道要说些什么。幸好电梯铃声切合时宜地响了。

两人进了电梯，也没别人，楚樵就问道：“真的假的？你查了没有啊？”

小瓷苦着脸道：“还没有。我月经迟了一个多星期了，都。我一个人不敢查，太紧张。所以想你过来。今天下午咱们买验孕棒回来查吧。”

楚樵道：“我们一直很安全的啊。是吧？买套子买药的，可没少花钱。”

小瓷放开他的手，瓮声道：“人家说了，没有什么是百分之一百安全的。”

在去中国城的地铁上，两个大多数时间倒是沉默着。楚樵努力回想哪一次做爱可能导致了怀孕，却无论如何想不起来。这两年因为两地分居，他们做爱的频率已经大幅下降；即使做，也大多是例行公事，很少像黄片里那样激情四射的。正因如此，楚樵几乎想不出来任何一次值得回忆的做爱过程了，更不要说可能导致怀孕的过程，心里不觉闷闷的。

等他们进了百利龙虾坊，正被服务生指引着去座位，边上一个女的却忽然尖声叫了起来："Baby China！ 小瓷，是你吗？！"

小瓷楚樵转头去看，却是一个中国女人和一个白人男子坐在一张大桌边，桌上杯盘狼藉，显然是跟他们同桌用餐的客人刚刚离去。楚樵想了一刻，也就认出那女人来，原来是一起在波士顿读书的李纹，又喜欢自谓Coco的。她自己喜欢叫自己Coco还不够，还要求别人也叫她英文名字，同时又喜欢给别人取英文名字，比如小瓷的"Baby China"，连当初跟她谈对象的张兵都变成了"Eric Zhang"。

要说小瓷名如其人的话，她那娇弱的样子，细腻光滑的皮肤，多多少少还有几分"瓷"的特征。李纹呢，皮肤暗黄，长了个扁平鼻子，又是一对"单缝"小眼，不仅跟那个洋气的 Coco 丝毫不沾边，和那个名歌手也是相差十万八千里。当初在哈佛念书，张兵跟她半真半假地也谈了几年。等到一毕业去了硅谷，立马就把李纹给甩了，就是因为觉得她长得对不起大众和未来的公婆。楚樵倒想起不久前张兵还从加州给他打电话的，说他怎么才回去娶了个杭州美女，而且比自己年轻七八岁，如今可享了艳福了。只是这两三年来，他们一帮子人都不知李纹在哪里漂泊来着，更不清楚她是何时也流浪到纽约来了。

小瓷把肩上的坤包扔到楚樵手里，就"笃笃笃"的小碎步跑过去跟李纹拥抱在一起了。楚樵尴尬地跟旁边的白人一笑，介绍了自己。那人忙着回敬，说他叫亚当。两个人就无话可说，都望着两个热烈交谈的女人，似乎在分享她们老友久别重逢的欢乐温馨。

小瓷和李纹两个叽叽喳喳了半天，又是英语，又是中文，还不时掺杂着点广东话。到最后安定下来，小瓷跟楚樵道："我们和他们一桌子吃吧。"楚樵点了点头，告诉了边上的服务员，也就在亚当旁边的位置上坐了下来。

小瓷李纹正式将他们介绍了一遍。小瓷又主动向亚当介绍自己，说完了又道："你找上我们Coco，可是运气了你！Coco是个很棒的厨子啊！"她转向李纹，问她："你们经常出来吃早中饭吗？"

李纹忙道："哪里呀，我们很少出来的。一般周末哪里起得来啊，所以家里有什么就吃什么罢了。周末的地铁线路也经常变来变去，不出来也罢。不过今天很特别啊，又碰到你们，真是神奇！你们怎么样，经常出来吃吗？"

小瓷叹气道："才不呢。这人还在波士顿那边呢，隔周来一次就不错了。我最讨厌一个人在外面吃饭了，一点意思都没有！"

她一边说，一边把一只手搁在楚樵的胳膊弯里。

亚当插嘴道："那很困难吧，维持这么一份长途关系？"

李纹面露不悦之色，问道："那你们周末都干什么呢？"

谢楚樵听他们说英语，早就觉得很别扭，这时用中文道："饮食男女吧。"瞬而觉得不妥，就又用英语向亚当解释道："就是吃饭和做爱的意思。"

大家似乎都吃了一惊。小瓷放开楚樵的胳膊，皱眉冷笑道："这人现在说话总是一点正经没有。别理他！"

楚樵也觉得自己说得不妥，却也不愿就此闭嘴，于是争辩道："这可是孔夫子说的，'色食，性也。'再说你也说了，一个人吃饭就是没有两个人吃饭有趣，就像一个人手淫没有两个人做爱有意思一样。当然啦，饭吃多了，可能就要变成朋友关系了；爱做多了，可能一不小心就弄出个小孩来……"他忽然感觉自己信口开河得过分，就闭了嘴。

小瓷脸色红红白白，也不说话，就低头去喝她的酸辣汤。李纹给了个不予作评的微笑，然后夹了只鸡爪，优雅娴熟地手撕嘴吮。

亚当大笑，拍了一下楚樵的肩膀道："哥们儿，你可真够风趣的！"

小瓷也抓了一只鸡爪，一边吃，一边用中文跟李纹抱怨道："跟你说了吧，这人现在就是狗嘴里吐不出象牙来！"

亚当也笨手笨脚地拿了筷子去夹鸡爪，又向楚樵示意剩下的那只该是他的。

楚樵摆手道："我不吃鸡爪的。这是女士食品，真的。"

亚当吓了一跳，问他"真的？"，一边也就放下了筷子，随着楚樵等他们点的其他小吃。

（四）

这一顿午饭吃得完全超出预计时间，到他们分手时，已经是下午三点。李纹亚当两个要去犹太博物馆看展览，于是大家就在百利龙虾坊门口作别。

等他们两个走出视线，小瓷就抱怨道："还真没想到她居然找了一个白人男朋友！真不懂这些白人怎么想的？李纹有什么好看的嘛！张兵当初甩了李纹，还不是因为她长得不好看？得，现在人家吃香了。好像是真的啊，这些白人男的跟亚洲人的审美观念不一样的，我们就刚刚见识了一个活生生的例子！"

楚樵笑道："我还以为你是真心为人家李纹高兴呢！原来是有点嫉妒啊？得了，反正十个亚洲女人里头，六到七个想嫁个白人吧。我跟你说了没有？张兵回了趟国，找了个杭州美女，老婆刚过来就怀上了，又刚买了房子，现在可美着呢！——这其实是一个完美的生态系统，大龄男青年回国去找漂亮的，大龄女青年嫁个老外，这样大家问题都解决了，可不是个完美的食物链嘛！”

他几乎要加一句“像你和我啊，就一起凑合着算了”，到底没有说出来。

小瓷笑道：“别卖弄你那点生物知识了！李纹可说了，她其实想找个中国人呢，说她和亚当两人之间差异太大了。不过他们的小孩会很漂亮噢！”

楚樵道：“那可难说了。人跟人之间总是有差异的。好笑呢。昨天汽车上有个秘鲁女人，说她老公是个智利人，还说秘鲁要比智利更传统一点，因此他们也有很多问题。你上回不是碰到个一个什么意大利和日本的美国混血儿嘛，还是个艺术家吧，他玩什么乐器来着？大提琴还是小提琴？你们后来联系了没有？我记得你说你们交换了电话号码和电子邮件的。”

小瓷不答他话，却加快了脚步往北去。路上经过一家报亭，楚樵不由停下看了看，橱窗里倒是挂满了各式各样的杂志，中美港台的，娱乐八卦的，色情文图的，政治观察的，文艺风雅的，倒也是琳琅满目。柜台上放着的是各类报纸，英文的《纽约时报》《华尔街日报》，中文的《侨报》《星岛日报》《世界日报》等等。看到《世界日报》，楚樵忽然想起昨天报纸上亲子鉴定的文章来，心底又被什么钩了一下，一个念头冒到脑海中来。他吓了一跳，不愿那么想下去，那念头却越发坚决地盘踞在他的脑中。楚樵一时僵在来来往往的人潮中，感觉他忽然被吸进一个有无限可能的深渊中去。

小瓷回头找他，见他呆在那里，就喊道：“你干什么呀，怎么不走了？”

楚樵反应过来，忙道：“我想买份报纸带回去看。”

小瓷道：“商场里有的是报纸，一会儿一起买吧。别磨蹭了，都三点多了！晚上还有聚会呢！”

两人在万昌超市逛了一个多小时，买的东西又比计划的多了许多。这些中国人开的商场很能抓客，不仅东西卖得便宜，而且总是能进口一些他们许久不见的中国食品，让他们每次来都要流连忘返，结果总是超载而归。

出来时，楚樵一手提了一袋二十磅的红国宝米，另一只手也是满满的一塑料袋食品。小瓷双手也没闲着，又是水果又是零食，还有一些卤菜熟食。

小瓷看楚樵拎东西的狼狈样子，笑道：“沉不沉？你还行吧，书呆子？”

楚樵叹道：“这些米啊鱼啊韭菜啊倒不沉，就是他们包含的那一份乡愁啊，真是沉甸甸的沉！”

小瓷笑道：“得了吧，你还酸起来了！”

他们走到地铁站，这才发现要回去的慢线地铁周末改成快线，因此要先去联合广场转车。两个人等车时候，楚樵就道：“怎么周末只有快车了，我们反而要走更远的路呢？欲速则不达，还真给中国古人说对了！”

小瓷讥笑道：“什么跟什么啊，纽约地铁经常周末改线的，不改才不正常呢。你那科学家脑袋有时也很糊糊，依我看。”

楚樵笑了笑道：“是啊，是啊！”心里却想道：这可不像你怀孕嘛，怎么突然就进入快线了；两个人又不知道怎么办，还不晓得要走什么弯路呢。他一时想到要换工作，要搬到纽约来，要结婚……自己把自己吓得够呛。

他回头看了一眼沉默的小瓷，见她还是如往常一样苍白瘦弱，提着两袋东西靠着廊柱，一副根本无力说话的样子，也不晓得她在想什么。楚樵想想，觉得自己几乎有点害怕知道她在想什么的，心道：也许她根本没有怀孕，一切不过是一场虚惊罢了。

到了联合广场，他们转了快线地铁，折腾了一圈下来，又比平常多走了许多路，才回到小瓷的住处。刚进房间，小瓷的手机就响了。打完电话，她解释说是那帮朋友讨论晚上聚会吃饭喝酒的事情，又说时候不早，洗漱一下就得出门了。楚樵累得不行，把东西放到厨房和冰箱，就倒在沙发里闭眼休息。等小瓷从卫生间重新收拾了出来，他长叹了一口气，作势拉住小瓷的手方才站起来。

（五）

后来楚樵才闹清楚，原来那晚上一帮子人聚会是为一个家伙过生日。大家一起去中国城吃了顿饭，回头又去附近的一个酒吧喝酒。过生日的家伙慷慨解囊为每位女士买了酒，男士们只好自掏腰包了。楚樵倒和一个同是湖北来的老乡颇聊了几句，不过很快也就没什么好说的了，那老乡只忙着拿眼睛往女人堆里瞄。

楚樵听了一会儿别的一帮人高谈阔论，都是什么股市行情，油价涨落，租房还是买屋，热门酒吧，新张饭店之类的话题，他很快就觉得了无趣味。他倒想起一些政治话题，比如海峡两岸关系，香港民主自治问题等等，可是一想一帮人鱼龙混杂，有大陆的，还有港台的，乃至ABC之类，干脆自缄其口了。闲得无聊，只到处找小瓷，却听见她跟几个女人聊得花枝招展兴高采烈的，也不晓得为什么快乐事体，也懒得过去问，省得再落个看得紧的罪名。

他们回家时又是快午夜，自是没有时间买什么验孕棒。洗了后亲热，楚樵倒有些担心，小瓷却道没事。因喝了两瓶啤酒的缘故，楚樵自觉似乎勃起得更加容易些。

第二天早上，楚樵先醒过来，到厨房煎蛋、烤面包、热牛奶吃了。小瓷在他后起，匆忙洗漱了就跑到楼下一趟，买了验孕棒回来。楚樵端了早餐给她，却发现她坐在那里缝他衬衫上的纽扣，一时倒有些感动。

小瓷笑道："你放茶几上吧，我马上就给你缝好了。都N年没有做过这个女红了！"

楚樵笑笑，心想也许这就是他们未来的家庭生活了：男人和女人，丈夫和老婆，片刻的安宁和温馨，幸福是一种可能，而其他的一切牺牲都变得可以忍受了。

他把早餐放在桌子上，笑道："您也别太辛苦了！快吃吧，待会儿别都凉了！"

小瓷把线头打结，又张口用牙咬断了多余部分，把衬衫扔给楚樵道："这就好了。回头换上这件吧。还挺合身的！对了，我刚才下楼买了验孕棒了。现在应该有点尿了，我要不要测试一下？马上就可以出结果！"说完，她紧张地一笑。

楚樵就道："得，还要留什么悬念呢！您请进去尿吧！"

小瓷进了浴室，转身虚掩了房门。楚樵在沙发上清楚听见她小便的声音，等她完事就迫不及待地跑到卫生间，看见小瓷放在盥洗台上的验孕棒，不由对着那两三条浅红、深红的细线发呆。

半晌，他嗫嚅道："这到底什么样儿表示怀孕啊？双平行线，还是十字线？浅红还是深红？"

小瓷道："我也不知道。你自己看说明书嘛！"

楚樵就站在那里一边翻说明书，一边对照验孕棒的线形线色。

小瓷净了手，也把头凑过来看，两人把小小的卫生间挤得满满当当。他们把说明书和验孕棒对了又对，换了背景再对，对得两人脸色都发白，却最终得出一个结论：结果是阳性，小瓷真的怀孕了。

楚樵叹口气问道："这东西的准确率有多高啊？"

小瓷夹了颤音回道："说是99%以上啊，谁知道啊。他们也建议一两天之内再做一次测试以确保无误。"

她犹豫了一下，接着道："我知道，这很突然，我也一时难以接受，真的好害怕……"

楚樵长出一口气，出了卫生间，双手蒙面地坐在沙发上。小瓷也跟出来，在他身边坐下来。良久，她说："唉，现在希望自己是在中国就好了！打个胎算什么呀……"

楚樵吃了一惊，睁眼看她责备道："你在说什么呀？！"自己又拿手擦脸，长叹了一口气。

这时他忽然意识到事到如今，小瓷却没有一句埋怨自己的话，完全不像电影电视里的女人，矫揉造作地举着粉拳打男友，嘴里喊什么"都是你坏嘛，害得人家这样"。只是他转念一想，一时也不知自己是该感激小瓷这样的理智宽宏，还是应该怀疑她的不埋怨其实另有原因，毕竟，只有她自己知道肚子里的孩子到底是不是楚樵的。

谢楚樵被重新飘回到脑中的疑云吓了一跳，却到底无法排遣，又不能在这时候言为心声——按照老美的说法，这时吵架盘问，那是完完全全的"政治不正确"和"道德不正确"。哪怕他表示一点点的疑惑，也不晓得什么样的潘朵拉魔盒在等着被打开呢。

楚樵决定此刻还是什么都不说为妙，却又想：如果哪天我也扛不住了，也跟那报纸里人学习，带着儿子女儿偷偷去做个亲子鉴定吧；到那时，是真是假，是分是合，都由鉴定结果说了算了。他这么想着，一边觉得人性可悲，一边又觉得这主意荒唐可笑，就跟演电影似的，一时倒有哭笑不得的感慨，面子上却不露出来。

小瓷却急了，问他道："那咱们怎么办啊？"

楚樵道："怎么办？不能再花天酒地了吧，至少不能再像昨天晚上那样喝酒了，即使有慷慨男士豪爽赠酒也不行，对不对？"

小瓷低声道："其实我这两天晚上并没有敢喝酒，都是果汁类饮料……"

楚樵就握了小瓷的手，又转而笑道："得了，也别胡思乱想了。这事儿还不知道准不准呢，说不定是一场虚惊呢。万一是真的，那也没什么，咱就准备扯个结婚证啊，总不能弄个非婚生吧？咱得存点钱，搬到一起住吧？看来我得换工作啊，也得搬到纽约来，买个房子，得争取成为一个纽约客，放弃一辈子做个波士顿城郊农民的崇高理想……"

他说着说着，倒被自己开出的清单吓倒了，一时就住口。

小瓷倒破涕为笑道："你还说笑话似的呢，大坏蛋！"

（六）

接着两人看了会儿电视，又翻昨天买的《世界日报》看。小瓷看那娱乐版面，看得津津有味，还要读给楚樵听。"你看，这个刘嘉玲四十老几了吧？怎么还准备怀孕呢？可能吗？"楚樵漫不经心地回了一声。小瓷就又说其它的花边新闻，说某某明星夫妻闹离婚，男方忽然对儿子是否亲生产生怀疑、目前正在等待亲子鉴定的结果呢。

楚樵听得心烦，一时站起来道："你不如再上网古狗古狗怀孕必读之类的吧，别尽看这些小道消息花边新闻了。对了，你衣服洗了嘛？我去做午饭吧。"

小瓷喜出望外，转头看他，笑道："今天这么好，做了早饭，还要做午饭？"

然后似乎害怕楚樵改变主意，小瓷忙站起来跟着他到厨房，把围裙给他系上。

楚樵就淘米煮饭，又把昨天买的鱼拿出来解冻，切好了豆腐块，准备弄个豆腐鱼汤。饭也上锅了，鱼也下水了，楚樵又洗葱剥蒜，把韭菜、豆芽、蘑菇什么的拿出来清洗。

小瓷中途进来看他，夸张地拿手在鼻子底下扇来扇去道："真是地地道道的鱼米之'香'啊！"

楚樵自笑起来，得意想道："我可是可以做个很合格的老公的！"

下午两人又出去看了一场电影，算是补周六晚上的。回到住处，楚樵就开始整理东西，把他的衣服和书往背包里放。小瓷在体重计上量体重，然后痛心疾首地叫起来："天啦！怎么可能啊？我怎么又长了一磅肉啊！我在为这个大吃大喝的周末付出代价了！"

楚樵一时口急，就笑道："得，不定是'婴儿肥'吧？"

小瓷乜他一眼，兀自道："今儿这晚饭是不敢吃了。我得去健身房跑步去，非把这一磅肉跑下来才行！"

楚樵笑道："你都说不定'有了'，怎么还能再跑步？"

小瓷道："我又不是傻子。不过走几步热热身而已，回头主要是上瑜伽课。"

楚樵本不要小瓷送他，小瓷却坚持跟他一起出门了。在电梯里，她扬了扬手里的地铁月票卡，笑道：“这一下又省你两块多钱呢！”

路上经过一个学校操场，不少年轻的父母推着婴儿车在那里谈笑风生。小瓷忍不住停下来，跟人家小孩挤眉弄眼，回头又说：“小孩子真可爱！”

楚樵就道：“你选择性近视啊，没听那边那个哭得震山响的？”

小瓷拉他胳膊的手用力掐他一下，楚樵就龇牙咧嘴道：“你干嘛啊你？昨天夜里虐待得还不够啊？”小瓷脸红而笑，却又掐他一下。

到了地铁站，小瓷嘱咐道：“你上了车，到了家，都给我打个电话吧。我回头再做一次测试，尽快告诉你结果。”

楚樵拍了拍她瘦弱的胳膊，道：“你别不吃晚饭，啊？咱们做的菜足够你吃一星期的了。另外，你去健身馆，多注意点儿啊，就像你说的，慢慢走几步，也就是了。”

小瓷摇头晃脑似应非应的。等到楚樵已在栏杆那边，她又欠着身子，在他脸上轻轻一啄，然后转身离开去了健身馆。

楚樵下去等车。一走到底层站台，就感觉一股纽约地铁特有的味道迎面扑来，在那难闻的气味中，他却突然有一种奇怪的如释重负的感觉，甚至觉出一种奇特的新鲜感。一辆地铁很快轰隆隆地驶进了站。

等他到了中国城，又是一大帮子人在等车，等着去波士顿，等着去他们生命中的一个老地方或者新去处。楚樵四处转转，发现这街上居然有座寺庙，名字赫然就叫“大乘寺”。他不觉信步走进去瞧瞧。寺庙里面虽然不热闹，但也不冷清，时不时见善男信女进出，又见不少人磕头、烧香、祷告。楚樵倒暗暗心惊，想不到纽约这现代化城市里倒还藏着这样的地方，一时想起"出家人不打诳语"的话，竟有些心乱，又担心开车时间快到，也不及细看，就退了出来。

上车前，楚樵给小瓷打了个电话。她正在跑步机上"走路"，答电话却依然是上气不接下气。楚樵挂了电话，忽然想那个健身馆里会不会有很多男人，很多白人男子？这么想着，他不由自主地四下张望了一下，看见两三个白人男子混在人群里，又想起前不久的事情。那次小瓷来波士顿，他开车去接。小瓷下车时，跟那个意日混血的美国音乐人聊得花枝招展的，当时心里倒是一阵醋醋的。这么想着，他不由又把人群里的几个假想敌打量了一番。

客车准时离开曼哈顿。这次楚樵边上坐了个中国女人，两人不久就聊了起来。女人说她在波士顿的一个高科技企业做事，周末来纽约看一个朋友。

女人滔滔不绝道："我真的很喜欢纽约！吃得好，玩得好，热闹，像中国。我太嫉妒我的朋友了。其实三年前我也有机会来纽约上班的，最终还是选择了我现在的公司。"

楚樵就问她："那为什么没选择纽约呢？"

女人道："怎么说呢？也许因为我是从小地方出来的吧，那时总觉得纽约那么大，那么繁华，我能 handle 得了吗？再说了，波士顿也很漂亮，很nice，我也挺喜欢在那边读书工作的。也许就是人家说的这山望着那山高吧，邻居的草坪总比自家的绿……"

楚樵不由仔细看她一眼，倒是清秀周正的女孩，也不那么俗气。他却是被她的谦卑感动。这份谦卑，甚至谦虚，在逐渐美国化的小瓷等女孩身上是越来越少见了；在小瓷的眼里，这个世界是她们的，一切都是在等待着她们去征服和攫取的，遗憾的是她们的机会还不够多，来美国也不够早……

他打断思路，笑道：“你真会说话，我也一直这么想的，模模糊糊的感觉，可是从来没表达出来过，尤其是用中文。”

女人脸色微微一红，笑问道：“那你来纽约干嘛的呢？”

楚樵道：“跟你一样，也来看一个朋友。对了，我叫谢楚樵，‘谢谢’的谢，湖北的那个楚，‘渔樵耕读’的樵。”

女人几乎惊呼道：“你的名字好好听啊，还很诗意呢！我叫戴露，‘穿衣服戴帽子’的那个戴，‘露水’的露。我的朋友都叫我‘带路’，就搞我的笑！我的英文名字叫露西，Lucy。”

楚樵一时奉承道：“露到露西，好自然，好聪明啊！”

他伸出手去，和戴露握了握。

风华运输公司的大客车载着这满满的一车人，慢慢地驶入高速公路的入口处，然后逐渐加速，逐渐汇入来往不绝的车流，向着波士顿，向着越来越浓的、无边的暮色驶过去。

（原载于香港《文综》2016年夏季号

及“大益文学”2022年8月7日“为你发稿”栏目）

天衣有缝

(一)

林黛珊第一次听说马尔代夫，是在《非诚勿扰》节目里。春节放假时，她和从澳大利亚回来的昔日好友张橄榄喝咖啡，闲聊之间又说起马尔代夫。橄榄就说她去过，说那里如何像天堂，而且那一群至善至美之岛就有要被海水淹没的危险。张橄榄还说，其实去那里也很方便、很便宜的啦。

黛珊听着就起了念头，后来在网上查了查，更加认定马尔代夫是自己一生之中必去一游的地方。她甚至想，她和李嘉渔的蜜月旅行是不是应该就选在印度洋和阿拉伯海之间的马尔代夫呢？可是在网上查了从南京去马尔代夫的旅游费用之后，林黛珊不由暗暗叹了口气。

后来一起看《非诚勿扰》，黛珊就不自禁地和嘉渔说起马尔代夫，满脸向往之色。李嘉渔本来陪她看电视，有一搭没一搭，兴致好时，就有心没肺地嘲讽男女嘉宾一番。那晚他本来一边乱翻《三国演义》，一边陪看电视，听了黛珊的话，倒忽然诡笑道："某有一计，可让我们免费去马尔代夫旅游！"

黛珊知他惯会瞎扯的，就讥笑道："还'某有一计'呢！除了抢银行发笔横财，你还有什么计策？"

嘉渔道："你真想去？"

黛珊就笑道："真想去。这几天我光想着这事。我要去国外旅游，就首选马尔代夫。一定去一趟马尔代夫。欧洲美国什么的，都可以推后。"

李嘉渔就忽然口气严肃道："好。为了达成你的愿望，我们分手吧！"

黛珊再瞄他一眼，99%确定他是开玩笑，可是未免开得太大、太出格，一时倒不知道他葫芦里卖什么药。她心底有点凉嗖嗖的，勉强撑着笑脸骂了一句："神经病！"

嘉渔却一把把她搂到怀里："亲爱的，我是当真的。我们分手，断绝联系，然后一起上《非诚勿扰》！凭你我的颜值，还有我的才艺，上去绝对没有人会灭灯！我选你做心动女生，你给我留灯到最后。然后，我们就可以作为牵手成功的情侣名正言顺地去享受赞助商免费赞助的马尔代夫之旅啦！"

黛珊听着听着倒愣住了，低声道："你说真的啊？那亲戚朋友怎么交代？"

嘉渔哈哈大笑道："知道我们谈对象的亲戚朋友又不多。实在有人问起，就说我们分手了呗，因此上电视再找对象，然后决定破镜重圆啥的。总不会有人去电视台告状吧？再说了，即使有人告密，咱也是名正言顺、按规则出牌啊！哎呀，我越想越得意，这个主意就是神来之笔呀，而且天衣无缝！亲，咱就这么干吧！马尔代夫就是我们度蜜月的地方了！来，亲一个先！"

黛珊作势要推开他，笑道："还度蜜月呢！谁答应嫁给你了啊？——你觉得今天这个艾美会跟这个男嘉宾走吗？人家专门为她来的，家境也不错，还自己创业了！"

嘉渔就道："长得还不错吧，也能说。管她呢！好好想想、好好完善咱们的计划吧！说不定过几天你就和艾美这些楚楚动人的单身女性们一起站台、被围观、等着被‘领走’了呢！”

黛珊道：“说着说着就不正经了，真是‘狗嘴里吐不出象牙！’”

（二）

李嘉渔是文艺出版社音乐类书籍的编辑，也是个歌手，不过是个不出名、尚未成功的歌手。他把自己尚未成功的原因归结于运气。林黛珊有时候不信，揶揄他说，那么多的歌唱比赛，为什么他每次都不能突围而出，至少到电视上露一脸？李嘉渔就说因为自己是音乐学院毕业的，会唱歌太过稀松平常，也没有什么赚人眼泪的廉价人生故事，还有就是运气不好。比如参加《中国好声音》海选那次，偏巧他就感冒了，高音飙不上去，有几个小地方还唱走调，而且那个负责人不知怎么就看他不顺眼。嘉渔还不忘调侃一句：“大概是她觉得我太帅，身边又有了你这个美丽女友吧。因爱生恨的典型案例！”

嘉渔自认比许多在电视上露面的人有天资，他是难得的填词、作曲、弹吉他和演唱都可以上手的全面型音乐人才。他是绝对的千里马，只是还没遇到伯乐而已。不，他不需要伯乐，他就是自己的伯乐，他只是需要一个平台让更多的听众和观众认识他，了解他的歌。当然，如果因此可以把搞音乐当成可以挣钱的正职，那就更好了。

林黛珊有时跟李嘉渔辩论一会儿，最终懒得辩，觉得他说得也似乎有理。在明城墙人迹罕至的地方，在那高处，两人背抵背坐着，她听他叮叮咚咚地弹吉他，有小风吹过，天好的时候能看见血红扁圆的落日，林黛珊觉得恋爱的美妙大抵如此罢了。

在嘉渔的一再怂恿下，黛珊后来终于答应和他“分手”。他们假装断绝了关系，不仅把彼此的电话号码和通话记录删除，在微信上也互相拉黑对方，嘉渔甚至把他自己有一搭没一搭更新、偶尔发个秀恩爱之类照片的微博户头也彻底删除了。家中保存的一些彼此赠送的小礼物也进行了去情爱化处理，比如一起参观南京博物馆的存根扔进了垃圾桶，洗出来的几张合影压到了箱子底下，电脑上一些她拉琴、他弹吉他唱歌的视频也被隐藏到一般人看不到的目录下。做完这一切，黛珊几乎真有点开始怀疑她过去近一年的生活里是不是曾经有过一个男朋友、有过李嘉渔这么个人了。

在微信里互相拉黑之前，黛珊又一条一条地过了一遍两个人的微信记录。曾经有过的那些小矛盾、小误会、小甜蜜，如今黛珊看了倒时时要笑，又感慨有些话和事她似乎已经忘记了。打了那么多的字，留了那么多的语音，发了那么多的小动画和照片，到最后删除只是狠狠心、闭一下眼按一个虚拟的删除键而已。

黛珊想问嘉渔删除记录的那一瞬间有没有心疼的感觉，却又怕他骂，到底忍住了，决心遵照约定，在上《非诚勿扰》节目之前彼此再不联系。

他们又一前一后去《非诚勿扰》节目组在南京的工作站报了名。也许真是因为他们颜值颇高、条件颇好的缘故，所谓的面试都很顺利，一切都按计划进行得有条不紊。一个多月后，黛珊被通知去参加第一次录节目。

第一次录节目，黛珊很紧张。因为是新人，被主持人要求做个自我介绍。黛珊那时候才体会到那些在台上伶牙俐齿的女生们是多么厉害，佩服她们永远能脸不红心不跳地发言说话。

黛珊拼命地拿双手按紧台面，开口道：“我叫林、林黛珊，南京人，二十八岁，算是一个宅女。音乐学院毕业，主修的是小提琴。现在是自由职业人，平常教几个小朋友学拉小提琴。有过一次情感经历，最后无疾而终。希望在三十岁之前结婚、生宝宝。”

主持人没话找话地问：“你的名字有点意思。有什么来历吗？”

黛珊就道：“因为姓林，又因为爷爷喜欢读《红楼梦》，所以取了这么个名字。听上去好像林黛玉的姊妹。所以，有时候人家都叫我‘林妹妹的小妹妹’。”

点评的嘉宾黄女士微笑道：“我觉得你的名字比林黛玉还好听。你爷爷真有文化！”

主持人道：“好！‘天上掉下个林妹妹！’让我们再次欢迎‘林妹妹的小妹妹’！”

黛珊一时想起“林妹妹的小妹妹”这个绰号其实是嘉渔赐她的。他还说其实黛珊有点像迎春的性格，不过并不那么懦弱就是了。黛珊本人并没怎么细看过《红楼梦》，宝钗和黛玉之外的荆钗们对她来说，其实都差不多：谁会花那么多时间和精力去注意和研究那些戏里戏外的配角呢？

她正出神，站在她右边的艾美冲她挤了一下眼，大有赞许之意，又竖了一个大拇指道：“第一位男嘉宾要上场了！说不定你的、或者我的，白马王子或者真命天子就来了！”

黛珊正不知道如何回应她，却听得音乐大作，也就跟着大家一边拍手、一边直勾勾地盯着对面缓缓下降的电梯，猜测第一位男嘉宾会是什么样的一个人物。

(三)

最初的紧张过后，她倒也就慢慢适应了现场录制节目的氛围和节奏。因为抱着打酱油的心态，黛珊对男嘉宾、女嘉宾、才艺表演、牵手与否等等并不是特别介意。因着这一点疏离，别人倒对她渐渐刮目相看起来，比如大家都注意到她提交的照片里有拉小提琴的艺术照，注意到她特立独行、不穿高跟鞋。时不时地，就有人问她话，找她聊天，包括那些伶牙俐齿的女嘉宾们。黛珊原本觉得这些人、这种生活距离自己很遥远，想不到两三个星期下来，自己也就如鱼得水地成为了她们中的一员。

每次录节目时，黛珊跟这群姑娘一起选衣服、化妆、聊天，倒也相处得不错。没想到的是，这个在台上经常毒舌的艾美却是个有趣的姑娘。黛珊甫见艾美，颇有点见了电视明星的激动，几句聊下来，已经有点喜欢她了。后来熟了，她们一起去吃大牌档，吃最南京、最民间的鸭血粉丝汤。艾美还特地要票，去看黛珊在玄武湖公园参加的一场集体演出，并说她是十二个拉小提琴里头拉得最好的。

有一次吃饭的时候，艾美就道："就凭你这盘儿，这条儿，这名儿，这气质，有了《非诚勿扰》这个舞台，白马王子们估计都恨不得快马加鞭、不、快马插翅地飞过来呢！"

黛珊脸红摇头道："你太会说笑了！"

黛珊第二回再登场，照例不在第一轮灭灯，但也不会留灯到最后，却没想到那位男嘉宾选择她做了心动女生。黛珊硬着头皮走过长长的舞台，和其他两个留灯的姑娘站在一起，等待对方的最后一轮选择。

吴宁长得不算差，中规中矩的家境和职业背景，而且就生活在南京。等他拒绝其他两位女生、坚持心动选择的时候，黛珊不知所措，十指交叉背在身后不停搓动，又怕被身后的镜头捕捉到，就又规矩地把双手交叠着放在身前。

吴宁开始他的最终表白："我喜欢视频里你教小朋友学琴的样子。你一定是个很有爱心的人。我注意到你是唯一一位没穿高跟鞋的女嘉宾。这跟我的生活态度很接近，我几乎从来不愿意穿皮鞋。我相信眼缘，我对你一见钟情。"

台下的观众起哄地喊着："在一起！在一起！"主持人和点评嘉宾也满含期许地盯着他们两人，其余的姑娘们则打起了拍子。黛珊脑子里乱哄哄的，面对着令人目眩头晕的音乐和灯光，却只是矜持地一鞠躬，说了声"对不起！"

吴宁无奈尴尬地笑了笑，说了声："我理解。祝你早日找到幸福！"然后落寞地在音乐声中走下了舞台。

等黛珊回到自己的位置，主持人却问她为什么没选择吴宁。黛珊只好搬出套话："我觉得感觉不够吧。而且，我来了才两期……"她话还没完就听到观众们嘘声四起。不过主持人适可而止，并没有让局面失控或者叫她难堪。

（四）

没想到的是，情势似乎一发不可收拾，在下一期的时候，居然有两位男嘉宾选了黛珊做心动女生，其中一位还是个老外，却说一口颇流利的汉语。在她按节目要求新开的微博上，给她留言写信的人也愈发多起来，有的还埋怨她不及时回复，威胁要在现实生活中找到她、让她多了解了解他们云云。不习惯网络身份和生活的黛珊倒时有哭笑不得之感。

有时候，她想起嘉渔，想他是不是昏了头，出了这么个馊主意，让自己的生活全部乱了套。亲戚、朋友、熟人、学琴孩子的家长们如今都开始知道她在《非诚勿扰》的舞台上，有打听她和嘉渔怎么分手的，有说她是不是准备炒作变成网红、准备以后做演员啥的，还有人不停跟她索要参加节目现场录制的票券。

黛珊几乎不胜其扰，可是更让她困惑的是她自己。在众声喧哗的劝诱和蛊惑之中，在嘉渔的“失联”和沉默之中，在家人的追问和关心之中，黛珊有时会问自己：为什么我认定嘉渔是最好的选择？

她想起在明城墙上的那些黄昏。她反复拉练最爱的、爱尔加的《爱的致意》，然后躺在他腿上，听他叮叮咚咚地弹吉他。傍晚的小风吹过，天好的时候能看见血红扁圆的落日。那些时候，她想自己可以暂时对生活别无所求。可是以后的生活呢？她梦想的远方如马尔代夫呢？为什么一场马尔代夫之旅要用这么复杂的手段来实现？她有时试探着想，如果再有一位条件更好的男嘉宾为自己而来，她还有什么理由拒绝呢？

她私下问艾美和郑可嘉，为什么站了这么久，还没有找到心仪的人。艾美就说：“站得越久，自然就更加高不成低不就，因为你知道世界那么大，高富帅的好男人那么多，只是你还没等到他、他们而已。”郑可嘉又嬉笑着补充道：“既来之，则安之。既然已经站在这儿了，自然要找个最好的！”

听了这两位人气美女和个性美女的话，黛珊倒常常沉默起来。会有比嘉渔更好、更适合自己的人吗？即使有，她还有再选择的可能吗？有一夜做梦，她梦见自己跟那个自己已经拒绝过的美国人迈克牵手走了，梦见嘉渔给节目组打电话揭露他们的计划而人家只当他是一个输不起的前男友，梦见嘉渔气势汹汹地等在她和迈克散步的路上、要和迈克决斗……醒来时，黛珊只觉得头疼得厉害，羞愧感更几乎让她瞧不起自己。

黛珊甚至想过自己主动退出的可能性。她请过一次病假，可是在家里看那期节目的时候，却忽然心烦意乱。她去找嘉渔，在他租住的小区里徘徊了一阵，却终是一人走回来。如果因为自己的耐心不足而前功尽弃，嘉渔那张嘴定是可以骂死她的。他都不用骂她，他本来就"有理不让人"，经常"没理也能说出三分理"。她是绝对说不过他、逗不过他、吵不过他，更玩不过他的。

日子说慢也慢，说快却也快。第三次录制节目前，黛珊在电视台远远地看见嘉渔，心里猛然有小鹿乱撞的惊喜，却又有点好事终尽的遗憾。黛珊吃惊的是嘉渔形象大变：原来飘逸的中分头变成了酷酷的小平头，休闲西装配着牛仔裤也不是他一贯的穿衣风格。她第一次注意到他笑着时露出的两个浅浅酒涡似有着非同寻常的魅力。

嘉渔抱着吉他上台的时候，二十四位姑娘就已经发出了尖叫。隔了两个月时间，黛珊觉得嘉渔是陌生的，就像她自己也是陌生的一样。可是还好，他来了，终是来了，这一切也终可以有个结束。黛珊的心"怦怦"跳，她想自己是不是要先按灯成为动心女生呢？这么做会不会引起一些怀疑呢？

（五）

嘉渔的第一段自我介绍的录像片让黛珊有些吃惊。他讲述了自己的恋爱经历，说自己不能给女方想要的承诺，比如去马尔代夫旅游结婚，于是他们最终选择了分手。

录像播放完毕，二十四盏灯全部亮着。主持人就玩笑道："这下好了，你只要牵手成功，就可以带着牵手对象一起去马尔代夫旅游了。你的前女友看《非诚勿扰》吗？很喜欢看，是吧？我很好奇，她此刻如果在电视机前会是什么感想……”

主持人话还没完，黛珊左侧的艾美却忽然按下了动心之灯。一时全场雷动，嘉渔似乎也吃了一惊，而黛珊呆傻到完全不知所措。主持人示意大家安静之后问艾美：“请问男嘉宾哪些地方让你动心？”

艾美笑得花枝乱颤，“我就是喜欢。我觉得像张爱玲小说里的女子，在夜晚的门前和桃树下，遇到了心仪的男人，想说一句：‘噢，原来你也在这里啊。’然后我们就可以一起牵着手离开，走下去！李嘉渔，我喜欢你！你喜欢我吗？”

嘉渔有些不好意思，却道：“一直很欣赏你在舞台上的表现。你是个真性情的人！”

平素泼辣豪放的艾美，此刻捂脸羞笑，又似要哭，又忽然回头看了黛珊一眼，仿佛要跟她分享自己的喜悦。黛珊想自己要不要走过去，向她表示一下安慰或者祝福，却旋即觉得自己的可笑。她狠狠地盯向台上的嘉渔，而他却低着头听主持人说话。

主持人说：“下面的才艺展示，男嘉宾要为我们唱一首原创歌曲。大家掌声欢迎！”嘉渔调了调吉他弦，然后柔声起唱《握住你的手》。黛珊曾经在夜晚的古城墙上听嘉渔唱过这首他最得意的、自己编曲自己填词的歌，这一刻在台上听着却全不是滋味。

那一夜　星光下
握住你的手
悄悄的柔情心底流过
仿佛岁月不曾带走
年少的欢乐和哀愁

握住你的手 握住岁月从头
握住你的手 再看满天星斗

这一刻 烛光前
握住我的手
默默的泪水脸上流过
这么多年独自守候
为谁如此执着又温柔

握住我的手 不在乎等多久
握住我的手 握住我的承诺

握住你的手 再看满天星斗
握住你的手 握住岁月从头
岁月从头

等嘉渔唱完，现场欢声雷动，有人尖叫，说嘉渔应该参加《中国好声音》。艾美更疯狂地叫："你太有才了，在出版社做个音乐编辑太埋没你的才华了！"

黛珊一直沉默着。偶尔，她觉得嘉渔是在舞台对面看过她一眼或者两眼的，可是这样真实的舞台和相遇，在此刻却似乎如此虚幻缥缈。

到最后，包括黛珊、艾美在内，还有八位女嘉宾为嘉渔留了灯。艾美先上台，经过黛珊身边的时候，向她作口型道："这个男的你就让给我吧！"

黛珊苦笑一下，朝左望过去：嘉渔兴冲冲地走过来，一边潇洒地说"抱歉"，一边灭了一位又一位女嘉宾的灯。等嘉渔微笑着走到她面前的时候，黛珊下意识地摸了摸自己面前的按钮。她抬起头来看着眼前这个熟悉又陌生的男子，看着他脸上捉摸不透的笑意，仿佛突然之间听到了一声惊天动地的裂帛之声，仿佛那无缝天衣被撕下了一道又长又深的裂口……

（六）

经过漫长的等待，嘉渔走到她面前，突然极低地说了一声“抱歉”，然后飞快地灭了她的灯，又向右边走过去，继续他的灭灯行动。眼泪带着刺痛涌进黛珊的双眼，她追着他潇洒的背影，几乎脱口而出“为什么”，却终是没发出任何声响。边上的郑可嘉却走过来，拍了拍黛珊的背，又安慰道：“你没事吧？他不一定适合你的！”黛珊转过头，忍不住嘤嘤而泣。

后来，嘉渔倒是给过她一个解释，说他们假装分手的那一段时间里，他意识到自己也许并不是那么深爱着她的，那么也许最诚实最公平的做法就是遵从自己内心的召唤，重新选择自己的最爱，特别是有选择的情况下。黛珊无心看完他洋洋洒洒的信，揉成团，随手扔在了身边的垃圾桶里，眼中含泪的同时意识到，他们认识以来，这其实是嘉渔写给她的唯一一封纸质书信。

倾慕黛珊的男嘉宾还是络绎不绝地上《非诚勿扰》来找她。孔献科是因为美国专场而上台的。黛珊那时候已经在台上站了两个多月，对于献科，她实在挑不出什么不满意的地方，于是两人就顺利牵手。

她和艾美还时有联系。嘉渔放弃了出版社的工作，跟艾美去了北京。据说因为艾美的工作关系，他们也放弃了免费的马尔代夫之旅。嘉渔在后海的酒吧里唱了一阵子歌，可是并不见任何发展的契机，很快就和艾美因为各种琐事吵架。艾美给黛珊的最后一条微信说：“那条甲鱼昨天离开北京去深圳了。据说和郑可嘉还有联系。”

黛珊想了半天，回了一个淡淡的“哦”字。

生活向前飞奔。一年后，刚满三十岁、身怀六甲的黛珊住在纽约近郊韦斯特切斯特的大房子里，迎来了到美国来帮她带孩子的母亲。考虑到老年人生活寂寞，黛珊和孔献科特地买了最新的ROKU，为的是让母亲可以较为方便及时地看到各种中文电视。

黛珊母亲看的最多的自然是《非诚勿扰》，时不时跟黛珊他们说：“这个主持人太有水平了！他和这个节目是我们南京人的骄傲啊！你们要不是因为这个节目，哪里会认识、会结婚？现在都要生孩子了！”

黛珊和献科倒都有些哭笑不得的意思。黛珊偶尔也看一眼节目，注意到他们的点评的女嘉宾居然已经换了，而那个去马尔代夫度蜜月的奖励不知何时也改了，改成去英国的什么古堡了。

这世上有什么是永恒不变的呢？黛珊轻轻抚摸着自己的肚皮，感受到腹中小儿的踢腿，讶异着新生命的神奇和魅力。想起张橄榄跟自己说起马尔代夫群岛如何尽善尽美的往事，想起自己曾经把去马尔代夫当作人生的首要梦想，黛珊不觉浅笑起来。

（原发于《雪莲》2019年5月号）

阿姆斯特丹的最后一夜

（一）

阿姆斯特丹临运河的街道围栏上，各式各样的自行车一辆挨一辆、密密匝匝地锁靠在一起，构成一道蔚为壮观的风景。那景象让艾美想起了中学和大学的自行车棚，一样的自行车的海洋，仿佛那时亲密的同学和朋友们，常常不分彼此地倚靠在一起，瞧不出他们会有如何不一样的将来。

麻将看到这么多自行车时，十分美国而小儿科地惊叫："我的天啦，他们怎么辨认哪辆是自己的车呢？！"

艾美笑话他："你这小傻瓜，他们都有自己的牌照的啦。这阵势跟中国比，还是小巫见大巫了。再说了，美国那么多汽车，相似的也多，大家不还是认识自己的车嘛？！"

麻将不好意思地笑起来，却还是揶揄地回了一句："Yes，You smartass！"

艾美有瞬间的发怔，弄不清楚麻将用"smartass"这么个词是表明他们的亲密无间，还是多少包含了一点嫌恶她自以为是的聪明过头。有时她很迷惑，对于已经讨论订婚甚至结婚的她和麻将来说，他们之间的亲密和理解到底是在什么程度？就像美国人喜欢在各种问卷里要求答卷人在1到10之间选择一个数字，艾美常常自问：关于她和麻将的爱情之深浅浓淡，她可以选择1到10之间的哪一个数字？

两人拖着行李箱进入酒店房间。虽然早就听说欧洲的酒店房间偏小，但是真正身在其中的时候，第一次到欧洲旅游的艾美还是有点惊讶。不过麻将很满意，说跟他八年前住的青年旅社的大通铺相比，已经完全是天上地下的区别了。

这次来阿姆斯特丹是艾美的主意，也是她送给麻将进入而立之岁的生日礼物。两三个月前艾美刚刚拿到绿卡，总算可以相对自由地出入美国。本来她计划第一次用绿卡的权利是回中国探亲，毕竟算起来，她从出国读研究生开始，已经有八年多没回去过了。

只因那次朋友聚会上麻将慨叹“我真是怀念大学毕业那年在阿姆斯特丹的疯狂日子啊”，艾美记在心里，悄悄准备了自己的申根签证，订了两人四天三夜的旅游套餐，并在他位于康州老家的生日宴上把这个惊喜和盘托出。麻将很兴奋，在餐桌边搂住她亲吻，喊道：“谢谢你，我的女生！你最理解我！但是，我猜我必须要和事务所请两天假，虽然年底时候很忙。”

那个“但是”，像个讨厌的尾巴叫艾美不舒坦，仿佛麻将到底不是百分之一百地惊喜，不是百分之一百地情愿来阿姆斯特丹的。她知道对于这个年龄的、他们这样的异族男女来说，也许根本就不可能存在任何百分之一百的纯粹，就像回答问卷调查的1到10的要求，她选择不了1，也选择不了10一样。可是，总有那些苍白无奈的瞬间，她希望他们还是纯粹地、百分百地付出和投入的。

麻将对于阿姆斯特丹的美好怀念，是她的大麻和性。按他的说法，他是美国青少年里的好孩子，大学毕业居然还没碰过大麻，而性经验也极为有限。于是在他就要循规蹈矩地开始在投资银行做法律顾问的那个夏天，他和朋友们要疯狂一次，放纵一次，而且不留任何可能的麻烦。

麻将还说，他们当初以背包客的方式在欧洲游走了一个月，而最后一站选择在阿姆斯特丹；出了大车站，他们就按图索骥直奔旅游手册上介绍的咖啡店，吞云吐雾到飘飘欲仙；然后，他们转战红灯区，流连忘返并最终登堂入室销魂了一刻钟；在青年旅馆度过在欧洲的最后一晚之后，他们第二天几乎弹尽粮绝地飞回了纽约。一个星期后，开始了他们体面的华尔街生涯。

（二）

就在这次抵达市中心旅店的第一晚，麻将回忆起八年前那场旅行，依然兴奋不已。他躺在床上喃喃不停："其实那次我在阿姆斯特丹只呆了二十四小时不到。哦，可是，那真是身在天堂的感觉！那一个下午和晚上，我难以置信地高，难以置信地快乐，觉得那是我这一生中最美妙的一段时光！"

艾美有些吃惊，问他："你们到了阿姆斯特丹，甚至都没有去看梵高的博物馆，没有去看安妮小屋，没有去看大风车和郁金香，就吸大麻和嫖娼了？"

麻将有点骄傲地不否认，艾美只有叹气的份儿。虽然这次来阿姆斯特丹的初衷是让麻将快乐，重温八年前的快乐，艾美还是害怕他们把几天的短暂旅程全部耗在吸食大麻这样的无意义事件里，于是她坚定地按照先去郊外农场看风车、木屐鞋子和奶酪的计划，后来在城区也是先参观几家博物馆，再坐船游运河。到临回的前一天下午，艾美才终随着麻将，忐忑不安地走进了他念念不忘的售卖各式大麻香烟和蛋糕的、一家所谓的咖啡馆。

艾美和麻将都自诩是社交性的烟民：他们不会对香烟迷恋不

舍，但是偶尔也能应景地抽上一支，且不觉得烟味难闻。在咖啡馆，他们叫了两块看上去又甜又黑的布朗尼小蛋糕，十分小心细腻地一小块一小块地送到嘴里，动用舌头和牙齿，咀嚼混和这褒贬不一的加了麻醉剂的甜点，再慢慢送到消化通道的下一区。麻将不时歇下来，专心致志地卷他们买的一包大麻烟丝，又间或抬头，微带笑意地问艾美："你感觉到了什么没有？"

艾美吃下一小块布朗尼，微笑道："也许，有那么一点，有点高，有点幸福，仿佛看见外面行走的人群，还有这店里人'不干我事'的态度，都让我觉得满意。世界是美好的，欧洲是美好的，阿姆斯特丹是美好的，这个咖啡馆是美好的，这稍微隐蔽的临窗位置是美好的。但是，我在度假，和你一起度假，我不应该感觉一切美好吗？"

说话间，麻将递给她一支细细的、白白的烟卷，示意她叼在唇间，然后拿了桌上的火柴盒，"哧"地一声，划出一道犹如特殊香味的火苗，磷气四散，给她点着火。

艾美轻轻吸了一口，满足地闭上双眼，仿佛这动作可以帮助她更高效率地吸食那烟卷里的一切成分。等她睁开眼，却无意中瞥见那个丰满性感的女服务员和她脸上满满的鼓励的笑意，艾美一时也微笑起来。

等他们走出咖啡馆时候，两人都像喝了酒一般，脚底飘飘地有些醉意。麻将按照事先说的，带艾美去红灯区看热闹。有一家叫"红磨坊"的店，门口安置了些造型夸张的生殖器模型，特殊形状的霓虹灯急不可耐地闪烁着招徕客人。两人不觉停下来，东张西望了一番。

艾美忽然听到有人讲中文，回头一看，原来是个中国人导游带着一群中国游客。导游是个中年女性，看上去优雅而有涵养，听她一会儿跟游客们说中文或英语，一会儿又自由切换到法语和荷兰语跟看门的沟通，艾美倒十分好奇起来。

末了，导游告诉大家有一个小时的自由活动时间，有兴趣的可以一起在这家店看性感的真人表演，团体票价还可以略有优惠。导游又说："大家不是天天都能到阿姆斯特丹来旅游，更不是天天能有这样看真人秀的机会。而且，真的没必要有什么顾虑：人家表演的人都不怕，我们怕什么？另外，他们的表演十分专业，看了就知道其实也没什么。还有，这边过了河就是阿姆斯特丹的唐人街了，不喜欢红灯区的团员也可以去那边走走看看。记住了，一个小时之后，我们在这门口集合。"

导游挥了挥手中的小旗帜，就又转身和看门的说话了。一时，旅游团的客人们叽叽喳喳地议论，其中有父母带着小孩来玩的，就自觉先走开，剩下的一些有单身的、成双成对的，有的义无反顾地跟导游说要买票，有的互相商量了半天还是拿不出一个统一的意见，更有一对夫妻闹情绪，女的往前走了，男的却恨恨地不愿跟上。

麻将笑道："看这些中国人，兴奋得跟什么似的！"

艾美道："我也是中国人。"

麻将回道："你不算了，你是个纽约客，是个美国化了的中国人。"

艾美不再与他辩，只问："我们要不要进去看看？"

（三）

看完了真人秀出来，大家都急忙往外面走，似乎要表明自己跟这个地方的关系到此为止，就像一夜情的男女主角完事后各奔东西一样。天色渐晚，在这初冬的微寒和萧瑟里，这一区的灯红酒绿散发出的气息倒更有温暖和暧昧的意思。艾美和麻将信步而走，脚底飘飘的，心情高高的，一时就到了有许多橱窗女郎的街区。他们边看边评，麻将说这些女郎多是从东欧过来的，因此金发碧眼的居多。艾美笑道："为什么没有男人站橱窗呢？还是不够男女平等。"

正说着，麻将却在一个黑人女郎的橱窗前停下了脚步。那女子先以为麻将是单身，就微微作羞状，侧了身，低了脸，嘴角却绽放出一朵妩媚的笑。待她看见艾美紧随着麻将，那笑意又渐渐地冻结，她的视线也转向别处了。艾美看麻将神情痴迷，不觉也多看了两眼那女郎。她的肤色倒更像黑白混血的结果了，五官综合了两个种族的长处，立体感十足，一双眼睛和两片嘴唇都似笑非笑的，骄傲和妩媚完美地融合在一起，的确是个美人。

咖啡美人见他们一对，早就转了视线不看麻将和艾美。艾美也继续信步往前，走了几步，忽然意识到身边没人，一转肩，发现麻将落她身后，就疑惑地停下来。

麻将跟上她，沉吟一刻，终道："你曾经跟一个黑人约会过……"

艾美有点不耐烦地冷笑，道："得了吧，什么约会，一夜情罢了。一夜情也算不上，健身馆里的一时冲动而已……"

麻将笑着大叫道："对了对了，一夜情都算不上，就是兴之所致……"

艾美忽然警醒，在夜色里，盯住了麻将的脸眼，问他："你是不是……"

麻将更加不自然地笑："你说什么呢，可别多想，我什么都没想。那个男的健身教练叫什么来着，迈克尔·威廉姆斯，对不对？"

艾美不笑，不说话，只继续往前走。

麻将无趣地跟上，沉默了片刻，还是忍不住开口，小心翼翼地讪笑，试探着道："是不是有那么一点点不公平，你有过和黑人一起的经历，而我却还没有……人家都说'一黑到底'，你怎么想？"

艾美一时冲动，停下来，面对麻将，抱住他，语气平静地道："亲爱的，如果你喜欢那个巧克力女郎，你可以去找她，寻点欢乐……"

麻将错愕地愣住，又忙搂紧她："我不是要你伤心，也不是要你胡思乱想。我想我有点高了。你不是认真的吧？"

艾美却笑起来："我是认真的。只要你不爱上她。注意安全措施。就这么一次，不是吗？你只是好奇，想试试，不是吗？"

"你知道，我在初中的时候，有一个很要好的黑人女同学……"

艾美推开他，笑道："去吧。也许问她的名字，说不定她也叫Felicity呢！"

麻将把她拉进怀里，喃喃道："你瞎说什么呢。我刚刚又瞎说什么呢。我爱你，艾美，艾美艾，你这个中国女孩！"

艾美眼中几乎有泪泛起。她抬起头，他们的唇碰在一起，双双通过对方的唇意识到零度寒冷，于是双唇粘在一起，一瞬间，贪婪地吻着，急速地升温。

半晌，艾美道："我也爱你，我希望你快乐。如果你去找那个黑人女郎，会十分快乐的话，我愿意你去找她，过一个快乐的夜晚。不，那也许太贵了，也许快乐的一小时、半小时？”麻将睁大眼睛无辜而不解地望着她，圆滚滚的、淡蓝色的明亮眼球似乎要滚出眼眶来。艾美不由伸手去摸，作势要把要出轨的眼球们抵回去，又笑道：“多么可爱的眼睛，多么可爱的眼睛啊！”

麻将忙作势捂住了自己的双眼，笑道：“求求你，不要只爱我的眼睛！”

艾美曾经给麻将讲过荆轲和燕国王子之间“但爱其手”的故事：王子请荆轲欣赏宫女跳舞，荆轲盯着其中一位女子看得目不转睛；王子问他喜欢那个美女什么地方，荆轲说“但爱其手”。艾美用英文讲这句时，用的是“多么可爱的双手啊，多么可爱的双手啊！（What lovely hands, what lovely hands！）”

那个故事的结局是：燕王子把美女的双手剁下来，装在锦盒里，送给荆轲。当艾美把这个结局讲给麻将听的时候，麻将惊骇交加地大笑道：“我从来不知道你们中国人从几千年起就这么变态、残忍！”

艾美笑他：“其实我觉得这更像个寓言故事，告诉我们爱一个人或者一样东西，并不一定非要拥有他、她或者它。有时候，给爱的人自由，远远地观看生命美丽绽放，或许是更人性的选择，也是更懂得爱、更爱的表现。”

这一刻，自己曾经振振有词说出的高尚言论，在艾美脑海里一闪而过。她努力不去想，却笑着发力，作势要扒开麻将捂着双眼的手掌，要拥有他的双眼。麻将却忽然反拉住她的双臂，道：“也许我们可以有个君子协议，就像拉里·戴维德和他的妻子，在《管制你的热情》(Curb Your Enthusiasm) 里面的约定，拉里可以有一次婚外行为，希瑞也可以有一次，就一次？”

艾美也想起电视剧《管制你的热情》里面的这段情节，她几乎脱口而出“我不需要这么一次机会”，话到嘴边，却换了口气和内容：“好主意，也许我也会在某个时刻碰到一个让我欲罢不能的美男子呢。再说，我们还没结婚呢。那么，现在，趁我还没改变主意，你去吧，炯纳森·马龙力！现金足够？安全第一？我要去唐人街那边转一转，回头给我电话？”

艾美从麻将的怀里脱出来，举起右手，做了个打电话的手势，然后转身急步往前走，面上带着笑容。两个游客迎面而来，他们在远方就曾见麻将和艾美缠绵，到最后以为他们闹分手，却忽然看见艾美脸上的笑容，不由得极不自然地交换了一下眼神，又满腹狐疑地看了看呆在原地的麻将。

（四）

艾美一边往前走，一边戴上耳机、调大音量，一时耳朵里灌满艾美·怀恩豪斯的歌声。这两年，这个造型奇特的英国女歌手忽然红遍大西洋两岸，艾美也不觉喜欢上了她的歌。起初还是麻将把她的专辑“Back to Black”当作生日礼物送给她，说因为她也叫艾美。艾美不喜欢她的夸张造型和诡异出格的作风，却渐渐喜欢上听她的歌，新买不久的iPod里面则几乎收录了怀恩豪斯的所有歌曲。

有时候艾美暗自在心底把怀恩豪斯的姓翻译成“酒居”，仿佛一个日文的姓。她喜欢这样的文字小游戏，就像当初把麻将叫成“麻将”：其实他的全名是Jonathan Maloney。当他要艾美给他一个中文名字的时候，艾美取他姓和名里的第一个音节，找到两个相当的汉字，又按中国人的习惯把姓在放在前、名字放在后，于是成就了

“马炯”。后来发现这发音和“麻将”很接近，于是他就成了一副“麻将”。

此时此刻，在欧洲的一个灯红酒绿的都市，初冬的寒意才起，酒居艾美在艾美的耳朵里，拿慵懒而性感的声调唱出尖锐的情感和生存问题，忽然让艾美觉得她离这个歌手和她歌声里的故事，似乎都更为接近起来。她唱“You go back to her, I go back to black”，或者“Amy Amy Amy, Where is my moral parallel? ”，或者“and I question myself again： what is it ‘bout men’? ”，或者“Love is a losing game……”每一首，每一句，都仿佛是在想和艾美对话。

可是，艾美到底听不进这样的歌词和旋律。她感觉自己思绪复杂心情混乱，一面判断自己的所作所为，一面要分析麻将的言行举止，而这一切像一场她不曾期待和计划的drama。是的，是她要给他一份生日礼物，完美的生日礼物，然而她没有料到麻将的“得寸进尺”，也没有料到自己居然大度地“成人之美”。那个调查问卷里的问题重新浮回艾美的脑海表面：你爱麻将的深浅浓淡，到底可以选择1到10这个数字之间的哪一个？

艾美拒绝细想。她一边坚决地走，一边快进歌曲，快进到那首“我的眼泪它们自己干”（Tears Dry on Their Own）的时候，她忽然下意识地伸手摸了摸自己的眼角，并没有泪，只是冰冷的肌肤之触，让她再次想起这是阿姆斯特丹的夜晚，十一月底的夜晚。

此刻，对于酒居艾美的音乐，艾美已忍无可忍，毅然关掉了包里的iPod。她转头四顾，发现自己原来早已过了桥，到了唐人街。一人置身在熟悉又陌生的、满眼中文招牌的街道，艾美再次觉得整个人从里到外地凉起来，冷起来。她决定了自己需要食物和温暖，这些生存所需的更具体、更实在、更可以量化的元素，而大麻和爱情不在此列。

艾美信步走进了一家叫“得月楼”的饭店，脱了大衣坐下来翻弄菜单。年轻的男伙计殷勤地走过来，拿着纸笔等她点菜。艾美先要了酸辣汤和葱油饼，又斟酌着点了个扬州炒饭。伙计收了菜单，搭讪着笑道：“一个人来阿姆斯特丹玩？”

艾美这时仔细打量他，发现他长得硕长秀气，一身黑裤黑衫又透出几分玩世的冷酷，看着倒不像一般的伙计。艾美因问他：“你们这里的酸辣汤和葱油饼怎么样？”

艾美到所有中国饭店都喜欢点这两样，因为这是她母亲最拿手的两样家常菜，只是她妈妈并不叫那个饼“葱油饼”，而是简单的“鸡蛋摊饼”。母亲很得意地说过，当年有个下乡的医生，特别喜欢吃她做的汤和饼。其实，母亲的汤和饼，都带有家乡的地方特色，正如每个饭店的酸辣汤和葱油饼也都有变化一样，比如有的汤里面放鸡丁，有的里面加了金针菇，有的饼里面葱叶多一点，有的饼里面鸡蛋成分少一点，等等。她对这两样菜的固执，与其说是她对每一家中餐馆基本功的检验，不如说是她对已和她渐行渐远的故乡气息、口味和记忆的凭吊与追缅。

伙计莞尔一笑，说：“这么大众的、不算菜的菜，有什么好与不好？”

艾美也笑，却道：“也许不是你的菜，却是我的菜。就这几样吧。”

伙计一时有些尴尬，却也去厨房叫菜了。艾美看了一眼他的背影，不觉微笑。三样吃食上得倒快，伙计如同武林高手一般，一趟就全送了来，回头又笑容可掬地说了句：“您的菜上齐了，请慢用！”又去招呼别的客人。

艾美先喝酸辣汤，微酸中辣，倒是对她胃口的，更对胃口的是它带来的热气，让她一时又全身心地活络和温暖起来。她夹了葱油饼蘸酱吃，倒也是她喜欢的口味，薄而脆，而且葱叶多。她吃了几口，胃不再那么空落落地难受，心里也似乎有了底，却开始慢慢回溯她和麻将这一趟旅行，是不是从一开始就有不对的地方。

对于大麻，艾美原来只有有限的书本和电影体验：那些小说和电影里的人物似乎总有这样的经历，甚至历届美国总统也常被曝在青少年时代做过这样的放荡事体。当麻将最初提起他在阿姆斯特丹吸食大麻的经历时，艾美并没有大吃一惊，但是这一次当他怂恿自己一起来体验时，艾美还是犹豫不决的。她觉得自己是个有底线的人，她害怕会上瘾，更觉得对她这个“好女孩”来说，这是一种堕落甚至毁灭。

麻将于是向她保证吸一次或者两次绝对没有上瘾的可能性，又振振有词地给她科普欧洲诸国、加拿大还有美国的一些州有关大麻、至少医用大麻的合法化争议，当然最关键的是他们将在阿姆斯特丹“作案”，合法、安全而不会留下任何麻烦。

麻将最后的说词是：“吸点大麻，那滋味，比做爱的感觉更美妙，你会喜欢的。好女孩，做一次坏女孩，就算陪我这个好男孩，再做一次坏男孩！天啦，我都三十岁了。我想，过两年，等我们结婚生孩子了，可就再不能任自己疯狂放纵了。再不疯狂，再不放纵，我们就中年了，就老了，我的亲爱的！你爱我，对不对？我们必须一起做这件事儿！”

艾美最终妥协，答应麻将临走的最后一个下午尝试一下咖啡店的大麻烟和大麻蛋糕，似乎唯有这样才能表明自己是爱他的。她不忘取笑麻将道：“我觉得叫你‘麻将’太对了，因为这个中文词可以解释为：大麻小将，你就是一名喜食大麻的小将！”

麻将似懂非懂，却抱住她亲吻，说："你是我的女生！"

艾美想到这里，笑，然后觉得可笑。是啊，十几个小时之前，麻将蜜里调油地说她是他的女生，十几个小时之后，他又油腔滑调、欲说还羞地喜欢上一个橱窗女郎，而且似乎大义凛然地以她和迈克尔·威廉姆斯的旧事为理由、为自己的嫖妓行为找借口。"真他妈的荒唐！"艾美不自觉地摇头、苦笑之后，继续吃她的扬州炒饭。

（五）

一盘子扬州炒饭，艾美吃掉一半也就饱了。她让侍者把剩下的打包，又寻思着这半盘子饭够不够给麻将当夜宵，就又要了一份早先在菜单上看到、觉得还不错的寿司，却又旋即暗笑自己的愚蠢和"深情"：自己真是一个没救的女人了，忘记了尊严，脑子也进水，这个时候居然还想到要给那个负心去寻欢的花心男人带夜宵回去？她想叫住侍者，告诉他算了不要打包、也不要寿司了。最后那一声"嗨"却没喊出来，搁浅在喉咙口，艾美也就任由那侍者去了。

艾美瞄了一眼账单，正想是用信用卡还是身上已经所剩不多的欧元，却突然看见给客人的拷贝账单上多了几行小字，不觉拿起来仔细看，发现上面写的是汉字："很喜欢你。可否交个朋友？"后面还附了一串当地的电话号码，和一个中文姓名：马克，最底下又加附了他的MSN账号：Mark Ma。

艾美愣了愣，想不到此时此地碰到这么大胆直率的中国年轻人，觉得几乎超出了自己的想象力和承受力，甚至自己的理解范畴。有那么一刻，她忽然想他其实倒是清秀漂亮的，名字也有意思。

艾美数出二十欧元，到底把那张有马克联系信息的账单收进皮夹。她起身的时候，感觉下身一热，有细微异样的气流在体内窜动。她知道自己的大姨妈要来了，比预想的提前了一两天。她本来满打满算，料着不会在旅途中被大姨妈突然造访，也就没有带任何卫生巾之类，不想这下要措手不及。

马克过来收钱和账单，脸上有点不自然的笑意。当他看见给顾客的那份账单已经不在桌上时，脸上的笑意就更得意而诡秘起来。他离开桌子时，意味深长地对艾美说："谢谢！"

艾美道："不好意思。请问，你知不知道附近有没有什么，那种卖女性用品的商店？"

马克愣了一下，忽然明白过来："有的，有的。我可以陪你去一趟。"

艾美道："那倒不用，又怎么好意思？你告诉我怎么走就行了。"

马克道："没事的。我正好要下班了。这个区，这么晚，一个女游客也不是特别安全。你等我一下，我换下衣服。"

艾美穿好衣服，拿着打包的扬州炒饭和盒装的寿司，一边等侍应生，一边走近了看墙上的字画装饰。饭店的一面墙上挂了四美图，分别是《西施浣纱》《贵妃醉酒》《昭君出塞》和《貂蝉拜月》。站在一个西方国家的中国餐馆里，看着雪白的墙上挂着的这些色彩清丽、意象丰富的遥远的美人和她们的故事，艾美只感到令她绝望的遥远和不伦不类，一时不觉苦笑。

男子过来时，艾美发现他穿着和自己身上一系的巴宝莱大衣和巴宝莱的彩条围巾，心底微微地诧异。另外几个男男女女的伙计打趣地跟他挤眉弄眼，似乎嘲弄，又似乎羡慕嫉妒恨。艾美只装作什么也没看见，微笑着等他一起往外走。

他替她拉开门，彬彬有礼地笑道："我叫马克。"

艾美"噗嗤"一笑，马克也笑，道："我知道你笑什么。很多人都开玩笑，说我姓马，又叫这个英文名字，多别扭啊。可是，我老爸当初就给我起的这名字啊。"

艾美伸出手去要跟他握手，马克莫名其妙，却还是跟她握了握。艾美注意到他长着一双十分漂亮的手，十指洁白修长，仿佛不弹钢琴都可惜了。她忙着转移自己的注意力，笑道："知己，知己！我叫艾美艾。啊，实际上中文就姓艾名美，英文名叫Amy，所以连起来就是Amy Ai。有时连我自己也糊涂了，所以常常脱口而出就叫自己'艾美艾'了。"

马克也笑起来，用英文道："为这个，你得给我一个High Five！"

两人双手相贴之际，艾美感受到他手掌里的温度和空气的冷度。街上也越发华丽越发冷了，艾美不由缩了缩肩。马克若有所思地问她："你是从英国来的？还是从美国？"

艾美想告诉他自己来自美国纽约，出口时候说成"美国曼哈顿"，心底暗笑自己的虚荣。马克本来意气风发，如今却不自觉地叹了口气，感叹道："我本来也想去美国，去纽约、那个新阿姆斯特丹去瞧瞧的。"

艾美就问他："你是哪里人？怎么到欧州、阿姆斯特丹，这个旧阿姆斯特丹来的？"

马克道："我是温州人。大学毕业后不知道干什么好，在家浑浑噩噩了两三年，后来就跟着前辈出来闯荡，看看世界。巴黎待了两年，罗马做了一年，到这边也快一年了。"

"哦？大学读什么的？"

“声乐，一无用处。”

艾美又“哦”了一声，心想怪不得他看着似乎不同流俗，也怪不得他不像一般的伙计。

两个人的话题断断续续，倒也不觉得尴尬。不一刻，也就到了一家中国人开的小超市。艾美和店主打听了一下，很快找到自己要买的东西，又在显眼处看见荷兰最有名的特产糖浆华夫饼、雪佛瑞特起司以及花花绿绿的小木屐等物品，因想到麻将的母亲宝琳应该会喜欢这些，就顺手多拿了几样。

艾美到柜台付账的时候，发现老板娘不收信用卡，自己的欧元又所剩无几，一时有些不知所措。她正准备退掉卫生巾以外的用品，却不期马克从皮夹里拿出几张欧元来付账，笑道：“我先借你吧！”

艾美忙笑道：“真不好意思。也好，我给你一些美元现金吧。”艾美想起这层，忙又问老板娘：“那您这里收美元吗？”老板娘矜持地摇了摇头。艾美粗粗清点了一下钱夹里的美元，发现一样所剩无多，只好对马克道：“看来不借你的欧元还不行了。我这个小钱包里的美元似乎也不够还你了。你得跟我走一趟，去我的旅馆，我取了钱还你。”

马克笑起来，道：“别总说钱，多俗气啊。我也没事，送你回吧。”

艾美也笑起来，一时两人拿了东西，出了小店。艾美兀自觉得好笑：怎么就变成这样“难分难舍”了似的，好像自己成心有意地要做什么一般。不过她原本对自己能否一人按图索骥走回旅馆去也存很大的怀疑，如今心底又隐隐约约地想这么做是不是因为麻将那么做了，一时倒有点心事重重。她不想自己心事重重，就一直不停地找话来说。

（六）

马克也掩饰不住地兴奋，一路给她讲每处地标和典故，又问她玩了这里没有玩了那里没有。艾美偶尔分神的时刻，觉得他的笑容和话语如同一路经过的街道夜景还有闪烁的霓虹灯，似乎光辉灿烂，却又暧昧不明，仿佛有触手可及的温暖，却又隐藏着时刻准备偷袭的危险和疯狂。

马克因在杂货店里看见她的iPod，就问她听谁的歌，艾美就说最近听了些酒居艾美的歌，不想他也曾听了不少，还特别喜欢那一首“薇乐丽（Valerie）”，说它模棱两可的叙事给人许多联想。马克说着说着，就唱他最喜欢的那几句：

> 你怎么不到我这里来呢
> 别再逗我了
> 你为什么不来呢，薇乐丽？
>
> 薇乐丽
> 薇乐丽
> 薇乐丽
>
> 有时我一个人出门
> 我的目光穿越水面
> 我想许多事情，想你在做什么
> 我在我的脑海里描一幅图画
> ……

唱完了，马克定定地看着艾美。艾美倒有些不好意思，转头看向运河对岸的灯火，笑道：“果然是学声乐的。没想到你能把这个唱得这么有腔有调，不过这个本来也有男声版的吧？看着我干嘛？按照歌词，此刻你的目光应该'穿越水面'啊！"

马克也笑，却道："我正忙着'在我的脑海里描一幅图画'呢……"

艾美本要开口问他是什么样的一幅画，话到嘴边，却又不说了。对岸的街道上却突然有一辆警车滴溜溜地叫了几声，又呼啸着向前去，不知道在追赶什么人事，艾美倒听得心里凛凛的。

等市声恢复正常，马克却忽然又道："我也喜欢你的头发，喜欢你把头发盘成髻的样子，让本来年轻的你显得又干练又成熟。"

艾美大笑："你怎么知道我年轻不年轻啊？！"说着，她却伸手把头发放下来了。夜风掠过，几缕及肩的黑发飞过眉眼之间，一阵不可忽略的痒痒。艾美伸手理头发，不想碰到马克伸过来帮忙的手。她不着痕迹地轻轻打开。

马克把手收回，尴尬一笑，又道："这样，更美。"

艾美耸耸肩，就绕开话题，说自己喜欢听的一些歌和歌词。"其实，我很喜欢那句'Amy Amy Amy, Where is my moral parallel'，不仅因为里面有'艾美'这声呼唤，也不仅因为那句诘问，更因为这英文词组'moral parallel'。我稀里糊涂的理解就是 moral parallel 比灵魂伴侣、soulmate 低了一级的情感关系，虽然英文字面上似乎可以有别的理解。你认为呢？我们这个时代的人，还可能寻找灵魂伴侣、soulmate 吗？还是必须接受有一个 moral parallel 在生活中就不错的现实？"

马克愣了一下，然后笑起来，道："这问题太大了。确实，很多年没有人跟我说起 soulmate 这个词了，甚至在年轻的日子里，也很少有人跟自己这么讨论过吧。"

艾美也笑："也许生活里的熟人和亲人，更容易讨论衣食住行，精神层面的东西，反而被搁置在脑袋深处。"

马克道："你这么说，我倒想起那两部电影了：《日出之前》和《日落之前》，就是 Ethan Hawke 和 Julie Delpy演的，两个陌生人的邂逅。哈哈，是不是有点像我们的邂逅……"

艾美暗自冷笑，却道："他们1995年拍了《日出之前》，九年后的2004年拍了《日落之前》。据说还有续集要拍，估计又要等九年，那得到2013年。你觉得下一部会叫什么名字？"

马克笑道："有趣，我还真没想过。也许可以叫'Before Midnight（午夜之前）'？已经讲了下半夜的故事，白天的故事，底下应该是黄昏到午夜的邂逅了吧。就像我们邂逅的时间段？"

艾美大叫："你太能扯了！——两个人一边走，一边说话，怎么好像就很快到酒店了？过了这座桥，转弯，就是我住的酒店了。"

等红灯的时刻，艾美注意到马克眼里飞速掠过的失望和希望，暗笑自己怎么总喜欢这样的暧昧，心想应该不要再误导他、让他以为自己也在期盼着一场艳遇呢。

（七）

进了酒店大厅，马克四下看了一眼，笑道："这家啊。据说他们大堂的酒吧很不错的，还时常有乐队现场表演。要不要去喝一杯？我请客。"

艾美笑着摇头，又道："心意领了。我真的是累了，想上楼回房休息了。"

到了楼上，开了房间门和灯，放下手里的东西，艾美故作惊讶道："咦，这人怎么还没回来？"

马克也放了他帮艾美拎着的两袋东西，愣了愣，问道："谁还没回来？"艾美也顾不上邀请马克坐下，只忙着找了自己的大钱包，取了几张美元还给他。马克难进难退地站在门口，笑道："这会子，怎么感觉你在打发一个送外卖的似的？"

艾美几乎脱口而出"难道你不是"，却终是含笑不答。

马克倚着门框笑问道："你不是一个人来这里玩啊？"

艾美道："跟男朋友一起来的。今儿下午我去唐人街转转，他正好有事，要见个老朋友喝一杯。应该马上就回来了。"

马克脸色难看，把钱随意塞进裤兜，旋即又笑起来。"这样啊。这么洒脱地扔下女朋友不管的人，想来应该是个老外？"

艾美听出挑衅的意味，也在生活中网络上听过看过一些有关中国人对于中国女人外嫁的言论，包括那个起初听起来十分刺耳刺心的杂拼词汇：外F。她淡淡笑了笑，道："是不是老外，有什么分别吗？"

马克倒有些不好意思，冒了句英文"Sorry"，转身欲走，又回转来，道："我看你包里有名片，留我一张吧。真的蛮想去纽约玩玩的，到时候说不定还请你看在同胞的面子上，给点帮助？"

艾美想想，就从皮夹里抽出一张名片给他，笑道："你眼睛倒蛮尖的。"

马克接了，扫了一眼，夸张地点头翻白眼，道："哇，投资银行的副总裁啊！了不得！"

艾美作势要关门，勉强道："我很累了，需要休息了。谢谢你帮忙，希望以后可以回报。"

马克扬了扬手里艾美的名片，嘴角上翘着笑道："很荣幸认识你，也很荣幸能为艾美艾女士效劳。咱们纽约见啊！"

艾美关了门，不由长吁了一口气，如释重负的感觉之中，却又裹挟着点淡淡的失望涌上心头。她看了看手机，依然没有麻将的来电或短信，又恼怒，又担心。一个人独处时刻，下身的不适感似乎更迫切更严重起来。她坐在马桶上，心想这次大姨妈提前到来会不会是自己身体对大麻的一种反应呢，就像鼓励麻将去找橱窗女郎，就像自己在过去的两个多小时里和马克有意无意的暧昧？

（八）

艾美洗完澡，走出卫生间，才发现麻将早回来，躺在床上看电视，因为很多台不是英语，他不停地调换频道。

艾美一边用干毛巾擦头发，一边问他："什么时候回来的？我都不知道。"

麻将放下遥控器，看了她一眼，淡淡回道："有一会子了。我吃了几块寿司。希望你不要介意。"

艾美不出声地叹了口气，"我就是给你买的。全吃了吧，我在饭店里已经吃好了。"

麻将重新坐到桌边，打开寿司盒子，笨拙地用筷子夹着吃。艾美坐在他对面，一壁继续擦头发，一壁又忍不住笑，终道："你用手吃就好了。这个时候，又装什么绅士。"

麻将放了筷子，笑道："就是，应该把这筷子留给你插头发。我最喜欢看你在夏天时候用一根筷子把头发盘在脑后，简直是艺术。"

艾美一时顿住，心底有细细的温暖和感动，却终于问："怎么样？"

"什么怎么样？"

艾美转身站起来，觉得自己心肠也忽然硬起来，必须要把这个问题问出去。"就是你和那个橱窗里的巧克力女郎啊。"

麻将吃完寿司，收拾盒子，随手也把那副简易筷子折成两截放进了盒子，又把寿司盒子放进塑料袋，系紧袋子，起身把袋子塞进垃圾桶，又伸脚进去压了压快塞满一桶的垃圾。

做完这一切，麻将定定地看着艾美，说："我不想谈论那事儿。"

艾美一时不知说什么，拿了梳子梳头发。

麻将忽然又问："你刚刚有客人？"

艾美愣住，"你什么意思？"

麻将顿了顿，终道："我回来时候，在楼下酒吧里坐了一会儿，喝了一点。看到一个亚洲家伙也坐在那里独自喝酒，却一直盯着手里的一张名片看。我忍不住好奇，偷偷瞄了一眼，觉得像你的名片。怎么会这么巧？"

艾美恍然而悟，几乎脱口而出"是送寿司的中餐馆外卖"，却终是选择了实话实说，道："哦，是那个中餐馆的服务生，帮我付钱买了点东西。我没钱还他，又怕迷路，就让他送我回酒店了。非跟我要一张名片，说要保持联系。哈，说得跟真的似的。"

麻将"哦"了一声，忽然道："我也要冲个澡呢。"

艾美躺在床上听歌，不觉快进到那一首"薇乐丽"，隐约之间似乎听出以前不曾听出的感想和困惑，比如那句"看向水对面"，今晚可以理解成阿姆斯特丹城里的小运河，明日回到纽约，是不是就变成大西洋了呢？而今天和过去、未来和现在之间是不是也同样隔着这有水的鸿沟？到最后，每个人也只能独自前行，在水边也只能隔岸观火罢了。

她迷迷糊糊地睡着，再醒过来时，却发现麻将伏在身边，一边拿手抚摸她，一边亲吻她的耳垂和脖子。艾美愣了愣，却终是翻转身，背对着麻将，道："对不起，我没有心情。"

黑暗里，艾美感觉麻将的手僵持在半空，他的一口呼吸也仿佛僵持在半道。她想象他的脸色急遽地变幻，却没想到他突然问道："你有没有和那个中国人上床？"

（九）

艾美惊讶得差点儿坐起来，却终于压住心底的怒火，冷笑道："你疯了！我不想说话。我要睡了。明早八点二十的航班，我定了五点半的闹钟。"

也不知过了多久，麻将终于也躺下来，却忽然喃喃道："你知道吗？我并没有和她做爱。我没法子和她做。"

艾美一时无法入睡，想了片刻，冷笑道："为什么？是器质性的障碍还是精神性的障碍？"

麻将捉住她的双肩，把她扳过来面对自己。黑暗里，他双目炯炯，几如两团燃烧的火焰。麻将低声嘶嘶道："因为我爱你。"

艾美愣住，张口道："但是……"

麻将却忽然放开了她的双肩，黯然道："但是，你爱我吗？"

艾美坐起来，怒道："你什么意思？"

麻将看着她，忽然笑起来，他洁白整齐的牙齿在暗夜里闪烁着细小、转瞬即逝的、凶狠的、兽质的光芒。“如果你爱我，你为什么会同意、甚至鼓励、甚至把我推向今晚的这种局面？你快速地离开，几乎是想摆脱我。你到底有没有和那个中国人上床？想没想过和他上床？你怂恿我去找那个橱窗女郎，是不是因为你心底就在盘算着你的计划？你知道你有前科的。现在，你又为什么不想、不情愿和我做爱？”

艾美忽然说不出话，屈辱、悲愤、可笑、疯狂、失望，五味杂陈的泪水忽然要涌满双眼，她生生地忍住，说了一句：“我没有。我例假来了。亲爱的，太晚了，明天一早还有飞机要赶。晚安。”

因为时差的关系，艾美这几日都睡得不踏实，这一晚她也不知何时睡着，梦却断断续续地来骚扰。第一个梦居然是她和马克重走那段从唐人街到酒店的路，没想到的是，在她偶然回首的瞬间，她发现麻将居然一直尾随着他们。她一时惊醒，朦胧之间睁眼，看见睡姿凌乱的麻将就躺在身边打鼾，一副心无城府的样子，看了一会儿，就不由低低地叹了口气。

她再次睡去，却依然睡得不安稳，又不知为什么在梦里和麻将争论，最后是麻将甩出这么一个问题，“那么，艾美艾，请你告诉我，在1和10之间，1代表毫无感情、几如路人的关系，而10代表极端喜欢、甚至愿意付出生命的爱恋。你对我的爱是哪一个数字？”在梦里，艾美拿着笔做计算、作分析，却仿佛经历她生命中最困难的一场考试、最纠结的一场面谈、最尴尬的一场问答。她眼睁睁地看着时间流逝，却无法作答，而居高临下的麻将脸上渐渐浮出一样且灰且冷的笑意……

（十）

第二天一早，艾美早早起来洗漱，麻将赖了几分钟床，却也终是飞快地把自己和行李收拾妥当。去机场的路上，麻将和艾美一路几乎无话，只默契地打出租，把行李搬上搬下，办理登机、行李托运手续。等他们终于在飞机上坐定，艾美拿出手提电脑，准备在飞机上打点低级无脑的游戏，杀一点无聊的时光。

她习惯性地检查自己的电子邮件，却赫然看到一封从MSN发过来的通知，是马克马说希望和她做朋友。艾美飞快地退出信箱，自觉脸红心跳，却尽量不动声色地瞄了一眼坐在边上的麻将。

麻将却似乎没看见什么，正聚精会神地研究航空杂志上的问卷调查。艾美看见他拿随身带的圆珠笔标下了一个又一个数字，似乎有七，有八，也似乎有五，有六，甚至还有一两个九分。

因为早上没来得及剃胡子，麻将满脸胡茬儿。逆着光，艾美发现他一水青的胡茬儿里似乎冒出了一两根白色的胡须，十分扎眼。她想说什么，却被前面演示救生步骤的空姐给吸引了。

年轻的空姐演示完毕，又有一位年纪略大的黑人空姐拿着话筒讲话，满面诡谲的笑容，时而眨眼，时而做鬼脸，滑稽而亲切。

“女士们，先生们，我们马上就要起飞，飞离阿姆斯特丹，飞向新阿姆斯特丹。我希望你们都曾在阿姆斯特丹度过了一段美好的时光，不管你们做了什么，或者没做什么。记住，如果你不说，就没有人会知道。为什么不让我们把那些发生在阿姆斯特丹的事情永远留在阿姆斯特丹呢？当然，也许，有些人想要在脸书上分享他们的快乐或者悲伤。要记住，电子时代，什么都会留下印记的噢。不管怎么说，我们要去新阿姆斯特丹，对某些人来说，是另一个令人激动的旅途目的地，对另外一些乘客来说，或许就是他们甜蜜的、甜蜜的家乡。无论是哪一种，我希望你们有一个愉快的六小时航行。最新的天气预报显示，我们的目的地纽约，可能会迎来今年冬天的第一场暴风雪。不过，在那之前，你们由我们照料，大可不必担心大西洋的另一边发生些什么……”

她最后绽放出一个大大的、鲜红的笑容，感谢大家选择他们航空公司、祝大家旅途愉快，就消失在经济舱和头等舱之间的幕帘后面。客舱里许多乘客大笑鼓掌，艾美和麻将不约而同地对望彼此，又一起心照不宣地笑起来。

麻将道：“多有趣的空姐！第一次遇到这样的。我得把调查问卷的那一项从七分改成九分。”

艾美按照广播提示收起手提电脑，正襟危坐，却到底不由自主地脱口说了一句：“我也希望事情像她说的那样，在阿姆斯特丹发生的一切，就让它们留在阿姆斯特丹。”

正说着，飞机已经开始加速，滑离跑道的同时向天上飞去，艾美又一次体验类似失重的惊惧，不觉抓紧了扶手。麻将的手却也及时伸递过来，艾美反握了他的手，感觉他手心里较高的温度和那温度带来的安全感，它们丝丝密密地传递到自己的手臂、心脏进而整个身体。

飞机飞得越来越高，越来越快，然后倏地穿透了最低矮的云层，白晃晃的太阳光从窗口直照进来。这样的强光里，满舱的座位和座位上的乘客都变得虚无缥缈、难以辨认，而头顶上标志座位排号的阿拉伯数字和代表座号的英文字母却忽然异常清晰起来。一阵晕眩之中，艾美不由举起一只手遮在眼前。麻将看她一眼，体贴地拉下了他右首的遮阳小窗板。

短暂的适应期之后，艾美眼前的一切，似乎又重归正常。

（原载于大陆《青年作家》2017年第3期）

漂亮的人都来纽约了

(一)

星期五晚上，艾美出了96街地铁站，本想一如往常直接穿过校园的近路回家，却因注意到路边上卖圣诞树的那个小摊点，就沿着莱克辛顿大道往南走了。

这个摊点是从感恩节过后就在那里的。几十棵树或躺或倚地停在路边，每一棵都用红色的网绳罩住，这样树枝就不会蓬乱开来。两三个穿得严严实实的工作人员坐在一张简易的折叠桌子边上，旁边还有一台切割的机器，帮助有需要的客人锯平树根部位。圣诞树按身高分成三类，六尺、七尺和八尺，而价格也分别定在六十、七十和八十美元。

艾美没专心留意过，但觉得一直有人在买树，树的数量则一直维持在七八十棵的样子，想来每天都有新树补充进来。这一棵棵树，不知在哪里的原野生上长了许多年，将将长到一人多高的时候，就被刨掘、捆绑、运送到这偌大的城池里，等待这个城里的人把它们买回家，去装点这个季节的某一个房间。

这一晚，暗淡的路灯下，一对夫妇牵着个小女孩，正在那里和卖树的人讨论购树事宜。守着电锯的大胡子年轻人本来在看手机，一时注意到艾美的停留，冲她笑了笑，问道："要一棵树吗？"艾美犹豫不决，只道："也许不是今天晚上。"那人又道："也许来个树环？"艾美这才注意到围着学校小花园的铁栅栏上还挂了十来个由绿色松枝、棕色松球以及其他红色浆果扭拼成的花环，花环中间又打了一只红布蝴蝶结，添生几分节日的趣味。那人又道：“我怎么觉得在哪里见过你似的？”听到这样流俗的搭讪，艾美警觉地看了他一眼，注意到他大胡子掩饰住的脸眼其实很年轻，身板儿虽然结实，又几乎显瘦，不像这城里的其他青年男性，常常有健身馆练出来的结实。她不接话，却忽然听到自己肚子的咕咕声。下班后又去了健身馆，这会子饥肠辘辘，艾美也没心思再多看。当那人再问她是否感兴趣的时候，她又回了一句“也许不是今天晚上”，就忙着回家了。

星期天下午，她把一周的衣服拿到楼下洗衣房去洗。等着的时候，就先翻看微信，倒看到一个“冬季到纽约来看树”的热帖，列举了纽约市节日期间最好看的十棵圣诞树。说起来，艾美也看过好几棵的。毋庸置疑，排在第一的当然是洛克菲勒中心的那一棵全美闻名的挪威云杉，美轮美奂成纽约冬季最引人注目的象征。自然历史博物馆里那棵树挂满千纸鹤，充满别样情调，却多少又有些不伦不类。布莱恩公园溜冰场边上的那棵，全身缀满金、银、红三色饰件，不知怎么她总觉得那装饰透着十二分的俗气。

其实，就是公司大厅里的圣诞树也可以很漂亮，虽然高度上或许不及那些景点的圣诞树，但装饰上也常常别出心裁，比如今年选的都是暖红的装饰品，跟周围摆放的圣诞红花盆互相映衬，充满洋洋喜气。公寓楼的大厅里也放了一棵塑料圣诞树，树脚还放了几只装模作样的礼物盒子。也不晓得他们平时都是把这些节日道具藏在哪里的。

朋友圈里的吴黛珊发了一个九宫格图片，第一张展示她家的客厅有多大，第二张展示今年买的圣诞树有多高，第三张是她家先生和娃娃坐在树下其乐融融的情景，底下五张则展示了圣诞树上各种各样的装饰品，红星耀顶，彩绸缠身，有灯有球，有鸟有鹿，还有浆果和松鼠等等，第九张配她站在树前闭眼深呼吸的照片，还说："只有装饰好了圣诞树，才觉得这个节日终于来了。每天都能呼吸到松枝的清香真是令人陶醉的事呀！"

艾美把衣服放进烘干机，又翻了一会儿手机上的 Tinder和 Instagram 等等，并没有什么有趣的。她也有些累了，就走出大楼到街角的那家本杰明杂货店看看。他们家在显眼处放了几棵塑料圣诞树，柜架上也摆放着琳琅满目的装饰品。艾美一时心动，拿了购物篮买了好几样，又细细挑选了放圣诞树的底盘、树架和树裙等。

把烘干的衣服送回公寓，艾美又下楼来，先去附近的银行门市取了两百块现金，然后就兴冲冲地步行去买圣诞树。走在路上，她忽然觉得自己可笑，为什么这一年这一天自己有买棵圣诞树过节的冲动？难道就因为微信里的帖子还有朋友圈里那个吴黛珊的炫耀？现在东西买了一大堆，再不买棵树确实是可惜了，可是她对怎么把树立起来都没有信心。

走到那边的时候，她发现剩下的树已经不多了：在不到两天的时间里，这附近的居民至少搬走了四五十棵树。而且看那样子，从今天到星期二的圣诞夜，他们也不会再运新树过来了。

（二）

艾美走了两个来回，寻思着自己最多只能买一棵六英尺高的：所住的公寓不算高顶，圣诞树顶上再放一颗星星，就要触顶了。因为每棵树都有红色细丝网罩着，她也看不出树的形状漂亮与否，只好走到电锯那边去找人。

前天晚上跟她搭讪的那个年轻人正在那里帮一对头发花白的

老人家锯割树根，动作倒是麻利，三下五除二地处理完了原本带须的树根，露出平整光滑、茶杯口粗细的原木切面，衬着一树绿色松针。这情景一时让艾美想这算不算一种伤害，而那年轻袒露的伤口却又释放出意外的美丽。

等他们忙完了，另外的工作人员又帮老人家把圣诞树往车里放，先要放车顶上，但老年夫妇并没有绳索之类可以固定；然后试了后备箱，树放进去就盖不上；再试着横放后座，也有点长，影响关门。夫妇俩一时抱怨七尺高的树还是太高，工作人员又帮他们把副驾驶座后推，然后把那棵树勉强躺着放进去了。老太太颤颤巍巍坐到驾驶座后面，看样子十分不习惯这个位置，老头子倒信心十足地发动引擎开车上路了。

艾美看了半天，心里有点忐忑，几乎有点打退堂鼓，因为不知道自己怎么才能把这棵树弄回公寓去。犹豫半刻，她到底开口说自己想要一棵六尺高的树。

那个大胡子年轻人似乎还记得她，冲她笑道："下定决心了？"又领她到那一溜六尺高的树前，问艾美："你喜欢哪一棵？"

艾美选了一棵看上去应该壮硕蓬松的，又道："你们是提供送树上门服务的吧？"

年轻人道："那取决于你住的地方离这里有多远。你自己没车吗？"

艾美告诉他自己住的不远，走路就可以到。年轻人就喊桌子边上的人："查尔斯，这位女士要送树的服务，可以走到的距离。"

胖胖的查尔斯就道："女士，如果亚当给你送过去，我们额外收二十块钱的费用。当然，慷慨的小费也广受欢迎。"

艾美表示没问题，给他们留了地址电话，交了四十块押金，就先回去收衣服了。叠好衣服，她又把屋子里的东西整理一番，挪了挪电视柜，推了推沙发，这样在沙发和窗户之间留出一块放置圣诞树的空间。她寻思着怎么弄置买回来的树架和树裙，疑惑单凭一己之力大概也不能把这棵圣诞树竖起来。这时就听得楼下的门铃响，艾美隔着对讲机问了一下，果然是亚当送树过来了。

她在家里本来穿得随便，这会子想了想，还是换了件紧身薄毛衣。不一会儿，亚当已到门口。艾美开了门，就见他站在那里大口喘气，笑道："谢谢上帝，你们楼里有电梯！不然我不知道怎么才能把这棵树弄上来。"

艾美这么近距离地看他，注意到他饱满光洁的额头上渗出汗珠，还有他红彤彤的小耳朵支楞着，满腮胡子掩藏着脸部棱角，想他大概不超过25岁吧。一时又注意到他脚上黄得脏兮兮的添柏岚牌靴子，艾美忙叫他："能麻烦你脱一下靴子再往里走吗？"

亚当倒没介意地说："我知道你们亚洲人的习惯。"他费力褪了靴子，又问道："这树放哪里？"

艾美本寻思着要不要找一双拖鞋给他，想着也就算了。"请你帮忙放到客厅那边的角落。最好能帮我把它竖起来，我害怕我自己弄不好。"

亚当抱着树往里走，一边左顾右盼生怕撞上什么家具，一边忽然问："你一个人住吗？"

艾美刚说了"是"，又有点后悔，反问他："你为什么这么问呢？"

亚当不好意思地笑，看见地板上的树架和树裙等等，就笑道："如果你有男朋友，也许就不用我帮忙了。不过，看来你是完全准备好了。"

艾美想想倒是自己多疑的错了，只笑道："这个可以算是我的隐私信息吧？可不可以请你帮我把这棵树也架好？我研究了半天这个架子，终究是纸上谈兵，不知道具体怎么弄。"

亚当忙说"没问题"，也飞快证明他是个熟手，他要了剪刀，先剪掉圣诞树上的红丝网，然后和艾美一起把树架好，再帮她把猩红色的树裙铺好，又整了整一些蓬乱的树枝，终道："哇啦，这棵树真给你的房间增色呢！"

艾美取了现金和一瓶水给他："六十块，你不用找了。真的非常谢谢你！喝点水吧？"

亚当接了钱和水，说了谢谢，扭开瓶盖，仰起脖子"咕嘟咕嘟"喝了大半瓶，然后擦了擦落在胡须上的几颗水珠，壮了胆子一般，问道："你是叫艾美艾吧？"

艾美本姓艾名美，用艾美做英文名也似乎水到渠成，美国人自然叫她"艾美艾"，中国朋友有时也开玩笑般这么称呼她。她在康奈尔读书时的室友则叫琳达林，还曾经有个叫玛丽马的同事，当然都不如她这个"艾美艾"最原装原味。

被这年轻人这么叫，艾美还是有些吃惊，想是刚才自己在他们账簿上留下的。"啊，对。我的姓有些特别。"

"我知道，跟'爱'一个音。"

"你说得很对。你懂中文？"

"一点点！"男子用拇指和食指尖比画"一点点"的样子让艾美不由自主地笑出来。不想他又追了一句："艾美，你真地不记得我了吗？一点都认不出我来吗？"

艾美疑惑自己莫不是曾经在 Tinder、Instagram 之类应用上跟他聊过、约过吧，仔细想想，又觉得如果真的约过，自己是绝对不会忘记这么个人的。

“我是亚当·洛夫。我第一次看见你的时候，大概才15岁。你在康奈尔大学读书，我爸爸是大学的教授。我们一家住在树林子里。一晃，已经是七八年的时间过去了。”

（三）

他这么一说，艾美一下子就想起来了。

说起来有趣，这个“洛夫”对应的英文原是 Love。洛夫教授在学校里教文学，艾美当时的室友林达攻读英语文学，带着艾美一起去教授家里玩过几次。教授的家在离学校二十几里地的一个树林中。一百多年的老房子外表刷成白色，房子周围还有火塘、小湖、马厩等设施。初见之下，大有世外桃源的惊艳，更让她们惊奇的是教授的夫人和孩子们。

洛夫教授的夫人如碧是个家庭主妇，会弹琴，能绘画，待人接物更有一种影视剧里的表演感，却又让人觉得那就是她最自然的状态。中国留学生的圈子里有一则坊间流言：这个如碧女士是个女神稍微岔了一点神经的女神经。女神相夫教子，是真的在家教育自己的一儿一女，不让他们去公立学校之外，甚至也不同意他们接种政府的强制性疫苗，还曾领着一帮志同道合的女人们去市府州府前静坐或游行，抗议公立学校强制学生接种各类疫苗的行政措施。

艾美和林达私下里议论洛夫教授不像离经叛道的人，为什么会有这么一个离经叛道的太太，而且似乎相濡以沫。她们也议论如碧的名字：按理说英文里 Ruby 可以是红宝石，即使不是宝石，也可以是一种鲜艳的红，但音译成中文“如碧”生生就成了另一种颜色，而且令人不安地联想到“碧池”这么个词上去。

洛夫教授和夫人都是各种文化的爱好者，对艾美艾和琳达林这样的国际留学生更是张开双臂欢迎。艾美记得第一次去他们家过感恩节，如碧弹吉他，两个孩子菲萝丝迪和亚当拉小提琴，鼓动大家一起围着篝火跳舞。天黑了，他们回到屋子里聊天，吃他们自己烤出来的面包，喝他们自己烧出来的蔬菜汤。关于蔬菜汤，如碧说所有的食材，土豆、胡萝卜、洋葱等，都是他们自己种植和收获的。他们家甚至没有电视，但是有一个小房间被称作图书馆，有一台收音机，通常只是调频到国家公共广播电台。

亚当那时十几岁，上唇刚刚抹上一层淡淡的髭须。他留着半长的头发，散发出一种天然的野性。十一月底的天气，亚当却光着脚丫子在室外室内跑来跑去，弄得她和林达几个中国学生大惊小怪。

艾美还记得自己和亚当有过短暂的交谈。她以一副大姐姐问小弟弟的口气逗问他：“你这么多才多艺，长大了想干什么呢？”

那一年她后来又和林达去教授家里过圣诞节。他们家立了一棵从林子里搬回来的原生圣诞树，圣诞树上挂满了据说是从宾州阿米什村庄买来的手制小蜡烛。关灭电灯之后，如碧和菲萝丝迪一边领唱着赞美诗，一边用手里燃着的蜡烛把圣诞树上的蜡烛一颗一颗点亮，教授、亚当和其他客人则跟着唱和。那样的情景，对于刚到美国半年不到的艾美来说，有着魔幻般的感染力和几乎致命的吸引力，意识到生活里原来可以有这样一种近乎神圣的场景。

她尤其记得亚当年轻的、苍白里透出一团淡淡高原红的脸庞，在烛光的照映下，显得那样虔诚，而他光洁饱满的额头，显得那样高贵。

想到这里，艾美不由自主地叫起来：“哦，天啦！居然是你，那个年轻的亚当！你坐下来，我们要好好聊聊！你的父母怎么样了？你姐姐菲萝丝迪怎么样了？”

亚当有点得意地笑起来，道：“我真高兴，你还记得我，我们。他们都很好。我的意思是说，他们都有自己的生活，生活永远向前不是？我还要回去，我们还有些树要送。我有你的电话号码，给你打过电话。你保存一下？如果不介意的话，我们回头再约了详谈？”

艾美忙道：“绝对应该的！我得请你吃一顿晚饭。记得那两年在你们家吃了好几次饭。你今天晚些时候有空吗？如果不介意，我就在家做点中国饭菜。我们也可以好好地聊一聊！”

话一出口，艾美就有点后悔，心想请他在外面吃一顿饭也就算了，怎么一时冲动还要请他来家里吃。

亚当道：“真的吗？我记得你和你的室友曾经带过中国食品去我们家聚会。我再没吃过那样美味的中国餐了。”

艾美心想他是夸张了，她也实在想不起来八年前她和林达可能带了什么样的食品去教授家聚会，也许是炸春卷或者是煎饺子之类。她自信于自己的厨艺，随便炒一两样小菜，糊弄这么一个喝他妈妈那种蔬菜汤长大的美国年轻人，应该还是没问题的。

亚当蹲下来穿他的靴子，艾美俯视着他一头浓密的黑发，不知怎么想起前不久约会过的那个三十岁就秃头的皮特，一时不禁感慨道：“看你长成了一个多么帅的男子汉！送树这份活，是你的临时工作吗？”

亚当抬头看她，回道：“对，就是快过节了才找的这份活儿。”

“怎么想起做这个的？平常看到做这样工作的都是阿米哥居多，很少有美国人做这个。”

亚当站起来，犹豫了一下，道："我秋天刚从伊莎卡大学毕业，也没找到合适的工作。我一直很想到纽约来混混，正好查尔斯说往年跟他来纽约的大卫年纪大了，入冬就去佛罗里达了。所以，我就跟他过来了。我这么大，从来没真正在纽约住过玩过。小时候跟父母来过几次，都是匆匆来匆匆去，住旅馆都是住在新泽西那边的，更便宜一些嘛。"

（四）

看着亚当进了电梯，艾美关了门，倒兀自站在门后发了一会儿呆。在伊莎卡读书那两年遇到的人、经历的事，这会子一幕幕在她脑海里飞快地闪过。那其实不过是两年不到的一段青春岁月，而近六年的的职场生涯早已经在自己的生命画板又涂上了完全不同的另外一种色彩，只是谁也不知道前尘往事的底色哪时哪刻会发生哪种静静缓缓的裂变。

当初她和林达都是去康奈尔读博士学位的。相对于林达志在必得的要走学术路线，那时的艾美对于未来其实没有明确的想法。她来美国读博士第一是因为英语好，其他人要去补习和突击准备的英语考试，对她来说不过是水到渠成、顺便去考一下就可以了。当然她其他各科的成绩也很优异，又是出身名校，一不小心拿到了常青藤的录取信，那就没有理由不去了。

艾美后来匆匆拿了硕士学位就来纽约上班，是因为有一个很好的机会，也是因为当初和男朋友顾乐航的情感，还因为和导师相处得不顺利。在当时，似乎每一步都是自己的自主选择，每一个被权衡的因素都曾经很重要，只是现在回头看去，那些选择固然促成了现在的自己，而因素本身却似乎都已经不再重要。生活向前，不是每个人都能经常回头看顾的。

艾美在厨房准备简单晚餐的时候，又想自己应不应该改变主意，带亚当去楼下的意大利餐厅吃一顿饭也就算了。想想那个餐厅的逼窄和喧闹，就又说服自己还是在家招待他吧，多少还能安静地说说话。一念至此，她也就安心洗切西兰花、蘑菇等等。

想到亚当这孩子出落成这样一个英俊的年轻人，艾美心里也不由感叹自己的变化。职场几年，从去年开始顶着个“副总裁”的头衔光环，她在纽约也算是在某种程度上迅速站稳脚跟了，当然随之而来的还有人在纽约的寂寞和孤独。这样的一个星期天晚上，如果不是亚当要来，她也就是吃点简餐，看看HBO的最新剧集，睡觉之前在床上翻翻各种手机应用上的更新。当然，在圣诞之前的最后一个周日晚上，她还有新立的圣诞树需要点缀装饰，而这一棵树，亦多少可给她带来一种更丰盈的满足感。

快八点的时候，电饭锅里的米饭已经熟好，西兰花牛肉和蘑菇鸡片也炒好了放在微波炉里，艾美又烧了一小锅酸辣汤。她犹豫着要不要给在剑桥攻读博士后的林达发个微信，告诉她今天的奇遇，打了几个字，忽然意识到伦敦已经是午夜之后，也就算了。她正要打电话去问亚当，亚当却打过来了，说他已经在楼下等着她开门。

亚当进来的时候带着一个阿迪达斯的健身馆用包。他一边脱鞋，一边道：“我跟查尔斯、法兰克讲过了。他说我们的树只剩下几棵了。明天上州要下大雪。他们打算今天晚上就收摊回去了。我说我要在城里待几天，在城里过一个圣诞节。”

艾美愣了一下，小心翼翼地问道：“那你有住的地方吗？”

亚当抬头朝她笑：“有的。我们几个人在城里过夜的时候，每天轮流，两个睡车里顺便看着树，一个睡在查尔斯一个朋友的客厅。我今天还可以去他朋友那里。”

艾美似信非信，一时却也不知再说什么，就道：“我们先吃饭吧。我希望你喜欢我做的简单的中国菜。”

“我闻到了！我真的受够了和查尔斯他们一天吃两顿披萨了！”

两人坐在小小的可餐厨房吃饭。艾美倒红酒时，忽然想起来，笑道：“你有二十一岁了吧？不然我是不是不能给你酒喝？总还是习惯把你想象成十五岁的、天真无邪的‘好’孩子。”

亚当坏笑道：“我比你想象的要‘坏’很多。”

艾美表示不相信。两人碰了杯，就边吃边聊。

艾美道：“人大了，是不是就都变坏了？你有没有觉得纽约的人都很坏，跟上州的淳朴民风不可同日而语？开车都很急，不让行人？也不知道是坏人都来纽约了，还是人来纽约都变坏了。”

亚当道：“我倒觉得，漂亮的人都来纽约了。你就是一个。”

艾美笑道：“新鲜说法。何以见得？”

“你不知道，我妈妈和爸爸后来有时候会谈起来，说那个漂亮的叫艾美的中国女生去哪儿了。他们听说你不读博士了，读完硕士就找了工作，都特别惋惜，但也特别替你高兴。听说你来纽约了，他们就说：漂亮的人都去纽约了！是真的，我在纽约这些日子，就觉得纽约的人要比其它地方的人漂亮很多，讲究很多。你看，就你做的中国菜，都很漂亮，让我想起油管上一个很走红的中国女孩子。”

艾美奇怪，问他：“谁？”

亚当说了“李子柒”的名字，艾美倒也听说过、还看过几集李子柒的视频。被这么类比着，她觉得受之有愧，不觉笑道：“其实你爸爸妈妈在伊莎卡那里营造的那种生活，就是很有诗情画意的田园生活呀！你爸爸妈妈现在怎么样了呢？”

“爸爸妈妈五年前离婚了。爸爸爱上了一个台湾来的女生，并因为师生恋离开了学校，最终和台湾女生一起去了台北。他们又生了个孩子，他目前在台北教英语，我们偶尔有电邮和短信来往。

“姐姐菲萝丝迪前年大学毕业，现在跟她的男朋友就一起在欧洲流浪呢，目前都不知道他们在哪个地方。

“妈妈前几年因为对止痛片上瘾，必须进疗养所三个月，还好成功出来了。她的健康状况也很不好。你知道的，她一辈子都没打过什么疫苗。她坚信她的身体和灵魂都是上帝给的。”

艾美不胜唏嘘，问道：“那她现在怎么样？”

（五）

亚当一时面色忧戚，道：“因为没有医疗保险，她现在经常买不起各种处方药。你知道我们这个国家，无原则地接纳非法移民，但是自己的国民其实都照顾不好。据说我们的GDP花在医疗上的百分比是最高的，有17%，但是我们的医疗品质是所有发达国家里面最差的。”

艾美心下凛然，怀疑他另有所指。“哇，你记得这么具体的数字，太让我惊讶了。我以前很天真，以为美国是个问题最少的国家。出国之前，还跟家人一番争论。因为你知道的，在中国似乎有太多的潜规则和灰色地带，所以大学毕业我决定要来美国。在美国待了八年，现在也渐渐发现她有很多问题，尤其是川普上台以后。”

“他上台不是偶然。奥巴马在台上的时候，就有很多问题了。比如说奥巴马保险，你说为什么我这样一个健康的年轻人非要买保险，不然就会被罚款？因为妈妈的病，因为医疗费用，我不得不就近选择了伊莎卡大学。我本来还想继续深造，但是现在很犹豫。”

艾美道：“你知道的，学艺术类，总是有更大的挑战。我的室友琳达林，你父亲以前系里的博士生。她现在在伦敦读博士后呢。”

“还是你好，作为一个外国人，能在纽约有立足之地。”

艾美玩味亚当说的“外国人”，有些词语在舌尖上要急切地跑出来变成有声的武器，她忙着抿了一小口红酒。“奇怪，怎么从没听琳达林说过你爸爸的事情呢。”

“爸爸说他在台北也是外国人，一种很奇特的感觉。我喜欢你的公寓，布置得很温馨，有家的感觉。特别是今天搬进来的那棵树，真漂亮。”

艾美笑道：“我们是不是也要说‘漂亮的圣诞树都来纽约了’？”

亚当道：“可不是嘛！人家都说洛克菲勒中心的那一棵树是全美最高、最漂亮的圣诞树。我这两天得抽空去好好地看一看她。还有那个新地标‘大船’，你去看过了吗？”

艾美道：“中国人叫它‘大松果’，怎么又跟‘松树’联系上了呢！我去过一次，上去还要预约。不过实物和各种网上的图片不能比，就像很多景点总是跟想象有出入一样。人，也是一样。”

“看你就是一个真正的纽约客呀！”

“我记得哪个电视里有个说法，成为‘纽约客’的标准是你必须在曼哈顿住了十年以上。这么算来，我最早在皇后区住了一年，在曼哈顿连头连尾算起来住了有五年了，只能算‘半个纽约客’。”

亚当笑起来：“多有趣！我们州长还喜欢在讲话里把所有纽约州的居民都称为‘纽约客’呢！看来，按照你的标准，我连零点零几都算不上。”

“不是我的标准，是曼哈顿人的标准！”

说罢，两个人都不由笑起来。一顿简餐，倒也吃得谈笑风生。到最后，两个人把一瓶酒也喝得差不多，艾美自觉有点不胜酒力，担心自己双唇又被酒色染得通红，却也无可奈何。她无法开口要亚当离开，又怀疑自己并不讨厌他继续呆下去、和他聊下去。

亚当也脸色泛红，眼见艾美要收拾碗碟，忙道：“我可以帮忙。”

艾美想想，就让他洗碗，自己擦了桌子，又拿了干净抹布，站在他边上把他洗好的碗碟杯筷一件件地擦干，渐渐赶上他的速度。他洗一件递给她一件，两人倒是轻易培养出一种无言的默契。

洗完碗，已经快十点。艾美先去卫生间补了一下妆，再出来，原对着客厅窗口看风景的亚当就道：“我可不可以在你这儿冲个澡？查尔斯朋友那儿住处公寓大楼的热水炉不知道修好了没有。”

艾美有些发愣，好像知道他会得寸进尺，却又怀疑自己一直在期待着，疑惑着他会什么样的方式要求继续逗留下去。“没问题。来，我告诉哪些是客人用的卫生用品。”

这些年来，艾美不是没有过一夜情的经历，也曾经有男士在自己公寓过夜，甚至还有备用的牙刷、剃胡刀等，这时少不得一一跟亚当讲了。亚当洗浴的时候，她想起来圣诞树的装饰还没全弄好，就又去客厅完成这项工程。

她踩着凳子先把彩灯环着圣诞树螺旋式地挂好，接了电源，五颜六色的彩灯就闪烁起来；关了房间大灯之后，就更有一种暧昧的温馨散漫开来。她酒劲略消，心情也好起来，就把其它饰品也一一拆了包，一样一样地往树上挂。

她不知怎么想起一句话，“一个女人最大的悲哀莫过于自己屋里墙上的每一颗钉子都是自己钉上去的。”艾美想想自己的房间里每一样家具、每一件饰品乃至每一颗钉子都算是自己购买的，就像这圣诞树，这圣诞树上的每件小玩意儿、每盏小灯光都是自己的，不晓得是应该觉得悲哀还是庆幸。

她最后拿着那颗硕大的五角星，寻思着怎样把它插到树顶上。她搬来圆凳，站上去，却有些恐高性地颤抖，只好又下来，准备再做它想。这时听得亚当开门的声音，艾美就叫道：“你好了？来帮我把这颗星星放到圣诞树顶上吧！”

亚当走到她身后，赞叹了一句：“真美呀！”

艾美感觉他的呼吸就在耳边，回头去看，却见他赤裸的上身，又闻到一股淡淡的清香。艾美吓了一跳，退后两步再看，见他一头刚擦干的头发有型地凌乱着，胡子似乎修剪过。要命的是，他居然没穿衣服，而是只裹了一条浴巾；一只手还拉着浴巾一角，一放手浴巾就有脱落的危险。

艾美一时满面绯红，道：“你在干什么？”

（六）

亚当不答话，只伸手接过艾美手里的硕大星星，微微踮脚，轻而易举就把那颗星星完美地插在了圣诞树的树尖上。

艾美抬头，看树，看星星，看见亚当的脸，也看见他缓缓放低的眼睫和眼睫下直视自己的眼神，还有他眼睛里闪烁的星星。她忙着低头，却看见亚当的胸腹和毛巾裹遮住的下身。毛巾叠塞的一角似乎正在缓缓地松动，随时有可能彻底滑落。她怀疑自己是不是也看见了毛巾里面隐约的、不可隐藏的勃起，一时更不知说什么、做什么。

亚当靠她更近，放下来的双臂顺势箍住艾美的双肩，喃喃道：“从星期五晚上看见你，我就想这么抱抱你！”

艾美不自觉地颤抖，努力镇定了自己，勉强笑着问：“为什么？”

“今晚，我感觉你就是一颗星星，放在了我的心尖上，正在点亮我，燃烧我。”

艾美慌里慌张，意识到语言对人的耳朵和人的心永远有不可低估的麻痹和杀伤的力量。她感觉到他身上的浴巾掉落，落在他们的脚面上，自己脱口而出的却是一句：“窗帘还开着呢！”

亚当一边开始吻她，一边挟着她移向沙发，腾出手去拉上了窗帘。他结实的身躯和充血的嘴唇都压上来，喘息着说：“我想我爱你。我控制不了我自己。”

艾美心里想着各种严词正义，甚至想说“一个女人没说‘不’不代表她想说‘是’”，却不由自主地回应着亚当，引导着亚当，一起跌跌撞撞地往卧室的床上奔去。

激情过后，艾美看着自己床上亚当硕长的裸体，忽然想起早些年在沈从文小说里看到的一句话，“该长肉的地方长肉，该长毛的地方长毛”。二十二岁，就是这样年轻美好的年龄吧，而她已经是一个年过三十的单身女人，到了感叹韶华易逝的时候。

艾美注目于他的脸庞，道：“突然发现你长得像一个电影演员。你知道是谁吗？年轻时候的阿什顿·库彻！”

亚当道：“最近几年总有人这么说。我自己并不觉得呀。”

艾美说：“不知道为什么，跟你做爱，总有点什么不太对的感觉。”

亚当道："为什么？我做得不好吗？"

艾美笑起来，手指触过他的胡须，道："你很棒。跟你做爱，就好像听比莉·艾利什的歌，觉得我这个年龄的女人不应该听她这种小女孩唱的歌一样。中国人喜欢说这个叫姐弟恋。"

亚当咬她的手指，说："傻话！年龄只是个数字，从来不是个问题。你知道的，阿什顿·库彻的前妻黛米·摩尔可是比他大了十六岁！"

艾美让床头柜上的阿莱克莎唱比莉·艾利什的《海一样的眼睛》。

我已经看了你
好些时候
我不可自止地凝视你
那海一样的眼睛
燃烧的天空
和炸裂的城池
十五色的火焰腾起
在海一样的眼睛里
你的海一样的眼睛里
……

歌声里，艾美又道："比莉·艾利什这么小就如此成功，让我想到你。"

亚当一手支头道："怎么会？我就是一个失败者呀。她倒是很特别，不过也是典型的富人、白人女孩吧，甚至也可以说是美。"

艾美想起"白富美"，一时发笑，跟亚当解释了一通，忍不住多说了一句："你也白，也美。而且，很年轻！"

亚当道："但是我很穷！其实，你可以算白富美。看你的皮肤，不是比我的还白吗？美，就不用说了。而且，你看着很富呀！"

艾美给他逗笑的同时，又有点心惊，换了话题道："我记得那年圣诞节在你家，问你的理想是什么。你说你想做一名艺术家，做音乐或者搞画画，你还不能决定如何取舍，然后又说做艺术家可能太难成功了。我当时就感叹，美国的小孩子真是有主见呀，而且对现实看得很透彻很清醒。"

亚当叹口气道："十五岁的孩子，你太把那时的我当成个大人看了。但是，十五岁确实也不小了。我记得，后来我好几次手淫的时候，想的都是你。"

艾美哭笑不得地愣了几秒，问道："你说的是真的？"

亚当翻身起来，一边吻她，一边道："是真的。我不知道为什么喜欢上了你。也许这是骨子里的。你知道，我爸爸对亚洲女性有特别的兴趣，所以那时候总请你们这些亚裔女学生去我们家玩。"

阿莱克莎不知怎么捕捉到亚当偶尔高声的几个词语，问道："对不起，我不太懂你。你是说要听亚裔女性唱的歌吗？"

他们两个听得都笑起来。艾美止了笑，叫阿莱克莎停下来，又道："原生家庭总是对我们有最深重的影响。至少，美国的心理学家们大多有这种倾向。"

"你看过心理医生吗？"

艾美不置可否，道："电影电视里都很多呀。有时会觉得他们是在胡说八道，有时又觉得他们说的也许有些道理。"

亚当道："我看过……你看，我还需要走吗？我看你的床还挺大的，你介意我在这里睡一个晚上吗？”

艾美不由得笑道：“你知道中国有个成语叫‘得寸进尺’吗？唉，看你这么无家可归的可怜样，就收留你一夜吧。”

（七）

星期一早上，艾美倒是一如往常比手机上的定时闹钟早醒了五分钟。外面天色早已大亮，这间卧室因为靠里，窗户对着的是几栋建筑物围成的小小天井，虽然安静，却也有采光不足的缺陷。这时候还给人可以继续待在黑甜梦乡的错觉，就像正在沉沉酣睡的亚当。然而早晨的光还是悄悄从百叶窗挤进来，一点点地照亮现实。

亚当昨晚洗完澡后就上床，如今一头乱云飞渡的头发随着他的呼吸起起伏伏，看得艾美有点忍俊不禁。她拿了手机，轻轻拍了一张，又忍不住随手发给了林达，加了一句道：“猜猜他是谁？”

整八点时，床头柜上的阿莱克莎唱响艾美设定的晨曲，艾美忙着按停。亚当条件反射似的在床上挪动了一下，一只胳膊举起来又放下去，又继续睡去了。艾美看见他剃了毛的腋下，想起昨夜他还说现在好多男青年流行刮剃腋毛和阴毛，甚至流行不穿内裤的说法，不觉又笑了一回。

艾美洗漱好了，看见手机上林达发回来的信息：谁？金屋玉床，藏有骄郎！她看了发笑，想着公司九点有会，就匆忙出门。临走时，看到自己钱包里还有百元现金，想了想，把那几张纸币拿出来，压在床头柜的阿莱克莎身下。

等六号地铁的时候，艾美回林达的短信：是你们系以前那个爱教授的儿子，亚当。

林达正在吃午饭，飞快回道：他长大了。来纽约了？

“是的。人家说‘漂亮的人都来纽约了’。”

“跟他爸一样会说话。听说爱教授爱到台湾去了。你怎么会联系上他？”

“周末心血来潮买棵圣诞树，没想到碰见他。根本没认出来，他说记得我。”

“美女总是被各种人各种惦记。天，你不会睡他了吧？”

地铁来了。上了地铁，艾美忽然想起来刚才进地铁站之前似乎瞄到路边还有些圣诞树在卖，而她当时完全没放到心上，看来，查尔斯昨晚并没有赶回上州去。到了86街，很多人上上下下，手机突然又连上网，一下子显示好几条林达发过来的新信息。唠叨感叹了一番“又一年了。你也没来伦敦，我也没去纽约”“圣诞这一周还没放假呢？今天还上班？”之后，林达锲而不舍地追问：“你睡他了？”

虽然是中文，艾美却无来由地感觉周围会有人认识中文字、会偷窥到她手机屏幕上的文字信息，竟莫名地有些担心。她也不知道怎么回林达，甚至有些后悔一早手滑把亚当的图片发给了她。等到了公司，她才给林达一条语音留言，长话短说了状况。

林达又问她：“那亚当还在你公寓呢？你也放心留一个陌生人在你公寓里？”

被她这么一提醒，艾美倒也有些担心起来。说到底，她对亚当的了解极其有限。按照现代城市里男欢女爱的准规则，他们也当是天亮就分手才对。想起亚当提及他以前从没在城里好好住过、玩过，这次大概是有意在纽约过圣诞节和新年的；而自己一早出门，没叫醒亚当或者赶他走，是不是下意识里已经接纳他要住在自己的地方过几天这个事实了呢？

开会前，她给亚当发了一条短信。散了会，才收到亚当的回言，说他刚刚冲了个澡。艾美再问他当日有什么计划，亚当道：我等不及你回家来，我们可以再次做爱。艾美反倒没了话回，只好丢给他两个表情符。

因圣诞将近，班上倒也没什么大事。平常喜欢微管理的亚历山大娅也终于决定休假到新年的二号再来上班，算起来还是她今年第一次休一个多星期的长假。她往年还喜欢说："没时间休的假，就不要休了呗！"弄得艾美一干人哭笑不得。

午饭后艾美去公司对面的香蕉共和国逛了一圈，买了几件衣服，就直接回家。想着亚当还在公寓里，她盘算着这样的早归会不会给他一个惊喜。

出了地铁站，艾美特地瞅了瞅查尔斯的摊位，倒确实不剩几棵树了，查尔斯正忙着收拾残局。上了楼，开门时，她还有些忐忑，却不料屋内安安静静，几乎诧异于她自己的闯入，对这公寓而言，星期一下午这样的时刻原是属于它自己的。艾美放了衣服和包，四处查看了一下。房间并不比早上更凌乱，亚当的衣物还在，自己的苹果电脑也还在，床头柜上压在阿莱克莎下面的零钞倒是消失了。

艾美吁了一口气，坐在沙发上，盯着眼前的圣诞树，虽有挂灯结彩的热闹，在白天还是显得有点黯然失色。想起昨夜两人的几番缠绵，不禁脸红一回。她拿出手机，斟酌着给亚当发了一条信息，问他在哪里呢。

隔了很久，亚当方才回她：我在大都会博物馆看艺术品呢。馆里有些地方信号不太好。我从你公寓那边一路走过来的。你今天什么时候下班？我可以去接你。

艾美泫然欲笑，却又立即觉得自己的可笑，回信息道："我来博物馆找你。一直以来，说自己每年要至少去一次大都会博物馆，今年的任务还没完成呢。你应该等我回来一起去的，我们公司员工可以拿免费的门票。”

亚当道：“我觉得大都会博物馆值得买门票。哦，对了，我拿了你床头的零钱。那我就在埃及馆的古墓那边等你。这些建筑物真是太震撼人心了。”

（八）

到了大都会博物馆，在摩肩接踵的人流里走了好一阵子，艾美才挤进埃及馆。她一路和亚当短信联系，得知他那时已经转移到了丹铎神庙的展厅。到了那个宽敞的展厅，隔着水池，艾美看亚当排队等着去神庙内部，期间有一对外国情侣请他给他们拍一张合影。有一刻，亚当看上去是个完完全全的陌生人。

经过昨夜，再想到如今两个人要在公共场合面对彼此，艾美感觉自己必须要调整一番心态才可以。到最后，她故作轻松地走到他面前，却只是说了一声“嗨”！亚当脸上的惊喜绝无矫饰，他搂住她，低下头来在她额上啄了一下。

因说起逛博物馆的感受，亚当说他看到一尊古希腊人脸雕塑，残损到只留下四分之三的脸面，性别不辨，年龄难测，半开半启的唇却有着蒙娜丽莎般的神秘微笑，也几乎又有断臂维纳斯的缺憾之美。

艾美也记得这么一尊神像，还记得当初看到时，阳光正好从玻璃屋顶上打下来，将大理石的面容映照得半明半暗，映照出一种奇怪的、似乎亘古又永恒的感染力。

她一时感慨道：“博物馆原是动物变成静物的地方，是生活变成展览的场所。敞开了说，是万变成不变的机构，亦是生过渡到死的空间。具体到这一神庙，是埃及文明变成美国物产的所在。好则好矣，却又总觉得缺了点什么。”

亚当道：“我觉得你很有艺术家气质嘛！你的思考也富有哲学精神。”

艾美也笑道：“可不是。在办公室，感觉大家不过是没有灵魂的机器人，成年机器人。跟你这样的年轻人在一起，想起自己还是有灵魂的。”

两个人笑了一回。艾美又领着亚当去中国展馆看了一趟，两人自是在那一方袖珍的苏州园林流连忘返许久。艾美想起初到纽约的第二年，大都会博物馆曾经举办了一个“镜花水月”的中国主题展览。当时这庭院地面铺了一层黑水晶，反射着一轮人造之月；人造的月色或橙黄，或明蓝，或灰白，倒更丰富地诠释了“人约黄昏后”的各种古美意境。她不免又跟亚当解说了一通。

亚当道：“我发现你也可以是个好导游呢！”

艾美也笑道：“好有意思。我一个中国人，倒在美国的博物馆里给你这个美国人做导游了。”

出馆之前，艾美想起这里也有一棵著名的圣诞树，就拉着亚当一起寻去。大都会博物馆的大厅里虽然也有一棵应景的树，它赖以成名的那棵二十米高的云杉却“藏”在中世纪雕塑馆里，更是以全身上下飞舞着的八十个瓷塑的大小天使闻名。树的底座上也饰有人物和动物：仔细了看，原是描绘了耶稣诞生时意大利那不勒斯的生活场景，有漂亮的房子和美丽的喷泉，各类小动物多达五十个，人物更多达七十个，细节生动真实，配上馆里广播系统里不时播放的节日音乐，倒让人有些心醉神驰起来。

他们在大都会博物馆逛到闭馆才出来，疲累至极，就直接回来，在楼下的意大利店吃晚饭。吃面时，艾美不经心地问道："今天在地铁站那边还看到查尔斯了。他没有回上州呢？"

亚当道："他说当时有几个客人的树没送完，就又等了一天。今天下午应该已经收摊回去了。"

艾美又问："你要在城里过圣诞节。你妈妈一个人在上州怎么办？"

亚当道："她感恩节前就去了明尼苏达的外公外婆家。他们住在明尼阿波尼斯的城郊，她很喜欢那个地方。可我觉得那里太冷了，比伊莎卡还冷。"

艾美一时笑道："那个地方在中国现在可算名声大噪了。去年一个很有名的、姓刘的中国企业家去过那里，和一个姓刘的中国女留学生（还有其他人）吃了顿饭，喝了不少酒，然后两人回家共度了一个'良宵'。现在闹得全世界的中国人都知道了他们那一夜交往的各种细节。"

亚当道："好像有点印象。我们依然生活在一个男权社会里。"

艾美一时倒接不上话，专注于拿叉子卷面条，半晌又道："想起一个人的诗：这城市的夜晚有许多危险，并不总是如此显而易见。"

亚当摇头表示不理解。艾美也不再解释，把面条放进嘴里，又道："那天跟我们的销售总监约翰聊天。他本科读的是艺术史，跟金融产品完全不相关。你想不想找找这方面的工作？"

亚当把眼睛从手机上移开，犹豫道："我真的不知道自己适合做点什么，也难以想象去做一份自己不喜欢的工作。我需要一点时间来思考和决定。"

艾美忙笑道："是的，是的。我也只是一时想起。这其实也不是我的事……"她说了一半，觉得不对，就止住了。她又想这是不是亚当身为美国年轻人才能有的潇洒，想想也不对，一时无话，就只默默地吃面条。

第二天，两个人迟迟起来。艾美也不用去上班，就带着亚当先去观摩洛克菲勒中心的那棵圣诞树，之后又跑到大松果那里打卡。晚上他们先到布莱恩公园，看了树，还一起进场溜冰半小时。出来时，因艾美持有美国银行的信用卡，两个人各得了一顶免费的圣诞老人的红帽子，喜气洋洋地前往时代广场。圣诞前夜的时代广场虽然没有新年之夜那种几十万人翘首等待水晶球落下的疯狂，却也热闹非凡。他们流连忘返到午夜之后才兴尽而归。

（九）

圣诞节早上，亚当准备了早餐，然后又神秘兮兮地说："艾美，我有一件礼物送给你。"他打开一个礼物盒，大大的礼盒底部睡着一张铅笔素描画，画的是一个女子站在一棵圣诞树前面闭眼沉思的样子，落款是"Adam Love for Amy"。

艾美认出那个女子是自己，自是惊喜，好奇他什么时候画的，本要说"其实我不知道这是不是爱"，又想起"Love"只是他的姓而已，就道："我也有一件礼物给你。"她给他买的是一件香蕉共和国新出的轰炸机飞行员款式羽绒外套，剃了胡子的亚当穿上更显英姿飒爽。

艾美笑道："那天看到店里橱窗里那个篮球运动员凯文·洛夫穿着这件，就想买了送给你。你和他不是堂兄弟吧？"

亚当大笑："我倒希望有这么个名人亲戚呢！听说他这两年深

受忧郁症困扰。”

“是的。你穿这件衣服比凯文还漂亮！”

亚当也很喜欢，道：“我怎么说来着？漂亮的人都来纽约了。”

他一时看见衣服上艾美没撕掉的价格标签，感叹一句“这么贵的衣服！”然后走到艾美身边来，弯腰拥住她，咬她耳朵道：“人家大学女生找糖爹，我找了个糖姐！”

艾美迷醉在他的深吻里，迷迷糊糊地想，两情相悦，他们大概是有的，而她更多的是疑惑，不知道这样一种两情相悦能坚持多久，又将以什么样的方式结束。

元旦前那个星期六中午，艾美和亚当在楼下的意大利店吃过午饭就回家歇着。正在看电视的时候，却有人敲门。艾美疑疑惑惑地，因为没有先听到楼下的门铃声音。她把门开了一条缝，却见一个肤色黑黑、脸蛋圆圆、身材胖胖的年轻女子站在那里，正盯着手机看。艾美便问她有什么事。

女子一抬头，露出一只银鼻环和满脸焦虑，勉强笑道：“很不好意思。刚才楼下有人开门，我就顺便进来了。我是从宾汉顿来的，来找一个人，我的男朋友。他跟林场主查尔斯来纽约卖圣诞树，但是到圣诞节前夜他们就应该一起回去的，结果他告诉查尔斯他要在城里待两天。他一直没回去。我打电话他也不接了。我刚刚生了孩子，一直走不开。今天才得了空到纽约来找他。”

艾美没想到这结束的方式来得这么出人意料，却如溺水的人一般要努力抓住什么，问道：“那你为什么来找我呢？”

“查尔斯说他的账簿上显示我男朋友最后一天曾经给这个地址送过圣诞树，所以我想问一问你有没有印象。你看，这个是他的照片，长得有点像阿什顿·库彻。他叫亚当·洛夫。你如果见过他，一定会有印象的。”

女孩说着说着，也似乎觉得不对劲，就闭了嘴，却把手机上的两人合影隔着门缝给艾美看。艾美认出照片上的男子是没蓄胡子的亚当，犹豫着应该怎么办。

亚当那时也走到门口来，惊呼道：“汉娜，你来这里干什么？不是说了，我们再不要联系了吗？！”

艾美退后一步，亚当就上前，并在那里隔着门缝和汉娜吵起来。汉娜骂他“白垃圾”，说亚当毁了她的大学生活，嘲笑他敢做不敢当、对于成人应担的责任只知道逃避，然后又要亚当一定为他的孩子负责。

亚当气急败坏地道：“谁知道你生的是谁的孩子？你真是做白日梦：我一个人还管不了自己，即使是我的孩子，我也养不了她呀！”

艾美起先还能暗自惊叹汉娜刚刚生产几天就能如此英猛，渐渐如坠五里云雾，却又觉得故事线条如此清晰。她终是忍无可忍，把看得见的属于亚当的东西放在他的阿迪达斯大包里，扔到门口，道：“我请你们离开公寓楼。要吵架，你们尽可以去街上吵。”

亚当愣住，忙着回身按住艾美双肩，道：“艾美，别这样。我爱你！”

艾美冷笑道：“对不起，亚当，我不能处理这么复杂的剧情！”

汉娜转了矛头，对着艾美说：“你这亚裔小婊子！你以为他真爱你呢？他当初也这么跟我甜言蜜语来着！查尔斯都跟我说了：他那天主动要给你送树，就是因为跟查尔斯打赌，说他当晚就能把你这个亚洲贱货弄上床。”

对门的邻居开了门，狐疑地望了一眼，看见艾美，就又面无表情地关了门。艾美羞愤难掩，把亚当的大包扔到门外，然后把亚当往外推。

汉娜叫起来："你不要碰他，在我面前！"

亚当稍微僵持了一下，也就退出门，和汉娜站在了一起，却在艾美关门之前喊了一句："你不能这样操了我就把我甩掉！"汉娜也在他身边喋喋不休地骂着。

艾美镇定着说了一句："我要打911了！"她锁上门，又拉上门后的安全链，拿着手机，走回客厅，没关的电视屏幕上正放映着一个女性哆嗦着向警察报案的镜头。艾美在圣诞树前的双人爱座沙发上坐下来，突然发现自己也手抖得厉害。

元旦过后，虽然艾美记得时不时在圣诞树的底盘里加水，那棵圣诞树还是开始发黄，且每天掉一层松针在树裙周围。艾美就寻思着要把它处理掉。她没想到把这么一棵六尺高的树要搬出去，也是蛮费力气和脑筋的事情。

她先把树上的各种装饰品卸下来，再把树横放在地上，拿了厨房的切肉刀来砍割，弄了半天，也只削掉几个小枝而已。从波多黎各过节回来的玛丽亚来打扫卫生时，帮她清理了一下，试也没试，就表示她对如何处理这棵树是心有余而力不足。艾美无法，只好求助于大楼管理员克里斯，给了他四十块钱，让他帮忙把那棵被折腾得不堪入目的圣诞树从公寓里拖出去。

星期一早上，走路去地铁站时，艾美看见自己的那棵圣诞树就躺在94街的路边，神色萎靡地积了些隔夜的残雪碎冰，等待着它被垃圾车拖走的既定命运。艾美如释重负地叹一口气，心底却又不免涌起一波淡淡的惆怅。走过校园的短路，她下定决心，中午还是应该给桑切斯博士的诊所挂个电话，约下她2020年关于情感关系的第一次心理咨询了。

（原载于香港《文综》季刊2020年夏季号）

夜里十一点洗碗的男人

夜里十一点，准备上楼睡觉的李嘉渔走到楼梯口又折回到厨房来。他开了大灯，远远就看见水槽里的一堆锅碗。它们当然没有神奇地自我消失，也没有神奇地自我洁净并移居碗橱。它们依然脸污口脏，依然互相倾轧着，依然充满耐心地在水槽里等待着。李嘉渔叹了口气，实在难以想象明天一早要面对盛满脏碗的水池子。他走到水槽边，捋起袖子来洗碗。

水槽对着窗户。外面夜色漆黑，窗玻璃这时成了一面镜子。在这镜子里，李嘉渔看见自己模糊的面容，倒有些陌生的感觉。他打开水龙头，等着水热起来的当口，又看了一眼那“镜子”里的自己，仿佛再次意识到自己是个年过不惑的中年人，于是又努力笑一下，像是要安慰那个镜中人，却又旋即觉得自己的可笑。不知为什么，李嘉渔想起好久以前看过的一篇小说里的情节：一个人在洗碗，他的爱人从后面拦腰抱住他；两个人对着“镜子”里的影像会心一笑，而人世间的满足和幸福成就于，也定格于一个洗碗的瞬间。

只是这一个夜晚，面对着一水槽脏兮兮的碗盆碟勺，李嘉渔不知怎么想起张爱玲的名句来：人生是一袭华丽的袍子，里面爬满了虱子。他心想：人生表面上似乎也是一顿丰盛的宴席，只是最后总有人要面对一水槽有待收拾的、不仅脏兮兮而且乱糟糟的“杯具”吧。

李嘉渔伸手试了试水温：水龙头里流出来的水已经温热了。他先把压在炒锅底下的碗碟杯盏拿上来，再把较干净的器具倒腾到上面，又把筷子、叉子和勺子集中到一处，这才拿起洗碗布来按部就班地、小心翼翼地逐项洗刷。

李嘉渔并不擅长洗碗。十几年前要来美国之前，他曾经一度非常忐忑不安，害怕在美国难以生存。为此，他暗暗做过最坏的打算，比如去唐人街的中国饭店里洗碗谋生啥的。万幸的是，生活和命运没有那么恶待他。辛苦了几年，到底有一份饿不着却也撑不死的工作，回国娶了老婆，生了一双儿女……从表面上看，这样的人生该还算是完满的吧？嘉渔把洗好的几双筷子放进筷笼，又看了一眼窗户镜子里的自己，倒想起当初回国和黛珊谈婚论嫁的事情。

嘉渔记得他们在一次家宴上说起做饭洗碗的问题。黛珊就说她虽然能做饭，但是最不喜欢洗碗了。嘉渔哈哈一笑，说："这个没问题。美国每家每户都有洗碗机的。"黛珊的外婆就念了一声"阿弥陀佛"，又道："我这个外孙女有福享了。一辈子不用自己动手洗碗了呢！"嘉渔想到那已去世的老太太的话，倒自己苦笑起来。世上许多话、许多事竟是算不得数的呢。想当初自己不还大言不惭地给黛珊许诺："你嫁给我，愿意工作就找个工作，不愿意工作呢，就在家自己找点感兴趣的事情做做。"如今再问，怕是不敢再说这样的大话了。他把女儿用的叉勺擦干放好，想起她主动要用筷子的事情，心里暗叹也许她是该学习用筷子的年龄了。

说起洗碗机，他们住公寓的时候，倒尝试着用过的。那时候，水电都包在管理费里，用起来也不心疼。第一次用，他们在洗碗机里放了足足攒了一个星期的近四十只碗碟。不知是因为前房东留下的洗碗机太老旧，还是因为他们操作不当，那洗碗机开动不久，就在趁人不备时开始口吐白沫又涕泗横流。很快厨房地板上积了一层水，水上又很快涌起一团团如小山包般的白色泡沫。黛珊和嘉渔手忙脚乱，又拿纸又拿毛巾，清理了半天，方才弄干净，结果还得把洗碗机洗了一半的碗碟一件一件拿到水槽里重新手洗……自那次“杯具”以后，他们的洗碗机就成了摆放盘子碗碟的地方。

孩子小的时候，家里要么有父母过来帮忙，要么请了保姆，洗碗这项任务从没有如此凸显。如今两个孩子都上学了，黛珊也找了份正儿八经的工作，虽然薪水只有嘉渔的三分之一，但是那辛苦劲儿却是一样的。曾经号称喜欢做饭的黛珊，如今对做饭也失去了兴趣和热情。对于洗碗，她更是从来就没能喜欢起来，这两年又以要保养双手为由合情合理地撂挑子。一家四口，每天晚上叫外卖也不是个事儿，于是嘉渔不仅要偶尔做饭，还要常常洗碗。

一不小心，那只已经磕掉一片瓷的、墨西哥烧制的大花碗从嘉渔手里滑落，掉进了盛满水的、待洗的大锅里，倒没造成什么伤害。早些年，那些抹了清洁剂的碗碟，滑溜溜的，经常从他手里滑落，轻则掉瓷磕口儿，重则摔成好几瓣儿。那时，黛珊常说他一定是故意的，借此来逃脱洗碗的责任而已。如今呢，他却渐渐好多了，不至于每个月要打碎一两个碗。至于他洗碗用水过多的问题，黛珊也慢慢视而不见、懒得多说了。如此这般，嘉渔似乎更有洗碗的责任和义务了。

一大堆碗碟里，又有一只粉红色的、黛珊每日带饭用的塑料饭盒。嘉渔加了洗涤剂，将饭盒里里外外洗净、晾在碗架上，一时思忖着黛珊明天是不能带饭去的了。晚上的菜，他多吃了两口，剩下的就不太够装她第二天的午饭便当了。以前嘉渔也是每天带饭去公司的。他不是个容易交朋友的人，每日午餐时间也就很少跟其他中国人一起吃饭聊天，倒是常坐在自己的电脑前，一边吃饭，一边看些网上新闻。有一天他吃韭菜猪肉的水饺，却不想引得那个印度同事曼尼希大惊小怪地叫起来：“你吃的是什么玩意儿？为什么这么难闻？”李嘉渔脸色红红白白，几乎要说：“我他妈的还受不了你身上的体味和你们饭菜里的咖喱味呢！”最后却只是说：“别咋咋呼呼的，中国的韭菜而已。”

那次事件之后，他也就渐渐淡了每日带饭的心思，却也省了不少事情。之前为健康起见，他一直用玻璃饭盒，装满了饭菜，就是两三斤的分量，背在包里，死沉死沉的。另外一个好处就是也省了多洗一件餐具。那时候，黛珊还没上班，自然也无须带饭盒，倒是每每她洗碗时，总假兮兮、娇滴滴地戴一副长长的塑胶手套，叫嘉渔看不下去，慨叹一声“我来洗吧”。黛珊就顺手推舟地摘了手套，说声“谢谢老公啦”，嘉渔想着苦笑：日子久了，他们也演不得这样的戏码了。

“怎么我就成了家里的洗碗主力了呢？”嘉渔擦干那只白色大汤碗，不由自言自语起来。小时候，嘉渔和弟弟嘉耘曾经常常为洗碗而争论。他那时大约十二岁，弟弟十岁，父母要求他们每餐饭后洗碗，不想他们会碗碗计较，争论谁年龄大应该多洗、谁吃得多应该多洗，甚至谁吃得慢应该多洗，等等。这一刻，他又想象自己和黛珊争论：我挣你三倍的薪水，那么你是不是应该做三倍的家务？然后自己笑起来：这是多么政治不正确的争论和对话呀。“政治不正确”，不仅仅是在社会，在政坛，在职场，就是在家庭和感情的领域，也是无孔不入地控制着芸芸众生呢。

两个小朋友每顿饭都要喝水。也不知怎么养成的习惯，他们喜欢从冰箱上接水喝，还顺便加几块冰。更让嘉渔讨厌的是，因此又多出两个必须冲洗的玻璃杯，杯口又略窄，洗起来就比碗盘类更有一些不一样的挑战性。

洗好了杯子，嘉渔不由得想起大学同班的一对情侣贾晓刚和郑大心的故事。大心人如其名，是个大大咧咧的女生，晓刚是个公子哥儿。两个人早早结婚，婚后常为吃饭和洗碗闹矛盾。有一次，一帮子同学去他们家玩，结果赫然看见他们家水槽里堆了几十个肮脏的碗碟，几成小山。嘉渔的第一反应就是，那是他们婚姻问题浮在水面上的一角冰山。晓刚倒笑着叫他们别紧张，因为他刚去超市买了一套新的餐具。最近在微信上有人说起这个典故，嘉渔有点杞人忧天地问大心现在是怎么解决问题的。大心就道："我们也有洗碗机呀！当然我们也不怎么在家吃饭，另外还有每天来的钟点工。钱能解决的事儿，都不算个事儿！"

"贫贱夫妻百事哀"这句话没来由地跑到嘉渔脑中来。也许是吧，他和黛珊这样在美国的中产的中年夫妻，有了房子，也有了沉重的银行按揭和地方税负，有了孩子，也有了各种各样的课外活动和额外开销。虽然没有温饱之虞，但是也根本看不到财政自由的远景，于是才会有洗碗而带来的烦恼乃至争论吧。

其实，他们夫妻已经很久没有为家务事争论，或者说交谈过了。上周日晚上，难得孩子们早睡，两口子坐在沙发上看一集《使女的故事》。看到电视剧里面的女性被剥夺工作机会和拥有信用卡的权利，嘉渔顿觉脑洞大开，就不着边际地赞叹了几句，然后抱怨现实社会里男权丧失，以致自己过去一周每晚都要洗碗的艰辛事实。黛珊立刻敏感地、大声地嚷嚷起来："男人做点家务不是应该的嘛！我每天朝九晚六的也很辛苦啊！你想想，要是我像薇薇安那样不工作呢？再说了，我也没看薇薇安包揽所有家务呀！我给你生了一儿一女，凑成一个'好'字，你就不能体谅体谅我？我跟你说，自从生了索菲娅之后，我的记忆力就大不如前。要不是生小孩，我在职场也不一定就比你差，比你少挣不是？你洗两个碗就抱怨了。你没看我洗一堆一堆的衣服？洗了还要叠，你的衬衫裤子还要烫……"嘉渔本不是善辩的人，黛珊这一顿"抢白"早让他偃旗息鼓，再没继续说下去的欲望。他有时暗自嘀咕，自己这种不说出来是不是也是亚健康的一种，长此以往会不会形成更大的心理和生理问题？

水槽里已经只剩下最大的一只不锈钢炒锅了。嘉渔拿了钢丝球擦拭炒锅底部的黑色油渍，又一次疑惑不锈钢炒锅为什么其实还是会积累油渍的问题。或许，这所谓“不锈”的许诺，不过是像年轻人在婚礼上自以为是地大声许诺“我愿意”而已，这世界上哪有真正不生锈的器具和情感呢？

洗好了炒锅，嘉渔长舒了一口气，回头看墙上被他们故意拨快十分钟的小钟，居然已经快十一点半了。他一边清理铁丝网里面的各种残渣，一边打了个哈欠，想起一个大学同学前日贴在班级微信群里的一篇文章。那篇从英文翻译过来的文章说“经常做家务会导致男人性欲降低”，举出了若干换名的人物和具体的数字来佐证自己的观点。又是郑大心出头反驳，说一般来讲女人做的家务要比男人多，为什么没有人研究研究、总结看看这就是为什么中年女人不像中年男人那样经常要找年轻小三的原因呢？她又补充道，中年男人性欲降低其实应该是好事呀，这样他们就没有精力出去乱搞了。一石激起千层浪，群里一时有送花点赞的，也有喊晓刚出来说话的。又有一个女同学贴了另一篇鸡汤文字“洗碗是最好的治愈系行为”，说放弃洗碗机、每天花十五分钟静静地洗碗其实是最能平息现代人的浮躁和不安的，劝大家都还没有洗碗习惯的要试一试，已经有这习惯的则需改变心态，积极享受洗碗的过程。

嘉渔一边扯了一张纸巾擦手，一边欣赏如今干干净净，甚至有点闪亮反光的水槽，心底油然而生出一种满足感来。擦干了手，嘉渔又望了一眼窗玻璃里的自己，眼前飘出另一些电影镜头：两个人并肩站在水槽边，一个人把碗碟洗干净了，另一个人娴熟而默契地接过去，用干净的抹布把碗碟擦干，再整齐有序地放到碗架上……李嘉渔估摸楼上的黛珊和孩子应该都已经睡着了。他对着“镜子”里的自己笑了笑，关了灯，退出了厨房。

（原发于北美文学家园《东西》会刊42期
2018年6月16日）

后记

和纽约有关的情感故事

有时想想，自己的第一部长篇小说《有女知秋》出版居然已经是近二十年之前的事情了。记得当时雄心勃勃地开始写第二部长篇，书名也早就想好，叫《两极》或者《艾美》或者《艾美的两极世界》，内心隐约期待着在两三年的时间里就把她写出来。

世事如棋，一个海外业余写作者的命运也常有难以预料的发展轨迹。以为自己的小说会大卖，以为会有影视改编带来的大红大紫，以为从此进入了作家的行列、发表和出版将会变得轻而易举……生活永远向前，写作却不一定。这廿年里，我结婚，失去父亲，成为三个孩子的父亲，在纽约这安居不易的城池营营碌碌。文学，像那可遇难求的情人，保持着梦幻的姿态，挑逗撩拨，若即若离。

在第二部长篇的完成几乎越来越难以企及的时候，我终也欣慰于这些年到底断断续续地写成和发表了近二十个中短篇小说。收在这本集子里的十五篇，则大多是以纽约作为场景地。无形或者有意之中，这是一本和纽约有关的情感故事的小说集。

仔细想去，我也在纽约生活了22年之久，这远远超过了我在合肥读书的八年青春期，也超过了我在故乡淮安度过的生命里最初的

18年光阴。曼哈顿、和它一水之隔的泽西城和皇后区，还有皇后区的艾姆赫斯特、雷哥公园和法拉盛等社区、长岛小镇萨伊奥塞特，这些我工作和生活过的地方，都试图在我的生命和文字里留下更深刻难忘的印记，这个集子其实是再自然不过的积累和沉淀了。

也许还值得一提的是我曾经在纽约参加创意写作课的经历。当时雄心勃勃地要开始英文写作，甚至在良师 Peter Selgin 的鼓励下，把一篇小说寄给了《纽约客》杂志，还意外地获得他们的回信，虽然不是留用通知，但编辑老师一句不动声色的“尽管写得不错”（despite its merit），也足以让我兴奋良久，以为自己还是有一点讲故事、写小说的天赋和能力的。

除了纽约这个恒定的场景之外，有些人物往往以同样的姓名在不同的小说篇幅中反复出现，比如黛珊和艾美，再比如献科和嘉渔。有时我想与其说自己写的是一群人的故事，不如说自己写的是一类人的故事。在林林总总的故事之外，我想我一直试图在文字里抵达这一类人、这一群人的灵魂，甚乃灵魂深处。

写什么之外，怎么写也是创意写作绕不开的话题。这个集子里面有几篇是我“更年轻时候”的作品（《团圆》《结婚》《结婚另一种》等）。那时候我更是凭着一点本能和阅读的经验，把一个故事讲出来。上了几期英文的创意写作课之后，我似乎更为有意识地安排小说的开头、冲突的进度和结束，精简词汇和描述，乃至时时注意人称的变换，但也有感觉受到束缚、无法自由发挥的时候。判断孰优孰劣，竟是让作者为难的事情了。

感谢写作路上遇见的朋友，特别是“梦患者”写作小组的朋友们，如唐简、王婷婷、常少宏和二湘等人。胡刚刚、枫雨和刘倩等，也都是不可多遇不可多求的文朋书友。纽约的王渝老师在过去几年对我的小说写作给予了不可代替的鞭策和鼓励。也特别感谢刘雁、白舒荣老师等热心帮助海外作者发表和出版的编辑们，不然更难想象海外作者写作的兴趣和热情能够保持多久。

还要特别感谢几位读过部分或者全部篇幅、并为我写了评论的朋友们。陈瑞琳对海外华文创作的鼓励和推进有目共睹，我一直是受益者之一。李文心教授对我来说是亦师亦友，他的阅读、闲谈和评论总让我茅塞顿开。马玲教授对于海外华文创作的默默关注和广泛研究，实令我由衷起敬。石文珊教授既写又评，而且积极投入当地华语组织和创作的各种活动；她的专业、认真和敬业，让我透过另一扇门另一扇窗看见另一种风景。

2017年在徐州参加华文会议，有幸与王志彬教授、丰云教授和李良博士结缘，感恩彼此的友谊和关注能持续至今，更十分感谢他们花时间阅读和评论，让这本小说集有了蓬荜生辉的意义升华。

都说每一位作者能写的小说是有一定定数的，我希望这不是我的最后一部中短篇小说集：至少，此刻，我觉得关于纽约、关于情感故事，我还有更多的文字要落在纸上。

作者

2023年春于纽约

www.ingramcontent.com/pod-product-compliance
Lightning Source LLC
Chambersburg PA
CBHW021220220726
48287CB00015B/1738

* 9 7 8 1 9 4 9 7 3 6 6 2 5 *